CES MOTS TRAVERSENT
LES FRONTIÈRES

CES MOTS TRAVERSENT LES FRONTIÈRES

Anthologie réunie et présentée par Jean-Yves Reuzeau

Le Castor Astral

CES MOTS TRAVERSENT LES FRONTIÈRES
est le mille trois cent quarante-neuvième ouvrage
publié par Le Castor Astral.

En couverture : Eugène Savitzkaya,
sans titre, 2021,
technique mixte sur papier, 15 x 20 cm,
© copyright Galerie Didier Devillez, Bruxelles.

www.castorastral.com
www.printempsdespoetes.com

ISBN 979-10-278-0349-1

Pour Andrée Appercelle,
Jeanine Baude
Jacques Brault,
Michel Deguy,
Michelle Grangaud,
René de Obaldia,
Jean-Luc Parant,
Marc Rombaut,
Frederick Tristan,
Lucien Wasselin,
amis disparus en 2022.

Préface

« Le vingt-et-unième (siècle) sera poétique »
Michel Deguy

La poésie a toujours dépassé les frontières. Les bornes du langage. Pour les contourner, parfois même les effacer. Puisque c'est bel et bien l'homme lui-même qui a inventé ces frontières-serpents pour frémir au moment de les traverser. En cette année d'invasion et de guerre – encore une fois la guerre –, quand saigne la géographie, nous voici tous confrontés aux limites et à la préservation des possibles, des indépendances. Comment affronter le tourbillon de notre époque ?

Si cette anthologie parle volontiers de politique et de territoires, de bombes et de tankers, d'exil et d'immigration, elle parle surtout de toutes sortes de frontières extérieures et intérieures, sociales, mentales, corporelles, imaginaires, etc. Une affaire de mémoire et de vécu où la société elle-même serait un champ de bataille. La poésie apparaît alors toujours plus nécessaire, tel un espace de liberté à préserver ou à conquérir. À partager surtout.

La très grande majorité de ces textes sont inédits, souvent écrits pour l'occasion de ce rendez-vous annuel des amateurs de poésie. Hormis quatre auteurs décédés dans l'année, les poètes ici réunis sont tous en pleine création. Le plus âgé nous a quittés à l'âge de 103 ans, la plus jeune n'a pas encore 20 ans. Tous ont répondu à l'appel avec enthousiasme et confiance, et je les en remercie vivement. Les révélations, majoritairement des femmes, se mêlent aux poètes les plus confirmés pour constituer un large panorama de la poésie en train de s'écrire, avec ses multiples courants dans une diversité parfois enivrante. Sans oublier bien sûr l'humour et la fantaisie. Soit 111 façons de dire le monde et soi-même.

Ils sont tous et toutes poètes dans les livres, mais aussi volontiers performeurs ou performeuses sur scène ou les réseaux sociaux, ils sont souvent aussi romanciers ou romancières (Cécile Coulon, Christian Garcin, Vénus Khoury-Ghata, Martin Page, Blandine Rinkel, Jean Rouaud, Thomas Vinau, Antoine Wauters...), journalistes, traducteurs, comédiens ou comédiennes, chanteurs ou chanteuses (Dominique Ané, CharlÉlie Couture, Pierre Guénard, Kent, Marie Modiano, Ludovic Villard...), plasticiens (Tahar Ben Jelloun, Jean-Luc Parant, Eugène Savitzkaya, Gérard Titus-Carmel), voire même circassienne (Eugénie Hersant-Prévert) ou écuyers (Bartabas, Albane Gellé). Certains sont oulipiens (Hervé Le Tellier, Michelle Grangaud, Jacques Roubaud, Camille Bloomfield). La poésie dépasse alors souvent la stricte poésie dans l'émotion et l'inventivité la plus stimulante.

Tous francophones, les poètes présents peuvent entre autres venir du Québec, de Belgique, de Syrie, d'Italie, d'Égypte, de Haïti, de Roumanie, du Maroc, du Kurdistan ou du Liban. Toutes frontières et tous horizons dépassés. Le tiers d'entre eux sont nés après 1980, un autre tiers avant 1940, toutes les générations étant équitablement représentées. Chacune de ces générations possède sa vitalité propre, avec ou sans spécificités. Car il s'agit toujours de travailler la langue, de dire l'essentiel grâce au poème, quelle que soit sa forme, perpétuée ou bousculée.

À l'heure où l'Histoire s'accélère, beaucoup dénoncent les violences de l'époque comme celles de l'intime. Écrire pour simplement prouver que l'on existe parmi les autres. Écrire pour surmonter notre obsession anthropologique à ériger des barrières. À commencer par « le mur de soi » si difficile à franchir, et les 10 000 kilomètres de murs dressés ces dix dernières années par différents États à travers le monde…

« Seul existe celui qui lit le poème. » On parle des hommes et femmes qui parviennent à sortir des pays où le sable boit le sang. De cette Mare Nostrum si mal partagée. Des corps qui tombent à Melilla, Lampedusa ou ailleurs. De vagabonds sans frontières. Du sentiment de culpabilité du simple fait d'avoir pu partir. Les textes parlent ainsi de contrées, d'identité, d'inquiétudes, de tourments, d'espoir et de révoltes. Mais ils osent tout autant *branler le mammouth* ou évoquer les *minutes heureuses* dont parlait Baudelaire. Ils regrettent déjà ensemble l'état du millénaire, « soulignant que rêver est un beau palindrome ». Ils révèlent des hordes d'éoliennes qui piétinent le paysage, des flux migratoires, des coupures d'électricité. Ils jouent avec Super Mario qui cumule les points de vie, convoquent Pessoa et Brautigan, Emily Dickinson et Tang Hou, Ulysse et Pénélope. Ils nous font voyager d'une île grecque à un train traçant vers Vancouver ou parcourant la plaine de Poméranie, d'une rivière de Picardie à la nuit tombant sur le lac Hoan Kiem, des tempêtes terribles d'Odessa à la Grande Muraille, d'un village de Vendée aux oiseaux de Thoreau. Ils révèlent les traces des amours clandestines. Le réel trop réel se coltine à l'imaginaire le plus surprenant.

Et sur les traces d'Albane Gellé, il nous reste à dire merci aux trous dans les grillages et aux portes qu'on ne ferme pas, à l'infinité des galaxies, aux horizons lointains et aux histoires sans fin. Sur celles d'Hervé Le Tellier, il nous reste enfin à prononcer ces mots à la façon d'un mantra : « Étranger. Étranger. Étranger. Répéter le mot jusqu'à ce qu'il apparaisse étranger. »

Jean-Yves Reuzeau

Frontières

À la vérité, cette 25e édition du Printemps des Poètes aurait dû avoir la Fantaisie en tête. Tel était le cap requis, après longtemps de Courage, de Désir et des mois durant à ferrailler dans l'Éphémère. Mais les affrontements meurtriers en Ukraine en ont décidé autrement, bouleversant les repères et les aspirations. Jusqu'à ressusciter ce poème de René Char, dédié aux enfants d'Espagne : *Lorsque j'avais votre âge, le marché aux fruits et aux fleurs, l'école buissonnière ne se tenaient pas encore sous l'averse des bombes. Les bourreaux, les candides et les fanatiques se tuaient bien, s'estropiaient bien quelque part entre eux à des frontières de leur choix, mais leur marée meurtrière était une marée qu'un détour permettait d'éviter : elle épargnait notre prairie, notre grenier, nos luttes.* De mars 1937 à mars 2023, les temps n'ont donc pas tellement changé en ce mois de la guerre. Plus de détour possible. La marée déborde de toute part. Même à l'abri dans nos vies par trop modernes, loin des conflits et des tirs de snipers, les forces d'attractions malmènent nos existences. S'affrontent, d'une commotion l'autre, telle une onde de choc sans précédent. C'est alors qu'on en appelle aux Frontières, comme on bénit les toits et les murs de pierres qui nous sauvent des fureurs du ciel par grand soir de tempête.

Aurons-nous point la paix quelquefois sur la terre ?
Sur la terre aurons-nous si longuement la guerre,
La guerre qui au peuple est un si pesant faix ?

Les vers d'Olivier de Magny, que magnifiait l'envoûtante voix de Colette Magny, ont traversé les siècles. Tantôt l'on maudit ces frontières qui font l'appât des conquêtes et des tueries, tantôt on les espère pour rempart et refuge. Tantôt on les combat, tantôt on les transcende. Et la poésie de questionner cette limite mouvante qui en appelle au surpassement de soi, au pas de plus vers l'inconnu et vers l'autre. *Le cœur est ce qu'il est et ignore tout des points cardinaux.* Avouait Salman Rushdie qui a défendu pour nous tous, au péril de sa vie, le droit à repousser les frontières : *Franchissez la ligne !*

Que de nuages sur le qui-vive en cette anthologie, et de *combat / au cœur des êtres / et des choses* comme le confie Zéno Bianu. Que d'espaces de liberté, de rangs serrés et d'échappées à même la page. Que de contre-pieds et d'échos. Que de confidences au fil des pointillés que dictent les frontières. Que de fers à gauche, et retours à la ligne. Que de récits, que de rivières, que de lisières. Que d'inédits contemporains sur plus de quatre cents pages. Que de langues étrangères. *Éclairage Caravage* écrit Nicole Brossard qui se cogne aux frontières de l'intime : *J'aime la mort et respirer encore*. Que de voix, d'océans, de soleils. Que de noms neufs aussi.

Si le Printemps des Poètes n'avait qu'une seule visée, outre la survie de *ces mots* qui *traversent les frontières* et la défense active de la haute et libre pensée, ce serait, pour reprendre l'expression du poète de l'Isle-sur-la-Sorgue qui ne craignait pas de célébrer l'émotion lumineuse et la beauté, de ne cesser, par tous les temps et en toute saison, d'*entretenir les rouages de l'arc-en-ciel.*

Sophie Nauleau

DOMINIQUE ANÉ

Bord cadre

1 –

Qu'est-ce qui nous attend ?

Quelques gouttes de pluie
un peu d'incertitude
un peu plus encore

Un arbre crisse
les ronces resserrent les rangs

il y avait un chemin ici

Avec une lenteur surjouée
des nuages passent
sûrs de ne pas être inquiétés

Et nous
ne voulons rien forcer
ni les images
ni la réalité

Nous attendrons l'hiver
pour ouvrir un chemin

2 –

Nous dérivons
passant devant des îles
où accoster
ne nous viendrait pas à l'idée

Aucun de nous
n'aspire à l'aventure
mais chacun s'y plie
essuyant le grain sans broncher

L'instant est tout
avant, après, c'est pour plus tard
raconter attendra

quand le temps viendra de se dire :
« Nous avons vécu ça »

Mais pour l'heure une ligne interfère
différant l'histoire

nous assignant à un seul et unique
méridien

3 –

À terre
nous laissons la fenêtre ouverte
aux heures où la nuit se défend
de murmurer

Paupières s'abaissant lentement
bord cadre
on sent le rêve gronder
les rails vibrer dans le tunnel

On résiste
tout un jour à lutter
pour finalement lâcher l'affaire
à la première obscurité venue

Nous n'avons pas l'étoffe
et la nuit se détourne

L'autre rive pointe

Paupières sur le qui-vive
nous hésitons

4 –

Loin, nos corps
nos cellules disjointes

Femme pensive en bord d'étang
marcheur encombré

Une immense fatigue commune
nous désunit

Seul écrire
lierait nos pensées

Mais si les feuilles tombent des mains
qui pour les ramasser ?

Inédits

ANNA AYANOGLOU

La simplification

Nous sommes un *couple* sur une île grecque, l'été
– à l'époque, mes vingt-quatre ans sont sans effet :
face à ce mot j'ai le dégoût adolescent
– mais oui mais quoi ? Nous *sommes* un couple

Dans une vallée, le village où il a grandi

– dans une vallée bien au fond, la mer
s'oublie – quelle drôle d'idée
de s'établir dans ce recul

Le soir, ici : la seule étendue supportable
Une nuit sans lune – dans les ruelles
les lampadaires orange miroir

On croise des hommes qu'il a connus gamin
– épais de corps et d'expression

À leur parler, il se met à leur ressembler
l'orgueil en plus de celui qui a réussi
– revient avec une dulcinée

La discussion n'en finit pas, en esprit
je m'absente – me réveille à ses mots :
*Είναι γαλλίδα** – le ton qu'il prend, le pire
et l'impression :

je suis un trait que l'on efface

*. *Elle est française.*

Deuxièmes générations

Auprès des vrais tous frais
on enrage – *qu'est-ce que j'ai fait pour mériter*
de ne pas savoir tant ?

Ce qui nous manque en expérience
– cavités lancinantes

on essaie de le compenser

marchant sur une ligne où deux marées
– fantasmes, bribes vécues – nous déposent
des répliques

Dans la mêlée
entre les dénigrants et les énamourés
– ignares frères

on assène, on fait excès
– de dévotion, d'intransigeance

Nés des tourments de notre gêne
nos mensonges s'écoulent dans le flux collectif

Et nous restons, morveux
avec nos espaces incomblés de légitimité.

Portraits

La famille maternelle : un seau plein de vers noirs
courts, luisants – en mouvement perpétuel
Un seul trou pour parler, déféquer
La même pollution

La famille paternelle : une glace brisée, des éclats
qui s'entaillent – les bords plus gros que la surface
À tenter de les disposer, tu te coupes les doigts
– du sang, ils ne s'assemblent pas.

Trop savoir

À peine – Un peu, mais pas vraiment –
Je le déchiffre – mes variations
face à la question répétée :
Tu parles grec ? – mon père
ne nous a pas parlé – mon frère et moi
avons acquis les bases par des voies
extérieures – nul ne l'a poursuivi
très loin – à vingt ans, ce désir
poing sur la table : aller y habiter
– *un an, pour rattraper* – rattraper quoi ?
Je ne l'ai pas fait – et aujourd'hui, je sais
– apprendre vraiment à parler grec, apprendre
jusqu'à savoir, ç'aurait été
resserrer davantage le lien
avec mon père, détruire le barrage
– masse d'eau de ses souffrances
de ses souvenirs, la gravité –
non plus le débordement sporadique
– baigner dedans – apprendre, vraiment
la langue du père – ç'aurait été
en savoir trop.

Inédits

ADELINE BALDACCHINO

Conte de la limite invisible

Il était une limite
invisible et nue comme le dos de la main
comme sa paume aussi
toute nue plus nue qu'un coléoptère
puisqu'elle n'avait pas même de carapace
à opposer aux éléments
C'était une limite invisible.

Elle séparait tout ce qui peut l'être
la terre et le ciel mais encore
la mer et les galets
les langages des hommes
les gestes des enfants
la couleur des lentilles du phare
Elle séparait même les morts des vivants.

Nul ne savait de ce fait
ce qu'elle protégeait ou ce qu'elle excluait
ce qu'elle abîmait ou ce qu'elle prouvait
ce qu'elle inventait ou ce qu'elle détruisait
ce qu'elle buvait la nuit lait ou poison
ce qu'elle promettait à ceux qui la chérissaient
Nul ne savait ce qu'elle pouvait.

Pas même quand on l'interrogeait
qu'elle se justifiait :
d'être ce qu'elle avait toujours été
de ne rien promettre

d'aimer parfois
d'écraser souvent
de se transformer sans jamais périr.

Un jour un enfant voulut savoir
ce qu'elle avait dans le ventre
était-elle un drôle de dragon ?
crachait-elle des flammes ?
gémissait-elle dans le noir ?
mais comme elle était plus invisible
que nue plus nue qu'un coléoptère :

l'aventure fut difficile
la limite ne se trouvait jamais
où il cherchait
ni dans les grottes au bord de la mer
ni dans les caves au fond de la rivière
ni dans le grenier de sa grand-mère.
Ainsi le narguait la limite

jusqu'au jour où il fut grand
n'ayant renoncé à rien même pas
à chercher ce qui lui résistait
n'ayant pas oublié toujours plus affûté
la quête continuait la limite se fatiguait
lasse de jouer à cache-cache
avec l'enfant devenu vieux.

C'est ainsi qu'un beau matin l'on vit
le vieil homme et la limite sur un banc de sable
elle tout invisible et lui qui l'avait reconnue
tous deux se parlaient comme se parlent de vieux amis
se racontaient, pleins de reproches et d'amour,

des histoires plus anciennes que le jour
et l'on n'entendait qu'une seule voix sur la plage.

Je t'attendais disait-elle
en jouant aux osselets je t'attendais
comme on attend ce qu'on espère
et comme on redoute ce qu'on attend.
Je t'attendais pour te suivre, ou bien te franchir
ou bien t'oublier je t'attendais pour savoir
et je ne sais toujours pas.

Puis, on le vit tendre l'oreille,
hocher la tête
et sourire un peu

Le soleil s'était levé sur la mer qui ne se couche pas.

Dieppe, 12 août 2022

Rien d'autre n'est frontière

Ce que le désir dit de l'envol
et l'envol de la mer, ce que la vague dit du reflux
ce que la plage dit des corps
qu'elle ne ramènera pas
Tout ce que l'eau dit de ce qui flotte en elle
et les voiles de ce qu'elles emportent
et les ports de ce qu'ils ignorent.

Rien d'autre n'est frontière

Ce que la nuit dit du nuage
et le nuage de la lune, ce que l'étoile dit du ciel
ce que la lumière dit des corps
qu'elle ne traversera plus
Tout ce que le temps dit de ce qu'il épouse
et la joie de ce qu'elle inonde
et les îles de ce qui les submerge.

Rien d'autre n'est frontière

Ainsi de ce qui nous pousse vers la porte
et de la porte vers la fenêtre mal ouverte
un volet claque sous l'orage
de ce claquement surgissent les monstres
Tout ce qui nous enferme
et nous dresse à l'intérieur de nous-même
debout sur la digue et dos au vent.

Rien d'autre n'est frontière

Inédits

OLIVIER BARBARANT

Un trèfle pour des frontaliers

I.

Les noms toujours sont pour les autres. Vous n'avez
que votre origine : un Érythréen, un Soudanais, un Rom…
Même les stèles sont anonymes. Seule varie
la couleur de l'eau, bleu d'azur,
ou la Manche noire et glacée. Pendant ce temps,
nous écoutons le décompte, les agonies
qui passent mieux au compte-gouttes, un jour
l'une, un jour
l'autre. Nous écoutons. Quelquefois, plus rarement,
nous voyons les corps sous les housses
orange ou blanches. Nous écoutons
le silence qui troue les bavardages, l'air un instant plus lourd,
honteux,
du sel pour rien des larmes dans les cils.

II.

Ils sortent des pays où le sable boit le sang. Cela va vite :
à moins de s'appliquer, on n'en voit rien.

Ils ont fui les pays brûlants où ne brille plus guère le soleil :
des fumées le cachent. Comme il est de plomb, c'est pratique.
On vit, on meurt à l'ombre des poussières remuées.

Incroyable ce que produisent de nuages un immeuble qui tombe, une maison qu'on abat.

Ils ont traversé des mers dans des coquilles de noix, leur plastique multicolore sur des remous d'azur. En cas de naufrage, le bleu éblouissant avale les corps d'un coup.

Le bel été de l'eau n'est troublé qu'un instant.

Ceux-là dont je parle ont fini cependant par toucher aux pays des brumes vraies, des briques qui tiennent aux maisons, des mers grises. Ils ont bâti des cabanes avec des débris, fragiles comme pour des goûters d'enfants.

Quand sont passés les bulldozers, ils ont pris du fil et des aiguilles. Leurs lèvres depuis ont la beauté des yeux de Modigliani.

Bouches sacrifiées.

III. MARE NOSTRUM

Plein soleil sur le métal bleu
Quand le miel des corps désirables

Se découvre une mer arable
Dont le sable est un blé en feu

Inédit

LINDA MARIA BAROS

La chair appelle toujours la mort

Ma langue se réchauffait comme un rat,
la nuit se réchauffait comme
un rat
sous l'haleine des détenues endormies
dans des sous-sols lointains.

Ma langue se dilatait comme un film
vaginal contraceptif, 5 x 5 centimètres,
imbibé de spermicide nonoxynol-9.

Ma langue était auparavant
en plastique, en bois.
Et son image – jaunie,
passée à travers une vessie urinaire,
comme les petites plaques tectoniques
subductées dans la ceinture crânienne.

Non, me disais-je, pas de chair.
La chair appelle toujours la mort.

Ma langue était une machine programmée
à bourdonner
dans l'espace inutile de la douleur,
c'est ainsi que je me souviens d'elle.

Le cratère Eminescu

Ne croyez pas ceux qui, pris de haine,
m'ont fendu la tête en deux,
comme l'on fend une pierre,
pour voir mon génie.

Ne croyez pas ceux qui, pris de fureur,
m'ont taillé la chair et les os au burin
et m'ont tranché les mains
pour que je ne reconnaisse pas
mon visage.

Ne croyez pas ceux qui,
dans leur inconscience,
ont réduit le temps à la mort
et m'ont broyé les méninges et les mots
pour qu'il n'en reste qu'un cratère.

Les chiens aboient après vous,
grognent sur l'autre versant.
Mais les acides corrosifs de l'oubli
ne désagrègent pas la pierre.
Si vous la brisez, comme le disent les textes anciens,
vous m'y retrouverez.

Inédits

BARTABAS

Travelling man / Vagabond sans frontière

Ton Piebold a le cœur franc et les fanons légers
De Galway à Wicklow, de Cork à Donegal,
Le son des routes est rempli de ta voix

Des fourrés d'ajonc s'envole la bécasse
De ta mère, tu te souviens
De la chaleur de ses seins
Et des vers qu'elle t'a appris

Parce qu'ils te faisaient pleurer
Tu n'as jamais voulu les écrire
Aucun livre ne voudrait de ces larmes

Tu lances ton visage à la pluie
Et chantes pour apprivoiser les gouttes
Là-bas sur la lande de bruyère pourpre
L'arc-en-ciel se prosterne devant toi

Traveller, tes livres n'ont pas de pages
De Galway à Wicklow, de Cork à Donegal,
Le son des routes est rempli de ta voix.

Dans le jardin endormi / Ballade irlandaise

Le sourire qui s'accroche à tes lèvres
me fait peur d'en parler

Ensemble nous allions sur les routes
soutirer à la vie des chansons et l'ivresse

Tu m'as appris à siffler un cheval
à dépouiller un chat et pêcher d'un brin d'herbe
à prendre un poulet des mâchoires d'une hermine

À la jument qui lèche les étoiles d'artimon
sur son poulain mort-né
toi seul savais d'une caresse
lui faire entendre raison

Nous allions sans faim
la corne à la ceinture
pour arracher au feu
les yeux des pommes de terre

La nuit avec des vers,
le nez dans les étoiles
nous tricotions le ciel
pour habiller nos rêves

Tu étais né au hasard
sur une route d'Irlande
Tu aimais chanter
« peu importe le lieu de ma naissance

seul compte celui où je vais demeurer
car c'est ici que tu me retrouveras »

Dans le jardin endormi
les oiseaux volent à l'envers
Sur cette pierre de granit,
je bois…

Je bois pour te pardonner
de m'avoir laissé
quelque chose à pleurer

Assis à la frontière des mondes

L'oiseau passe, et les saisons
Assis au bord de l'eau
J'écoute la crête des vagues

Elles colportent le récit des cormorans
aux prunelles arrondies
qui s'aventurent profondément dans les terres
si haut qu'ils voient tout

Toujours plus téméraires
ils descendent pour écouter
le bavardage des hommes
et s'approcher des sirènes
au sourire de nacre
Leurs yeux brillent, comme les perles
qu'elles vénèrent à leur cou.

Depuis le tréfonds de l'océan
l'huître s'entrouvre et libère ses eaux
qui montent et s'évaporent comme
une volute d'encens.

Ici viennent mourir les derniers
bruits du monde

Inédits

FRANZ BARTELT

Surtout pas de symbole :
il n'y a rien derrière ce qui est écrit. Les mots
disent les mots, décrivent ce qui a été vu,
ce qui a été entendu, ce qui a été rêvé,
commentent le temps qui file, en parlant,
en bavardant, ne l'expliquant pas,
ne l'interrogeant pas, l'occupant,
– l'occupant seulement.

Qu'il n'aille pas passer ailleurs,
qu'il n'aille pas se perdre autre part,
dans des mailles trop subtiles.

Il faut lire à la lettre, sans chercher à comprendre
au-delà de ce qui est écrit. Il n'est pas question
de la réalité, du vrai, du tangible, du solide.
Jamais. Il n'est que des mots dans un jardin.
Il n'est que des mots qui poussent comme les heures,
comme les humeurs, comme de la chance,
comme de l'herbe à chat, comme un cri de douleur,
comme le jour, le jour dit, le jour écrit,
ces pages, feuilleton, images, sensations,
ces frissons dans de vastes demeures blanches
où les domestiques servent les domestiques : ici,
les mots sont au service des mots.

Preuves que j'existe : j'écris ces mots
très prétentieux que j'existe. Qui prouvent quoi,
au juste ? Même pas que c'est moi
qui les ai tracés sur cette page,
que c'est moi qui existe,
qui suis là, derrière cette page,
avec cette idée d'exister tout de suite
et plus tard et aussi loin que possible
sur le trait blanc de l'éternité,
quand quelqu'un ouvrira ce cahier
et pensera que j'existe ou que j'ai existé,
que la preuve en est administrée
noir sur blanc,
en lettres minuscules, concentrées, régulières,
rangées comme sur une étagère, sans ratures,
sans hésitations, d'un seul souffle du début
à la fin, comme j'ai toujours écrit,
comme j'ai toujours respiré.

Il pensera que quelqu'un a écrit ces lignes.
Mais il ne pensera pas à moi.

Je n'existerai plus, je ne saurai plus que j'ai existé.

Seul existe celui qui lit le poème.

C'est toujours hors de la cage qu'on écrit
le premier mot, hors de soi,
hors les murs, hors la loi.

Ce n'est pas un cri qu'on jette au devant de la scène
ni un jeu commencé pour ne plus finir,
c'est un mot qui ne veut rien dire de plus
que « Je suis ce mot
et je n'ai jamais existé avant cet instant ».

La poésie ne répète jamais un mot, elle le découvre,
le crée. Rien n'est jamais usé pour elle
et moins encore que le monde les mots,
ces énormes poids suspendus dans le vide
comme des planètes
et que ni la voix ni l'encre
n'atteignent.

Qu'il se taise, l'homme trop libre
qui prétend être prisonnier des mots,
de leurs vieilles fatigues d'armes,
de leurs sens qui somnolent sous les épaisseurs
des dictionnaires.

Le premier mot nous sort de la cage,
les autres nous ouvrent l'espace.

Inédits

RIM BATTAL

L'année du Gel

Une année de gel
Hydroalcocacola
À tous les repas

Dans le coca frais
Il y'avait aussi du rhum
Et quelques glaçons

Le gel en revanche
Me causait des crises d'angoisse
Tu m'en as sauvée

Je t'ai rencontré
Avant qu'on ne se rencontre
Tu m'as rencontrée

Je voulais quitter
Tous les garçons pour les filles
Y trouver refuge

Tu m'as dérobée
À mon rhum et mes glaçons
Tu m'as enrobée

Le lamantin

Tu n'es pas plus beau
Qu'un champ de coquelicots
Mais plus délicat

Lamantin fragile
Extatique koala
Lubrique panda

Tu pleures beaucoup
Pour renouveler la mer
Mon beau lamantin

Si tu pleures autant
C'est qu'elle te manque la mer
C'est ton élément

Ton nez tout humide
Je m'acharne à le lécher
J'en extrais le sel

Je t'ai fait pleurer
En te faisant écouter
Adam's Lullaby

Je t'ai fait pleurer
En te racontant ma nuit
Pour te boire encore

Ton sport préféré ?
Secouer le mammifère
Branler le mammouth

Finistère

Mon lointain ruisseau
D'ici j'entends ton cœur battre
Tu rigoles sec

À plat ventre sous
Les saules aux feuilles argentées
Je rampe vers toi

Je n'ai rien promis
Aux oiseaux aux mammifères
Qu'est-ce que je leur dois ?

Arums hortensias
Les fleurs d'ail les digitales
Tes orteils éclos

Tout a ton odeur
L'herbe et les algues et les dunes
La Soupline aussi

Langue

Je croise et décroise
– Pour qu'enfin tu me remarques –
Les jambes et les phrases

Je voudrais te dire
Que je soigne mon désir
Tandis qu'il me sauve

Je ne suis pas lisse
Je suis ton ruisseau, ton lit
Ton creux, ta crevasse

Facile à aimer
Mais difficile à vivre
Voilà, tu sais tout

Inédits

TAHAR BEN JELLOUN

Un mur, des pierres et du ciment
Des clous et de la hargne
Un grillage avec des étoiles qui déchirent
Une dune peuplée de rats qui avance
Une forêt qui se soulève
Un lac de silence et de mépris
Un océan de bruit inutile
Un volcan ou une montagne
Du feu et des drapeaux
Des chiens dressés pour arracher les mollets noirs
Des hommes déguisés en loups
Des loups affamés
Un territoire miné
Ces petites bombes plantées sous les cailloux
Une prairie piégée aux fleurs éteintes.

Rongé par la peur,
L'homme a inventé les frontières
Belle trouvaille !
Cela le rassure
Puis un jour, tout cède
La volonté du désespoir
Ignore ce qui sépare
La force de vouloir vivre brise les murailles
Des corps tombent à Melilla
Ils ont marché depuis des siècles
À la frontière avec le Mexique
Des femmes américaines, laides et méchantes,
Juchées sur des chevaux
Armées pour tuer

Des hommes gras et blancs
Tirent sur des ombres
Tuent des familles nues
À Lempedusa tant de barques ont fait naufrage
Tant d'astres se sont éteints
La poésie plane par-delà les frontières
Elle mange la poussière
Elle avale la douleur des hommes
Puis tombe de lassitude
Lambeaux sur lambeaux, elle perd ses mots et ses oiseaux

La terre est ronde comme la vérité qui danse
L'homme est arrivé la peur au ventre
Il a construit des murs avant sa maison
Il a tracé ses frontières comme s'il était seul
Il a planté des flèches et des piques
Puis il a fermé portes et fenêtres
Pour dormir heureux

D'autres hommes ont érigé des barricades
Ils ont mis le feu dans les champs
Ils ont piétiné les corps
Et bu leur sang

De tout temps, l'homme a eu peur de l'homme
Tant de passions inutiles
Ont endeuillé le monde
Afin que chacun reste à sa place
Juste là où il faut pour recevoir des coups

Elle a érigé un mur
Pour que les baisers de l'amant
Ne sortent pas de la chambre
Elle a tapissé le sol
Pour que le parfum de l'amour
Les caresses et leur souvenir
Ne cessent de l'enivrer
Pour que le désir ne jette l'ancre
Que dans son port
Elle a colmaté les failles
Attendant son retour
Lui a besoin de lumière pour marcher jusqu'à son corps
Mais le mur est devenu frontière
Entre le désir et la fuite
Dans la mélancolie des forêts
Dans la tristesse de l'Éternel retour

Elle a déposé les larmes
Dans la poussière du temps
La tête entre les murs
Son amour ne pouvant se dire
Sa passion voilée par la pudeur
Ses cris devenus mélodie

Séparés, les amants butent contre les vents
Ramassent les souvenirs
Pour apaiser leurs nuits
Les pierres ont perdu leurs grains
Mais l'herbe fleurit suivant l'ordre des saisons
Même sur le mur des roses sont apparues
Ce sont les traces des amours clandestines
Où le rêve traverse les frontières en jouant de l'harmonica.

Septembre 2022
Inédits

CLAUDINE BERTRAND

L'Amérique sous la neige

« Mon pays, ce n'est pas un pays, c'est l'hiver. »
Gilles Vigneault

J'écris un mot
qui frissonne
le train respire
au vent mauvais
l'éclat hivernal
et l'insaisissable
à jamais langue
toujours menacée

Je formule
des phrases
émaillées
de trous béants
qui poudroient
je les mets en vers
dans le train
de Vancouver
un grizzli s'invite
le long des rails

Le temps périt
au bout des doigts gelés
mères assassinées
sur le territoire des Cris
Première Nation
appelée *Nehiyawak*

Le monde intérieur
étranglé de froidure
entre tempête et orage

Quand se soulèvent
ces violences immondes
en mon pays de givre
le veilleur de nuit dérive
sur une banquise
comme cet ours polaire

Tout le reste tourne autour
retourne sans cesse
en tourbillon
les désordres de tout ordre
écologiques et autres
sans borne sans frontière

Inédit

ZÉNO BIANU

Haikus ensauvagés

voilà
que les esprits flottent –
accorde-toi

au fond du thé –
le ciel
jamais trop bleu

soleil guéri
entre
les lèvres

*

l'écorce
des mots –
toujours l'éternité

en lisière de tout –
la langue
d'un vent ocre

syllabes
sous les paupières –
dansent les grandes forêts

*

les fleurs s'éteignent –
la lumière
ouvre ses veines

le cœur
du monde
encore

la nuit flotte
entre les doigts –
voyageur de chaque instant

*

étoiles veloutées –
bonheur
des grands gestes

écoute frémir
le visiteur
qui jamais ne vient

retour à l'infini
debout dans la voyance
debout dans l'invisible

*

le combat
au cœur des êtres
et des choses

apprends à nager
en toi-même
laisse-toi traverser

à l'horizon –
le fond
des mondes

*

tu ne sais plus
que dire
tu as quitté la terre

écoute l'antimatière
écoute la lumière fossile
écoute-les directement

approche
encore plus près –
infiniment ouvert

*

et si l'on descendait
vraiment
au fond du ciel

dépouille-toi
dépossède-toi
jusqu'à ton propre miel

entre lave et velours
explorant
les saisons de l'insondable

*

écorce vive
pour se refaire
en sève de silence

perdre haleine
reprendre haleine
au grand jeu de l'imprévisible

étincelle impérieuse
où tout danse
et ricoche

*

un rêve liquide
un blues
de rosée

la première détection
d'un sursaut radio
dans la Voie lactée

quelque chose
d'extraordinairement
tangible

*

sous l'arbre battu des vents
jamais trop d'amour
jamais trop d'horizon

tes veines avalent la lumière
tu sais
de quoi le monde est fait

quelque chose
d'un bleu
lancinant

*

parfois tu fuses
dans l'inexprimé
seulement la lumière

seulement toute la lumière
vers d'autres traces
de révélation en révolution

tu avances pas à pas
sur les frontières enflammées
de la survie

Inédit

CAROLE BIJOU

hello Univers
sais-tu ? comme je te trouve joli
et pourtant
BOUM un coup par-ci
un coup par-là
dans le visage
clavicule droite
clavicule gauche

et puis —

stronger better
comme les Daft
faster peut-être pas

j'aime ton flow
slowly

et puis —

reste avec moi
my dear *my sweet*
Cosmos

cette nuit
le tatouage que j'ai sur la cuisse a disparu
je le décolle
sous mes doigts je sens une mue sèche que je retire
dessous   plus rien
et puis   des traces   des lignes
un autre tatouage apparaît
les motifs sont les mêmes et ils ne sont pas les mêmes
ce n'est donc plus moi
pas moi
pas ma cuisse
ou moi
in an other dimension
oui

c'est peut-être cela

Extraits de Blocs d'amour
Inédits

CAMILLE BLOOMFIELD
MAÏSS ALRIM KARFOUL

Frontières trouées

Je suis née au pays des chicons pâles

حيث وُلدتُ، لم أكن أعرف

choux de Bruxelles

كان الملفوف دائماً ضخماً، وملفوفاً *

Là où je suis née, je ne connaissais pas
les choux de Bruxelles
et le chou était toujours grand et enroulé

at two or three I've had to change shoes
sky still grey
food artificially shiny
à deux ou trois ans j'ai dû changer de chaussures
ciel toujours gris
nourriture artificiellement brillante

لا أعرف متى كبرت بين سماوات من قمح وحقول بأحجار زرقاء
حين حرّكتُ الملعقة عادتْ بعض الأشياء إلى مكانها
والخبزُ في المقلاة، اكتسبَ حمرة الصيف
حينها عرفتُ بأني نضجت

Je ne sais pas quand j'ai grandi entre des ciels de blé et des champs
aux pierres bleues
quand j'ai bougé la cuiller, les choses sont revenues à leur place
et le pain dans la poêle a pris la couleur de l'été.
Là, j'ai compris que j'avais mûri

wa el khoubz que préparait Abbass dans la grande
et le pain
maison de la rue Shagaret el-Door à Zamalek

ana ismi Camille كامي
je m'appelle Camille

j'ai encore en bouche son mélange de textures
minfadlek
s'il te plaît
granuleux brioché neutre et salé en même temps

chaud *emchi !*
va-t'en !

tu me dis qu'en égyptien « pain » se dit « aïch » :
plus d'images-mémoires
Aïch – Alice, ma sœur

كنت اعتقد بأن أليس هي فقط في بلاد العجائب
حين أتيت إلى فرنسا أول مرة، كان هناك عدة Alice
لكن هل تعرفين بأن شجرة الدرّ هو اسم لملكة، وُجدت مرة في التاريخ
وهي ايضاً كانت تظنّ بأن زمنها هو
زمن العجائب

Je pensais qu'Alice était seulement dans les pays de merveilles
quand je suis venue en France la première fois
il y avait plusieurs Alice
est-ce que tu savais que Shagaret el Door est le nom d'une reine
qui a existé dans l'Histoire ?
elle aussi pensait que son temps était le temps des merveilles

émerveillement évermeillement des paysages vert d'eau
feloukkas dérivant sur le Nil
et une vieille poétesse qui nous donnait ses vers
dorés au soleil
eux aussi

voyageais-tu dans tes rêves ?

« vermicelles verts »
كانت الأنهار الصغيرة التي تصبّ في المتوسط
لطالما تساءلت، كيف كان البحر أزرق بينما كل ما يصل إليه هو أخضر، أو رمادي؟
« vermicelles verts »
étaient de petites rivières qui débouchent sur la Méditerranée
je me suis toujours demandé comment la mer était bleue
alors que tout ce qui arrive vers elle était vert et gris ?
C'était la première fois que je prenais mon rêve
pour une pâte à modeler.

mère-passerelle méditée toute l'année
moi, j'essayais de voir la France au bout de l'étendue bleue
en plissant les yeux
depuis Notre-Dame-d'Afrique, sur les hauteurs d'Alger-
« la-blanche »
la France que je ne connaissais pas franchement
pas mienne, pas encore

ناديا لم أتر أهلها منذ تسع سنوات
سلمى وأولادها الخمس ركبوا البلم نحو بلد لا يعرفون لهجته،
كانت أول مرة تكتشف فيها معنى أن يكون لديك خمسة أولاد
جارتها أم محمد قالت لها: على الأقل إذا خسرتِ أحدهم يتبقى لك أربعة
لكن سلمى لم تكن تعرف العدّ
وكانت تخاف من أن تصل الحرب إلى باب بيتها، فليس لديها لا خبز ولا ماء تقدمه لها.
كان في البلم سيدة عجوز، يقولون لها احتراماً، سيدتنا.
وصل الجميع سالمين إلى بلاد أعلى من أراضيهم
كان البحر كمن يصعد جبلاً.
لكن بعضهم مات لاحقاً في عواصف ثلجية
أو بأمراض عادية، ودخلوا مستشفيات نظيفة وبأرقى المعدات الطبية
لكن في لحظة التخدير
قبل الموت او الحياة من جديد بقليل
كانوا يتخيلون أنفسهم نازلين في أراضيهم
ينظفونها من القنابل والشجر الميت
ويغفون.
إلا "سيدتنا" العجوز
فقد كانت ذاكرتها قد انطفأت منذ زمن بعيد

Nadia n'a pas vu ses parents depuis neuf ans.
Selma et ses cinq enfants ont pris le bateau gonflable vers des pays dont ils ne connaissent pas la langue.
C'était la première fois qu'elle découvrait ce que ça voulait dire que d'avoir cinq enfants.
Sa voisine, Oum Mohamed, lui a dit « Au moins si tu en perds un, il t'en reste quatre » mais Selma ne savait pas compter. Et elle avait peur que la guerre arrive à sa porte, parce qu'elle n'avait ni pain ni eau à lui offrir. Dans le bateau, il y avait une femme, une vieille femme, qu'on appelait par respect « Saïdatouna », « notre dame ».

Ils sont tous arrivés sains et saufs dans des pays plus hauts que les leurs, comme s'ils montaient par la mer. Mais certains parmi eux sont morts plus tard dans des tempêtes de neige ou à cause de maladies ordinaires.
Ils sont entrés dans des hôpitaux propres aux équipements très modernes, mais au moment de l'anesthésie, juste avant de mourir ou de revivre à nouveau, ils s'imaginaient redescendre vers leurs terres, les nettoyer des bombes et des arbres morts, puis s'y endormir.
– Sauf la vieille « notre dame », car sa mémoire était éteinte depuis longtemps

À la récré, ma copine Feriel nous avait raconté
presque en rigolant
sa jambe explosée par une balle lors d'un barrage – un vrai ou un faux ?
on trouvait l'anecdote curieuse.
Alice, l'aînée des trois enfants, avait bien connu les moines de Tibhérine.
Menaces de mort, cailloux par la fenêtre, attentats en ville,
Ultimatums : il fallut partir
– le lycée fermait de toute façon.

L'Occident signifiait : les glaces, les grands supermarchés,
la liberté de marcher dans les rues,
Michael Jackson ma consolation
et le sentiment d'être moins européenne
et moins à la mode que les autres

tu vivi a Parioli ma non sei una pariolina
(grazie a dio, chi lo vuole essere)
tu vis à Parioli mais tu n'es pas une parioline
(heureusement, qui veut en être une ?)

aujourd'hui je me sens coupable d'avoir pu partir
et dans quelles conditions (valises pleines et déménagement en ordre)
d'autres n'ont pas eu ce choix
qu'est devenue Feriel ? et Bochra ?

e gira gira il sole
e gira il sole e giro te
mi chiami non rispondo a
perché risposta non c'è
nelle parole
et tourne tourne le soleil
tourne le soleil et je te tourne
tu m'appelles et je ne réponds pas
parce qu'il n'y a pas de réponses
dans les mots

ma mémoire n'est pas éteinte
mais trouée par les passages de frontière

Inédit

---

* En arabe, le mot « malfouf » signifie « enroulé » quand il est adjectif mais désigne un « chou » quand il est nom.

ALEXANDRE BONNET-TERRILE

Santa Rita da Cascia

Les couleurs liées en une seule et solitaire – glauque de bille –,
l'amour qu'un homme porte au chien, nul ciel
sinon ça, clarté en l'air, qui n'a du ciel que d'être loin :
je vous parle de Turin
à la fin février, mais en particulier
du quartier de ma famille, Santa Rita,
d'une tristesse, alors, que rien n'habille, dévoilée, d'une laideur
à contempler ; la mort,
si la mort vivait. Vieil hiver enfermé
dans un soleil qu'on ne voit pas jette des sorts. Ici depuis hier,
moi
revenu, mes idées ne sont françaises plus
ni parisiennes, non pas encore piémontaises, moins encore
et jamais d'ailleurs sont italiennes,
cela dit ne sont pas vaines,
elles se tiennent en frontière, pour l'instant, sans moi-même,
et ce monde en est exclu ; mais je le vois,
ce monde est vu : les voies qui ne sont pas des rues, les cours
qui ne sont pas des avenues, les dames
presque identiques à des femmes, leurs filles qui les
accompagnent,
bientôt moins jeunes que des jeunes femmes, et les petites
filles
que ces filles traînent, les
minuscules blondes grises déguisées
en fées bleuettes
sous les parkas, et
muettes, n'en pouvant plus de porter leurs baguettes

magiques, les yeux sans âme, sans chagrin – elles ont trop
pleuré déjà
contre ce froid sans cesse de matin ; je me souviens qu'enfant,
soit vivre pique,
soit vivre est loin. Et les époux, parfois, qui suivent, maigres
ou gros,
mais secs, parfaitement chauves, sévères
comme des architectes, leurs
chaussures de docteurs
ou de restaurateurs, leurs allures
de commissaires parodiés, et leurs lunettes,
qui sont avant tout des montures. Les fenêtres et les voitures :
en ces deux éléments le jour se met, trouve cœur
à sa nature et lieu pour ses reflets ; le reste est autour
du jour, près du jour, entre jour et jour, mais avec le jour,
jamais. Mes pas
sont un peu courts, malgré moi, comme si je les rêvais.
En face, un parc est plat,
oblong, souvent me parut vaste et se confond avec la place,
qui est une esplanade pâle, raide à l'horizontale, où, légers,
des vélos
passent vite et dans un calme d'ombres ; à droite, un stade
domine, blanc comme la cendre ou certaines farines
ou peut-être comme un croc. Je tourne à ça mon dos
et je m'engage dans ce cours
où ce n'est pas aujourd'hui le marché. D'habitude il me semble,
à tort et à raison, me déplaçant
dans une ville, descendre ou monter ; ici ni l'un ni l'autre et
j'ai plutôt
le sentiment trouble d'un point, sorte de centre, dont je
m'éloigne
plus ou moins, et celui plus précis d'un double de mon être,
planant fragile

quelque part, hors de moi, assez près, à hauteur d'arbres
je dirais,
cerveau second, très inutile, qui me regarde
et ne sait rien, ne connaît pas – et selon quoi j'assume
étrangement ma direction. Voilà.
Et l'église, pauvre chose, là, et les cloches, leur son,
car il est telle heure pile, mais laissons cela.
Je vous ai raconté Santa Rita.

Inédit

ALAIN BORER

Le mur de soi

noèmes

« Aber wir, zufrieden gesellt… »
[« Nous, dans la paix d'être ensemble… »]
Hölderlin, *Diotima*, IV

Je est un être
passé du muet au parlant
pour laisser trace
de solitude

Franchir le mur du soi
passer du côté de l'autre
provenue de l'unisson
l'intime parole

à S.N.

Ses chevaux ont en eux :
le quitter-ici et l'aller-là
Elle se meut comme l'algue
lentement elle
enjambe l'espace

Ai-je dormi ?
Chaises blanches en plastique
tirées tard dans le soir
vacuité de la nuit
à résonance d'amphore
tourniquets des jets d'eau du matin

Poudre du temps
que le pas lève
pays bientôt porté manquant

Orange, Texas
Partir au loin partout
en pays de connaissance
jusqu'au mystère
de l'ici-tout-près

Encore Goose Bay
Franchir l'océan qui se tend
en quatre ou cinq heures de sommeil
à la fenêtre encore Goose Bay
Québec, que je n'ai jamais vue
sauf neige sur l'Ouzbékistan

Perte de vue
Où ton pays ? dans les détours
haute vague d'égale nuit
où personne jamais
n'a prononcé nos noms

La nuit sans fin précédente
le jour fut-il
nocturne vaisseau
n'atteint au flot

Vesoul
Mon père
regardait la prairie
ensoleillée sur la colline
à la fenêtre de l'hôpital
avec une telle mélancolie
que vingt minutes après
il y accédait

Rosier rwandais
d'épier les désirés
langue pendant
pleure des cordes

Rosier tutsi
la saillie m'assaille
corps en transe
toutes s'y piquent
conjointement

Rosier hutu
mots d'arrêt
où tout
haletant
d'agonir

Le rire du lynx
traverse
la rivière glacée

Inédits

NICOLE BROSSARD

Frontières

en silence
bleu de pétales fous
une soudaine preuve du danger

au musée le corps réapprend
la faim le gibier
l'origine du pastel tendre

je peux désormais souffrir en temps réel
ma voix de survol entre deux coups d'archets
éclairage Caravage

je dis partout au revoir
en français la conscience tient bon
tous les matins, je m'installe
dans une lenteur narrative
afin que roses lys et rouge s'élisent
aux frontières du vivant
et de l'obscurité

au début de la noirceur
je reste tranquille
j'observe le déclin
de lumière limite et bord de
mes goûts de fontaine
et jaillissement

les soirs de couvre-feu
je relis le manuscrit
l'intérieur de la narration
le réel n'est pas toujours activé
L. aimait répéter à Dora Maar :
« Le réel c'est quand on se cogne. »

au seuil de consentir
la bouche s'arrondit et confie
j'aime la mort et respirer encore

se nomment mesures du temps
le long du larynx
et de l'aorte
les frontières souples du silence
tout alphabet d'horizon

une fois la page tournée
les oiseaux se seront envolés
la réalité oui, je me souviens du nom de Molly
dans une soie de traduction

chaque paragraphe dans la lumière de juillet
dit à qui le lie à un état second :
nous voici donc marchant
avec des douleurs de vie publique
et nouveaux filtres de rapprochement

durant l'hiver les gens parlent
souvent d'agonie
construisent leurs phrases
en ajoutant des anniversaires
des élans qui font tintinnabuler la nuit

garde les yeux ouverts
paupières lentes
voici des morceaux de ciel et de satellites
des équations de fiction
rien qui ne puisse pourtant déjouer
ma passion des processus
et notre tendresse d'aube

Inédits

LORÉNA BUR

aircalin

un effort humain

faire tomber une plante verte
lui demander pardon

c'est drôle comme certaines choses prennent des formes
de nuages
la nuit je traverse de grands villages où les gens regardent mal
est-ce que les chiens ont la notion du temps
est-ce que les dents sont des os
est-ce que les jours fériés sont payés double
est-ce que les insectes quoi

est-ce qu'ils ressentent la douleur

d'où je suis déjà les marées
une goutte de quelque chose qui
goutte sur quelque chose
c'est un morceau de pierre qui ne sait pas où aller

quelle couleur
d'où me viennent ces mains

ce qu'elles contiennent de lieux
un champ de bananes sur la côte c'est presque
un nid de la taille
d'une poche je voudrais casser des images

je voudrais casser des images et ensuite les brûler
je voudrais casser des images et ensuite les brûler et ensuite

les donner aux chiennes quelle couleur a une image cassée
brûlée
crachée par des chiennes
est-ce que les chiennes ont la notion du temps

de ce qui fait mer

c'est installer des persiennes pour les après-midi
ce que je sais comme
des écailles de poisson-lion
de la pisse de rat contre un mur propre

est-ce que je suis la langue de mes parents

ce qu'on attend d'une nuit de sexe c'est
drôle comme les fourmis volantes boivent la lumière
je n'ai pas la bonne bouche

quelque part sous les feuilles dans du gros sable mouillé
sous les troncs de bois de fer je pense
que ma vraie bouche est moche
parfois je dis n'importe quoi
parfois on dit n'importe quoi et ça me touche

de longues baies où s'échouent des mollusques
un os de seiche tout pâle
tout blanc mais ce n'est rien

je me penche vers ce qui résiste en moi et je ne
sais pas quoi lui dire
je ne sais pas quel muscle quelle forme de
nuage et de la taille d'une fenêtre entre sans toquer
se lave les mains
se met à table et dit

parfois la pluie ne tombe pas elle
s'accroche

est-ce que si je glisse quelque part où personne n'imagine
le dessous d'un lac
la souche d'une forêt noyée par des hommes
                    est-ce que j'y fais chemin

des traces de lutte comme de la peau de poulet mort
sous un marché à ciel ouvert
au bord de l'eau   un peu de vent

je ne sais pas ce qui donne aux choses ces contours
                                        impossibles
des formes de crabes mous qui font des trous si larges
qu'ils serviraient pour chier
des formes de pays qui sortent de mer comme des bouts de nez
qui respirent mal je crois que je cherche

comme de couper une sorte de sel particulier
entre le rien   distinguer un geste
une lueur pas si spéciale

est-ce que les vers intestinaux peuvent sortir tout seuls
est-ce qu'ils ont le choix   ne me regardez pas

d'où je suis   des eaux calmes et très brunes comme
du lait au sirop
des drapeaux qui signalent la présence de requins bouledogues
la présence de choses qui laissent
des empreintes de trop grand et le cœur

abriter des faunes tranquilles
devenir une maison

parfois je me sens comme un bout de morceau lent
ou de graines
de pissenlit j'ai des projets d'éparpillement c'est
confondre la paix
au sud le pacifique et au nord c'est pareil
du gasoil dans des bouteilles de tulem
des poches de fruits à 1 000 francs

qu'est-ce qui fait l'abandon

dans le placard un vieux vêtement qu'on ne garde que
pour débrousser
prendre une pause pour sucer du tamarin
le noyau d'un omaï ce sont
des plages qui changent de couleurs je n'irai plus

quand je sens que je suis loin je prends soin de ces distances
je leur sers du thé
nous discutons
nous devenons bff une espèce de magie

la barrière de corail un tout petit portillon
où je me couche comme un vieux chien
c'est la mémoire des formes

ce qu'on attend d'un monstre comme
un effort humain

retourner au pays
lui demander pardon

Inédit

TOM BURON

Ainsi le fauve ahanant s'échoue,
s'allonge sur le boulevard
à la place de l'agneau
et les lampadaires,
et les projecteurs,
et les brandons de rades d'un temps nouveau
trempent l'asphalte irradié,
éclairent sa pleine entrée dans l'abandon.

*

Sanglés fragiles au train,
loin de la chair,
ils ont dérobé leurs titres d'enfance
dans les poches d'une armée moribonde,
depuis des fantasmes d'arènes rouillées,
vieilles,
comme l'Ouest et la mémoire.

Sur les combes,
un animal de hasard
déversait une couleur ouverte
le gosier comme fosse
et le voltage vermillon
La mandoline jouait le jeu de la catastrophe
Mais il y avait encore trop peu de saleté
dans leurs disparitions.

*

De l'appeau les arguties :
ils ont si longtemps parlé l'idiome des morts
et cherché de nouveaux bourbiers
que la grâce, à présent, égratigne la vue,
quand la pupille se souvient
des dernières danseuses abandonnées,
là où le bon astre ne jouit pas deux fois
mais crapulise ses faisceaux,
en des temps de grands courants
et d'ondes et de diffractions.

Inédits

LAURE CAMBAU

« Ne désespérez jamais, faites infuser davantage »
Henri Michaux

Je vois du sucre
où tu vois du sable
je vois des lignes
où tu vois des arbres
je bois des cendriers noirs
je vois des feuilles
et tu danses avec les tables
j'écris au fabricant d'esprits
pour m'assurer que les humains génériques
sont bien emballés
pour ma part
ma peau de carton prend l'eau
et n'est pas affranchie
paiement à la destinée
je vois des lignes
où tu vois des arbres
mais entre nous
les serpents s'emmêlent
envahissent les vies qui nous séparent
confusion sexuelle et dérèglement planétaire
prends garde aux barreaux vermoulus
les échelles plient sous les méandres froids
j'ai perdu mon chien bleu
dans ton désordre intérieur,
ma voix dans un fond de tasse
et je bois des cendriers noirs
pour sortir.

Né avec la neige

i.m. Omer Kalechi

Tu es né avec la neige
loin d'ici
dans un village disputé entre deux pays
tu es né avec la neige
c'est ta mère qui te l'a dit
tu es né avec la neige
mais quand ils t'ont demandé
une date pour naître
tu as rempli le formulaire avec des cinq
comme si tu avais trouvé la formule magique
pour naître et renaître encore
tu n'as pas de signe
tu n'as que la neige
tu es né avec la neige
c'est ta mère qui te l'a dit
et puis un jour
tu es parti avec la neige
loin d'ici
et maintenant
il fait nuit dans les têtes
et j'ai peur
et je veux du raki
ni peinture ni poésie
je veux du raki whisky des poètes
du raki et de la neige
pour ouvrir les têtes.

Inédits

WILLIAM CLIFF

Recouvrance

Après avoir subi des atteintes profondes,
le corps n'a plus envie que sortir de ses tontes,
et retrouver peut-être un reste de valeur
qui le fera commettre à un labeur meilleur.

On a oublié quelque chose sur le feu
qu'on entend crépiter : vite on se précipite
pour constater qu'il ne nous reste que très peu
de nourriture dans le fond de la marmite.

Ainsi nous faut-il payer d'avoir ravalé
les points les plus sensibles de notre charpente,
alors lentement on remontera la pente,

lentement il faudra gratter le fond du vase
pour lui rendre un aspect un peu plus présentable
et reprendre la Fable où on l'avait laissée.

Engrossée

Voilà la belle fille qui s'en va
et qui fut engrossée sans s'y attendre,
et qui pousse l'enfant dans sa poussette
remorquée par un grand chien labrador.

Elle sourit et elle se retourne
découvrant ses dents blanches éclatantes
à cause du soleil qui aujourd'hui
nous éblouit d'un rayon magnifique.

Elle a eu un enfant sans s'y attendre,
mais elle fut heureuse de l'avoir,
et elle va sur le chemin de terre
lui faire avoir le grand air qui l'aère.

Et d'une foulée vive et merveilleuse,
elle s'en va poussant dans sa poussette
sa progéniture très anxieuse
de savoir où sa mère la projette.

Un hiver

Soudain l'obscurité est tombée sur la terre,
le gel en givre blanc étreignait la nature,
je savais qu'au jardin se tordait de misère
tout ce qui ne peut pas supporter la froidure,

et devant la maison crispés dans leur voiture
les gens fuyaient sur le tarmac jonché de sel,
et sur l'immensité pétrifiée par le gel
pleurait l'absence de ceux qui s'étaient aimés.

« Allons ! » me dis-je « il faut sortir se promener ! »
À qui parlais-je ainsi puisque j'étais tout seul ?
Comme le Juif errant à errer condamné,

je m'en allai traîner çà et là sur le monde
le malheur de ne pouvoir partager ma honte.

Inédits

FRANÇOIS de CORNIÈRE

Le futur immédiat

Personne sur la plage. 30 janvier.
Je marchais en direction de la Pointe.
La marée était très basse.
Les bernaches au bord de l'eau.
Quelques mouettes. Des tournepierres.
Temps gris. Matin brumeux.
Tout semblait être « arrêté ».

On ne voyait pas la ligne d'horizon
mais je devinais où était l'île
la côte et les éoliennes.

Sur la plage là-bas
seule tache de couleur
un petit point jaune.
Il bougeait.
Il venait vers moi
j'allais vers lui.

En marchant j'avais pensé « écrire là-dessus » :
les distances qui séparent
celles qui rapprochent
celles qui disparaissent.

C'était une femme avec un ciré jaune.
Capuche relevée. Bottes bleu marine.
Je ne l'avais jamais vue.

Et elle ?
M'avait-elle aperçu de loin ?
Ma grosse polaire. Mon bonnet gris.
À quoi pensait-elle ?

Je me demande pourquoi
j'ai voulu écrire ce moment.

Pourquoi je mélange le passé le présent
le futur immédiat
ce regard d'une seconde dans un poème
quand nous nous sommes croisés.

Les choses oubliées

« Bon. Je regarde si je n'ai rien oublié ! »
J'avais déjà imaginé la suite
pendant qu'elle faisait le tour de la maison
avant qu'on parte pour la gare.
Et j'avais aimé l'entendre dire ça.

Le lendemain au téléphone
quand elle m'avait demandé
si j'avais trouvé ses chaussettes
sur l'étagère dans l'entrée
j'avais souri intérieurement.

En plus elle m'avait demandé
si je voulais bien les mettre à laver
– ses chaussettes –
« pour la prochaine fois ».

Un instant j'avais pensé ouvrir
une petite boutique d'affaires oubliées
(veste pull chaussures serviette livre etc.)
mais j'ai vite renoncé.

Dans mon carnet sur une page précédente à
« Je regarde si je n'ai rien oublié »
il y avait cette autre phrase recopiée :
« Les livres qui ne ressemblent à rien /
ressemblent d'abord à leur auteur. »
Elle était de Claude Roy*.

C'était le cas de mon poème.
Il ne ressemble à rien
mais il me permet de retenir
dans le cours des choses oubliées
un peu de ces *minutes heureuses*
dont parlait Baudelaire
et que je garde encore un peu pour moi
« jusqu'à la prochaine fois ».

Inédits

* Claude Roy, préface à Charles Baudelaire, *Le Spleen de Paris* (Le Livre de Poche).

CÉCILE COULON

Rivière fragile

je quitte la terre de mon grand-père à la bouche cassée
en laissant derrière moi une rivière fragile
que l'orage peine à gonfler
que la pluie peine à nourrir
je ferme le dernier volet et ce geste simple
m'atteint à la poitrine car je revois ce bras
tendu contre la façade brûlante
pour attraper le bord de bois cloué
ce bras épais comme du pain du dimanche un lundi
ce bras d'ancêtre qui retient des enfants
et rabat des fenêtres sur des pièces sans lumière

il faut garder la fraîcheur à l'intérieur
si je regarde en moi-même
de longs paysages brûlent
je laisse les flammes lécher
la plus précieuse des chambres fermées
le cœur

est-ce que nous sommes voués comme la rivière
à dépendre des orages et des tempêtes
à rester en vie grâce aux raffuts des nuages et des éclairs
je quitte la terre de mon grand-père à la bouche cassée
sa photo est dans la cuisine à côté du vieil évier
en pierre
contre lequel je cognais petite un front trop large
contre lequel je cogne aujourd'hui mes genoux

je prends la force là où ils l'ont laissée
dans des maisons plus solides que nous

Le nom des choses humaines

Ce qu'ils appellent naissance
c'est un moment qui dure une seconde ou dix ans
dans le sang d'une salle blanche
dans le blanc des chambres d'amoureux
dans le cœur des hommes peu habitués
aux secousses des paroles et des palmiers.
Ce qu'ils appellent naissance devient
mon fils ma fille ma merveille mon trésor
une vie a pris place dans la leur
et cette respiration nouvelle
efface toutes les lettres du mot malheur.
Ce qu'ils appellent naissance ce sont aussi les signatures
entre deux pays ennemis en d'autres époques
qu'on pensait révolues mais la guerre a toujours sa main prise
dans celle de l'ennui, de l'argent, du pétrole.
L'or noir a les dents blanches et la nuit les hommes
incendient des capitales pour un baril d'essence.

Ce qu'ils appellent amour
c'est une flèche dans le cou de la raison,
une flèche de plumes d'oiseau lyre, de cordes en nœuds marins,
un sentiment plus grand qu'un premier matin en Amérique,
une douleur au-delà des neiges himalayennes,
la douceur des rives aux eaux si bleues qu'on croit que sous
la mer
il n'y a rien que l'œil du ciel éternellement ouvert.
Ce qu'ils appellent amour prend la forme du corps de l'autre,
soudain le sol la ville les murs se renouvellent,
on confond les nuits d'orage et le tambour du train,

on entend dans chaque bonjour le début d'un je t'aime,
dans chaque au revoir on espère à demain.
Ce qu'ils appellent amour
devient violent quand on l'enferme,
devient féroce quand on l'abîme,
on ne sait pas écrire mais on écrit quand même :
je vous aime mais je ne sais pas comment le dire.

Ce qu'ils appellent force est un reste d'enfance mal soignée,
de cour de récréation comme une cage,
de goût de poussière dans une bouche cassée.
C'est un muscle qui n'en peut plus d'être musclé,
un corps qui n'en peut plus d'être chaque soir payé
pour une vague sensation de plaisir
qui maintient les hommes forts debout
mais cette sensation-là, dans le secret des hôtels d'or,
d'autres l'appellent « dégoût ».
Ce qu'ils appellent force est un pays de montagnes douces,
aux pointes arrondies par les pluies et les troupeaux,
aux flancs qu'on prend pour des prairies, aux forêts
si larges qu'elles ressemblent à des paquebots,
sur le pont on entend chaque matin
le raffut des oiseaux.

Je passe mon temps à chercher
dans les lumières changeantes du soir
le vrai nom des choses humaines,
la vie se moque du langage
sous la poitrine une voix d'un autre monde
murmure : ce n'est pas la peine
vous n'avez pas besoin de comprendre
il vous suffit de reconnaître.

Inédits

CHARLÉLIE COUTURE

Un voyage sans limite

(aux frontières indicibles)

1

Se déplacer,
Sans fin,
Se dépasser,
Aller plus loin.

Chercher sa vie,
De bout en bout,
Comme un défi,
Du tout au tout.

Le profil appuyé contre la vitre,
D'un train toujours plus vite,
Au bout d'un rêve,
Sans limite.

2

Manœuvres militaires,
Et légions mercenaires,
Les armées se font front,
À la frontière.

Procédure dure,
Stratégie du gant de fer,
Politique mortifère,
Encore une fois la guerre.

Pour défendre une falaise,
Un lopin de terre,
Des territoires déserts,
Depuis la Genèse.

Beaucoup de soldats meurent,
Et aussi des civils,
Les corps qu'on enterre,
Et beaucoup de malheur.

3

Indécente opulence,
L'ordre règne (en apparence),
Les DJs lancent la danse,
Oublier les souffrances.

Trois pas en avant,
Et quatre autres en arrière,
Comme des chiens savants,
Dans les ruines d'un chenil.

Les leaders imbus,
Leurs ministres exaltés,
Adoptent des postures
Dans les salons dorés.

Flatteries en puanteur,
Ça fait partie du jeu,
Les sponsors en sneakers,
Trinquent à nos habitudes.

Tandis qu'les bombes tombent,
Sur les tombes des cimetières,

Oh, abuser de boire,
À l'abri des obus.

Flûtes et coupes de champagne,
Sans autre commentaire,
L'ivresse du Pouvoir,
Et l'alcool incendiaire.

4

Tyran intransigeant,
Refus des concessions,
Les ceusses qui gouvernent,
Savent trop bien faire semblant.

Intenter des procès,
Viser les adversaires,
Les hommes de paille brûlent
De mettre le feu aux poudres.

Alliés à la milice,
Complices des bandits,
Les escouades policières
Fanfaronnent en quad.

Trahisons et coups bas,
Crises d'angoisse au perchoir,
Le chef des partis pris,
Fait monter les enchères.

5

On entend le grondement
D'un orage de grêle,

C'est l'début d'la poussière
Qui freine les hardwares.

Algorithmes et contrôles,
Détournés par les trolls,
Les cybers corsaires
Ont ciblé les réseaux.

Traffic d'influence…
Mémorielle,
Pervertir les intelligences…
Artificielles.

Payer cher les divas
D'un système à bout de souffle,
Dans le flux cryptoïde,
Ça programme à tout va.

Convaincre n'importe qui,
De faire n'importe quoi…
Les extrêmes fanatiques
Réinventent les mythes.

6

Sondages d'opinion,
Se bercer d'illusion,
Et vogue la galère,
Des esclaves ordinaires.

Subir ou obéir,
Ou mourir étouffé,
Eux, si peu nombreux,
Et nous bien trop poreux.

Le peuple est à genoux,
Qui lance des cailloux,
Quand les crises monétaires
Explosent en plein tonnerre.

7

Je sens le souffle court
D'une déflagration,
Sirènes aux alentours,
Plusieurs détonations.

Dynamite, mélinite,
TNT, donarite,
RDN, PETN,
Nitroglycérine au litre.

Un terroriste fou,
A fait sauter l'hôtel,
En exhortant son Dieu,
D'une voix de crécelle.

8

Massacres et sacrifices,
Et tortures et supplices,
Dans les prisons insalubres,
Errent des ombres lugubres.

Où donc sont passés
Les amis de nos fils ?
L'histoire est amnésique,
Effacer les matrices.

9

Maintenant ça suffit,
On signe des traités,
On veut tendre à la Paix,
Cautériser les plaies.

Le teint blafard, livide,
Choisir de faire le vide,
En transformant l'éthique,
Ou la métaphysique.

Transactions judiciaires,
Plutôt qu'une « sous-mort »,
Pardonner sans remords,
Dans l'idée de « sur-vie ».

On parle d'arrangements,
De compromis, d'oubli.
Les lieutenants sanguinaires,
Vénèrent des crucifix.

10

On s'enflammait de haine
Pour une frontière symbolique,
Dis, c'est comment qu'on freine,
Avant le précipice ?

Étrange cauchemar
Dans ma tête en chaos,
Le train entré en gare,
Je m'éveille en sursaut.

On dit qu'tout l'monde descend,
Destin / destination,
Où sont les voyageurs ?
J'suis seul dans l'wagon.

Inédit

BENOÎT D'AFRIQUE

coulent des souffles époumonés
à l'oreille gauche de chaque lisière

depuis l'effort d'exister
je vous écris

de mes chutes évitées à l'insistance des battements flapis
mon cœur disloque à tout point de vue
les paramètres de l'ouragan
le pouls des frontières
levées à hauteur de ma traversée

au mépris des récifs
s'offrir en masse
exploit d'insoupçonnés horizons
visa rêvé de tout avaleur de large

je vous écris depuis
mon refus d'outrepasser

prendre
le large
inclut à démêler périls
se battre
contre vagues
à contre-courant
au centre de son naufrage
s'accroupir
en attendant que le sable
soulève sa robe

tout matin est amoral
en l’absence du bleu
dans les pousses du ciel
à l’ouverture du jour

Inédits

JEAN D'AMÉRIQUE

par-delà le vent

foule n'est que chorale de limites
nationalité veine immobile
toujours elles souffriront de ma trahison
je saigne la géographie

quelque part en moi
des brèches urgent

inondé d'océans au destin muet
ailes sans pacte avec l'espace
quelque part en moi
chantent les orchidées de la dérive

je délaisse les lisières
un soleil attend ma fièvre à l'autre bord
pour faire l'amour

lune sans quartier
manufacture d'errance qu'il faut
pour me fabriquer semelles
atelier de transhumance
pour signer mon étoile

ne m'appelle pas
là où il n'y a
que ciel fixe à chérir
mon nom siège
dans la cendre des frontières

qui encercle mon fredonnement
mourra par le cri explosé

les trottoirs m'apprennent à danser
ma paume sans cesse cueille des villes
leurs rêves gris
leurs murs et des enfances affalées contre

leurs bus chargés nourrissant le songe
leurs bleus miroirs

c'est ainsi
que j'affronte la grande nuit
que je signe le poème
drap qui léchera les rues
gavées de sève pourpre

c'est ainsi
que je trouve soleil à graver
au front matinal

dans ma vision secouée des choses
je fabrique lunettes en toute contrebande
pour rendre aux miroirs
leur conscience floue

*

flammes
s'allument elles-mêmes
illusion n'est point
la boue scintille
dans le ciel des cochons

quand un frisson s'active
les corps balayent leurs noms
racines et ascendances

l'amour est
jeune comme la révolte
l'amour a
l'âge des subversions

Inédit

SEYHMUS DAGTEKIN

Œil sur la ligne

Extrait

Six scorpions aiment d'un même amour
ton sourire qui me traverse
sans blesser personne
Tu hésites entre rire et menace, forme et son absence
Tu es à la fois perte et promesse
Gouffre et son débordement
Dressant un œil à chaque pas qui t'éloigne de moi
Œil inerte, sec et aveugle
Qui tente de dévorer une foule immense
Sans bouger de sa place

C'était hier, ton corps était l'étendue
Aujourd'hui nous entrons dans les dunes
Y devenons traces, y devenons plis
pour voir le soleil à travers la lune et ses trente montagnes
En guise d'entrée à la matière de la nuit
Qui est continent sur ton corps
Et le fer pour en arracher le cœur

Franchis la ligne et viens
Nous ferons langue de nos débris
Nous inventerons la parole au fur et à mesure
Elle nous délivrera des temps et étendues
Et nous deviendra aussi proche que le chien de nos côtes
Dans un temps où nous n'aurons ni trou ni abri
Qui puissent nous devenir son, nous devenir corps
Comme si nous devions nous éparpiller sur les choses

Pour qu'elles nous dissipent
En toute liberté
/
Une eau qui n'est racine ni arbre
Aussi ligne que plaie
Et quelques rougeurs à l'horizon
Qui deviendront visage et vie
Pour hâter la fin sur le fil de ton souffle
Qui déplacera le fil de nos jours
Entre l'ici et l'absent

Ne pas vieillir vite. Ne pas aboyer insensément.
Ne pas broyer sans avoir touché la fin des dents
Le vent prend la forme des bouches et portes qu'il croise
La lune sort, devient ombre sur les dunes
Où ton corps persiste telle une réminiscence
Et glisse le long des cheveux qui défilent avec les arbres pour effeuiller les yeux
À la lumière qui devient langue
Devient sang
Et les efface
Dans le saut d'un chat sur le mur
Qui y restera.
Tout près de la vérité

Roche dans l'arbre / Incendie rêves et maisons / Entre souffle et terre / Dépouillent les cendres / Dispersent les vents / Cerf un peu plus loin
Que nous chevaucherons d'une balle
Avant qu'il ne nous achève de ses bois

Nous deviendrons silence
Nichée des évitements et des fuites

L'eau trouvera sa raison dans nos déambulations
Nous pousserons plus loin que le souffle de nos proies
Qui seront prêtes à nous cueillir de l'autre côté de l'attente
Et nous déposeront devant la porte fermée d'une étoile
Que nous redécouvrirons
Avec nos files de fourmis, langues de bisons
Qui régénéreront dans les plaies
Notre sang

saleté / froid / creux d'une pierre / chevaux et bougies / balles et poils / à moitié caché / trous et liquides / regards qui en sortent / mêlés aux liquides
couleurs qui disparaissent et ne protègent pas la pluie
ni au ciel, ni à l'envers de la terre
comme si nous étions bras qui ne mesurera l'espace de sa chute
aussi dérisoire qu'un feu dans la nuit
– qui ne trouve réponse –
et la simplicité de la neige
/
je ne peux enfourner ma tête dans nul creux
alors que je détruis mollusques et insectes
irrémédiablement hors de ma peau
qui reste à la surface
de la chose

Les aiguilles de pins tiendront dans l'eau moins que mes ongles
Qui deviendront racines qu'un oiseau déterrera pour renforcer son nid
Ma tête hors de son abri
Sera touchée par le chant de l'oiseau
Tandis que la chute du ciel sera retenue par la montée
de la nuit

Disposer / Préciser / Marché de dupes / Polir Pouvoir Agir / Bombe contre Hache contre Fer / Et les rondeurs des Pierres et Murs / Et l'ovale des Bœufs les plis des Lettres / Cour École Fenêtres / Calculer les cartes / Disposer / Préciser / Une boulangerie de la courante / Lièvre clignote rouge / Pain tombe dans le noir / Déterre les têtes qui gobent vents et mouches / Et les piétons dans tout ça / Et les mobiles / Et les oiseaux / Et le futur dans tout ça

/

Aujourd'hui, on ne mange pas. Demain non plus. Le Moyen Âge, non plus. Les perruques non plus. Les coussins et ceux qui s'y adossent non plus. Les sons qui passent de mes fenêtres à ma tête non plus

/

Les remèdes et les feux / Disposer Préciser / Au milieu de nous / Parfois le temps / Et nous Seuls / Fourbir Pouvoir Agir / Marché de dupes / Marée contre Chaussée Bâton contre Pierre / Étants jamais définis dans le tout fini / Le secret / Bombe Hache Fer / Le temps que je devienne moi-même

Une pelure

/

Pour qu'elle reste fière. Côté féroce
Côté ensemble. Entre deux haches
Et les mères. Entre jalousie et gourmandise
Chacun donnera une couleur à ses mots
Pour que le vent l'emporte
Cette vie qui n'est je
Fêlure
Qui ne nous déposera pas
Du bon côté de la ligne

Inédit

JACQUES DARRAS

I

1

Qu'est-ce qui nous fait tellement aimer une frontière ?
Pourquoi ce tremblement au moment de la traverser ?
Comme lorsque vient le moment de conclure l'acte amoureux.
Comme lorsqu'on refoule l'air au fond de la poitrine pour
laisser venir à soi l'émotion des deux corps.
Comme lorsque l'on s'éloigne courtoisement pour permettre
aux chairs de débattre.
De marquer leur territoire animal.
Comme s'il y avait terreur dans territoire.
Comme s'il y avait terreur dans le mot terre.
Arrive le moment de l'entre-deux.
Curieusement s'opèrent tout ensemble trêve combat.
Curieusement alors les deux amants cessent chacun
de s'appartenir.
Chacun l'un à l'autre révélés.
Il y a quelque chose de semblable dans le passage
d'une frontière.
L'histoire de la terre est histoire d'amour.
L'histoire de l'amour que la terre a pour elle-même.
Que l'on nomme géographie.
L'histoire de tout amour véritable est histoire de crainte
en effet.
Tout amour véritable est crainte de l'amour.
Tremblement de crainte que l'amour éprouve au moment
décisif.
Au moment d'abandonner la terre de son propre corps.
Au moment de la plus grande maîtrise du plus grand abandon.

Nous n'avons d'autre crainte en vérité que celle de l'amour.
Que de savoir où passe la frontière de l'amour.
Où passent les lignes amoureuses entre femmes hommes.
Que de savoir où les lignes entre les pays doivent être tracées.
Notre histoire notre incapacité à nous maintenir dans
l'entre-deux.
Notre histoire une histoire d'amour incertaine.
Nous craignons depuis toujours de ne pas être à la latitude
de l'amour.

« Chimay XIV » in *Van Eyck et les rivières dont la Maye.*

II

2

(...)
Cela se passe essentiellement en Picardie.
À la frontière de l'Histoire les rivières.
Du poème du roman.
Picardie terre de frontières naturelles.
Somme frontière majeure.
Somme résumé d'eau condensant Rhin Danube Meuse à lui
seul – quel exploit.
Où sont passées les autres se demande-t-on quand on voit
l'étroitesse du lit ?
Henry Lancastre accède au pouvoir mars 1413.
Cinquième dans l'ordre du prénom dixième dans la branche
Plantagenêt.
Issu d'Henry d'Aliénor.
Issu d'amour courtois troubadours Aquitaine.
Comme Richard Cœur de Lion.
Comme Prince Noir.

La guerre entre Nordistes Sudistes portera dorénavant nom
la Somme.
Il y a des rivières qui ne seront jamais amoureuses
par géographie.
Ni métaphoriques par reflet.
On peut énoncer une protestation.
Venir réclamer sa part d'héritage poétique six cents ans
plus tard.
Tout poème a droit inaliénable à l'anachronisme.
Henry prend Harfleur le 18 septembre 1413.
L'Histoire est affaire de succession.
Henry réclame sa légitimité à la couronne de France.
Le poème n'a nulle part d'antécédents.
Comme l'eau il coule portant sa source devant lui.
Mille hommes cinq mille archers Henry remonte par la côte
vers l'Angleterre.
Les Français l'en empêchent.
Obstacle les rivières picardes.

3

Azincourt j'y fus 23 octobre 1992.
Chroniqueur dépêché par l'Agence Française Poème – AFP.
Déplions la carte au cent millième.
Plateau de courbes géodésiques hauteur 100, entre quatre
rivières.
Ternoise au sud se jetant dans la Canche à Hesdin.
Planquette à l'ouest arrosant Fressin (enfance de Bernanos).
Lys au nord émergeant du sol entre Lisbourg Verchin.
Remarque du chroniqueur local jamais notée par l'Histoire
officielle :
Ceci est terre exclusivement bourguignonne.
Une grande hêtraie relie Azincourt au Vieil Hesdin
de Philippe le Bon.

Nous sommes 23 octobre 1992 et 23 octobre 1415.
Indication climatique notoire : il pleut dans les jours avant
la bataille.
En cas de défaite prévoyons que les Français prétexteront
le terrain boueux.
Leur choix s'est porté sur une surface théoriquement plane.
Propre à galops suicidaires.
Enclos à tournoi.
Tapisserie d'automne collée à plat le sol.
Les tournois primitifs eurent lieu dans l'intervalle de trois
quatre villages.
Puis l'espace se chagrina à mesure des croisades avortées.
Jouter ce fut dans la chambre des dames l'amour faisant
nique à la guerre.
Azincourt voyez tout ce monde qui se presse pour être
dans la tapisserie.
Tous ne seront pas photographiés par William S.

« Azincourt XIX » in *Van Eyck et les rivière dont la Maye.*

III

6

Retour à notre jeune moutonnière.
Comment se porte-t-elle en 1915 ?
Le 23 octobre 1915 par exemple ?
Jeanne a vieilli rajeuni de cinq cents ans.
Elle n'est plus qu'à cinq ans de la canonisation.
À quelques canonnades de la canonisation.
Tout marche très fort pour elle.
L'infanterie française marche pour elle.

Les soldats anglais eux-mêmes (hear ! hear !) marchent
pour elle.
Somme Marne Meuse les trois fleuves s'entendent
cordialement.
Le sang tricolore s'allie avec l'eau dans une perspective
catholique unifiée.
Fifty fifty.
Un parfum de moutarde transsubstantiée flotte dans l'air.
(Dijon a délégué Ypres pour représenter l'ancienne Bourgogne.)
On calme les sytèmes nerveux avec des Sommenifères.
On ampute les combattants de leurs bras les cimetières
signeront à leur place d'une croix dans les registres.
Jeanne née en Allemagne conduit de la main droite
une ambulance mosane améliorée.
Faisant avec la gauche le V Vittel de la Victoire
Jeanne a choisi la bonne rive.
Sa canonisation coûtera trente millions de francs-or
à la France en 1920.
Auxquels nous ferons souscrire le million de morts
approximatifs de Verdun.
Jeanne est un chiffre suivi de plusieurs zéros.

7

Charles Charles Péguy !
Septième cinquième sixième qu'importe dans l'ordre
de la branche Orléans.
N'y va pas petit Charles foi de feuille de tilleul nous disons
n'y va
pas !
Commence plutôt par écouter notre question.
Es-tu poète ou romancier ?
Ne réponds pas insensément, réfléchis !
Es-tu front ou intendance ?

Dans notre famille il y a deux morts morts dans la même guerre que toi, plus une amputation, plus une trépanation, plus un orphelin.
Attention à ce que tu vas répondre.
Poète ou romancier ?
Tu ne dis rien, Charles.
Tu chantonnes simplement à mi-voix.
Ta petite chanson de source qui sourd sourdement du côté de Langres.
Ta petite source Meuse.
Ta petite Muse Espérance.
Rumines comme un bœuf de la crèche qui aurait appris ses leçons républicaines aux râteliers Jules Ferry.
Qui réciterait les noms de chefs-lieux de départements comme chapelet d'Ave Maria ou de Pater Noster.
Oui tu entreras à l'École normale supérieure de la Loire Charles Septième.
Oui tu seras couronné par la Loire par la Gloire Charles Septième.
Non pas à Reims mais à Villeroy ville du Roi.
Intarissable petite couronne mosanne rouge étreignant ton front.

« Domrémy XXII » in *Van Eyck et les rivières dont la Maye.*

IV

3

L'écriture des frontières en pointillé sur le sol est l'alphabet de la folie.
L'écriture de la folie s'écrit par lignes discontinues.

La ligne se compose d'un tiret suivi d'une interruption.
La folie est dans l'interruption.
Dans l'interruption de la ligne.
La folie est dans la continuité continue des interruptions.
L'interruption dit l'intermittence de la présence.
Nous ne sommes pas toujours nationalement présents.
Nation c'est absence à nous-mêmes c'est oubli suspensif
de nous-mêmes.
Dès que quelqu'un touche nos pointillés cependant.
Touche à la clôture électrique alternative notre « frontière ».
Quel choc électrochoc vraiment quelle électrolocution.
Nous qui vivions pointillés nerveux dans notre quiétude.
Voici que nos frontières connectent leurs synapses terminales.
Voici que notre schizophrénie patriotique latente se met
en position « éveil ».
Communication instantanée entre les deux hémisphères.
Nous voici singes entrant expérimentalement dans leur
laboratoire.
Nous enfilons la camisole blanche portant aux épaules
l'étiquette « Nation ».
Nous voici agités de sursauts galvanismes de décharges.
Nous voici prêts à sauter à la gorge du « batracien » d'en face.

« Zurich XXXIV » in *Van Eyck et les rivières dont la Maye*,
Le Castor Astral, 2019.

LUDOVIC DEGROOTE

face bout

bleu mobile
au bord
des nuages
lots de vides
derrière quoi sinon rien
vue sans détail
regard sans débris
vide jusqu'au bout
de ce qu'il est
comme si cela lui suffisait

*

même lorsqu'il se déchire le ciel n'occupe que les yeux
sans plus de trace qu'un silence
plus bas en avant la mer
la mer vert d'eau

*

face
à face
pour aller où
continuer à fabriquer son petit vide
à travers l'allure désolée des nuages
on peut toujours
compter sur le passé
se remettre aux archives
pour voir de l'avant

*

les paysages passent sans vous
qui êtes là sans eux
les yeux bouchés
comme une bouche

*

boîte à crâne
coupé même de ce qui le coupe
c'est tout ce que je peux faire
voir le ciel ou la mer
et s'ils en laissent
ramasser quelques mots mal tordus

Inédit

MICHEL DEGUY

L'Ordonnance

La mort acouphène siffle son train à l'oreille
L'ankylose me passe la menotte des fourmis
Les organes murmurent la sentence de Leriche
Juin reverdit mais la licorne fouille

L'intestin s'extravase et pend à la ceinture
Comme dans la fable de Poe les prothèses redressent l'alité
Et la chimique est remboursée
Loxen Hyperium Tahor et Zopiclone

L'asexuation de l'âge abonde le cauchemar
Les riches heures de la vie antérieure
Prennent possession des neurones nocturnes
L'anamnèse infinie somnolente reparle

L'annonciation de l'Ange inverse à droite
Et tournant le dos à la nuit des temps à venir
Qui retourne ses ailes   prophétise
Que le messie est au présent

Novembre 2020

Ballade des mourants

Frères migrants qui avec nous vivez
N'ayez les cœurs contre nous ennemis
Car si pitié de nous riches avez
Paix en aurait plus tard pour tous une chance

Vous nous voyez cy apeurés à millions d'imbéciles !
Quant à l'âme que trop avons pourrie
Elle est piéça avilie et haineuse
et nous les blancs, devenus irridiés et foudre
De notre mal personne ne s'acquitte
Mais prions l'inexorable que tous nous puisse aider

Si frères vous clamons pas n'en devez
avoir méfiance, quoique fûtes occis
par injustice. Toutefois vous savez
que tous hommes n'ont pas su l'adoption élire

Nous sommes mourants, âmes-sœurs délaissant,
Frères de sang ne sommes, sauf par hominicide…
Comme frères adoptifs pourrions tenter de vivre
Laissant le rêve et le rêve du Rêve
Prions les dieux qu'ils se connaissent et se confondent

Nous nous reconnaissions sans nous connaître
C'était le temps des sages et des peuples
Or la science a changé le visage en faciès
Et sa reconnaissance en prosopagnosie

Là où croît la menace aucun dieu ne croît plus
Mais prions l'être ni dieu ni moi, « suprêmes »
Que *nous* s'invente et se fédère   si
Nous sommes tous ce que ne sommes pas

Que les langues parfaites en cela que plusieurs
Fassent voler en *éclats* éclairants
L'identité devenue ADN
Le vingt-et-unième (siècle) sera poétique

Ou ne sera pas

In La Commaison, *L'extrême contemporain, 2022.*

PAULINE DELABROY-ALLARD

1.

on ne sait pas
qui c'est
à l'intérieur

c'est toi
je sais que c'est toi
je ne te connais pas

la frontière
poreuse
entre peau de toi
et peau de moi

une membrane
entre le mystère et moi

la frontière
bouge
sous tes mouvements

où que j'aille
tu es là
je t'emmène
tu es dans mon pays
tu es dans ma mer

dans la membrane dans la matrice
tu nages mon mystère

tu nais
je sais qui tu es
je te prends contre moi
je te prends avec moi
membre
contre
membre
front
contre
front

membrane frontière
tu es mon pays
je suis ta mère

2.

impossible
de démêler
tes cheveux
de mes cheveux
tes lèvres
de mes lèvres
ton suc
de mon suc

impossible
de démêler
le vrai
du faux
le cri
du soupir

le râle
du plaisir

impossible
de démêler
tes jambes
des miennes
tes poils
des miens
ton souffle
de mon souffle

impossible
de démêler
la joie
de la peur

il n'y a plus
de démarcation
dans notre liaison
il n'y a plus
d'extrémité
dans notre intimité
il n'y a plus de frontière
quand nous sommes guerrières

nous jouissons
je crois
qu'on dépasse
les bornes

3.

juste au bord
la falaise
la hauteur
inspiration
expiration
le trou noir
la grandeur

juste au bord
le plongeon
les eaux troubles
aspiration
attraction
la ligne de crête
la chute
la disgrâce
l'élan
le mouvement

inspiration
expiration
impulsion

juste au bord
juste avant
inspiration
inclinaison
le saut
le bond
l'envolée

frontière
entre avant et après
entre le sol et l'envol
moment suspendu
inspiration
expiration
tout vibre
et surtout l'âme
les soubresauts
du cœur
sans parachute

4.

tu vas aller
de l'autre côté
c'est une séparation

je te regarde
je sais que tu vas t'en aller
tu es à la lisière
je le vois
dans le liseré vert
de tes yeux
qui deviennent blancs

tu vas aller
là où on ne va qu'une fois
aux confins du monde
qu'on habitait ensemble

je te regarde
je sais que tu es en train de partir
pour l'instant tu es encore là
mais seulement
pour quelques instants
je le vois
à tes yeux blancs
qui cherchent
la lumière
qu'on te promet là-bas

c'est une séparation

tu y es presque
de l'autre côté
de cette frontière
derrière la barrière
derrière la démarcation
entre le monde où tu me laisses seule
et celui plein de lumière qui t'attend

s'il te plaît
laisse la clé sur la serrure

Inédits

PATRICE DELBOURG

la journée émigrait lentement vers le soir
l'air sentait l'encaustique et la charogne
au loin   des hordes d'éoliennes
tournaient à feu vif   massacrant les étourneaux
pleurer venait tout tranquillement
dans la largeur des tempes
son regard se voilait
comme la lueur d'une lampe tempête à l'épuisement
déroutes et infortunes faisaient des prix de gros
contre les abattoirs du silence
à supposer que les machines agricoles
se taisent un jour

sa plus belle œuvre d'art était son emploi du temps
au saut du lit il picorait pessoa
sous la douche butinait brautigan
quelques histoires extraordinaires d'edgar allan poe
pour le brunch
sur la plateforme de l'autobus   artaud il déclamait
robert desnos à la venvole
cesare pavese en majesté
faisaient écho aux bourdonnements des pétrolettes
invariable menu sur l'ardoise du déjeuner
tchekhov en meurette   miroton de walser
chaud-froid de neruda   matelote de melville
maïakovski en croustade
vacherin segalen et ses croquembouches
le tout arrosé de côtes rôties d'allais
brève visite à la banque sous l'égide de léon bloy
courses en supérette au rythme de boris vian
quelques exercices d'assouplissement
avec céline aux espaliers
le sommeil le surprenait sur une page de stefan zweig

Inédits

DENISE DESAUTELS

Ulysse vieillissante II

Après Homère est morte *et en pleine pandémie*
où toute vie voyageuse était suspendue
j'ai pensé qu'Ulysse pouvait peut-être
devenir une femme et Pénélope, sa mère
une veuve abandonnée à elle-même
mais fidèle à une ombre, pathétique mais rusée
et fuie à de multiples reprises par sa fille
parce que dévorante
parce que vivant les yeux fermés
refusant de voir le monde alentour
d'autres souffrances que la sienne
et imposant farouchement
son aveuglement (in)volontaire
à sa chose, son enfant fille, Ulysse
l'emprisonnant ainsi dans un grand voile.

Pénélope dans un lointain hier est morte.

Ulysse s'est alors mise à écrire
hurlant sarcasme et violence hurlant
affolée par les dangers de la phrase.
Aujourd'hui libre – enfin presque
car encore pourchassée
emmêlée à des charges d'eaux et d'yeux
immuables.
Et cependant inapaisés.

Car la terre entière souffrante traverse sa voix.

Dedans dehors – c'est vertigineux
tant de flèches fusent de partout.
Ulysse n'a pas encore repéré la cache
du souffle – fin
de l'après
encore moins
l'offensive et précieuse
aube.

Pénélope frénétique.
Même morte.
Jusqu'au bout du monde ses tentacules totalitaires.

*

Ulysse rêve. Revenir ou pas.
Être ici ou ailleurs.
N'importe où
tout fait toujours bouclier ou attaque.
Où aller sans fuir pour dire
quelque part doit exister une mémoire
qui ne montre pas ses griffes
ni l'ensemble des doutes que soulèvent les mots
ni l'inhumanité de l'abîme
dedans dehors.

Sur la main la table ou mieux le mur
vite la marche du cœur
reprendre vie avancer
– comprendre
face à l'extrême fragilité du futur.

Ulysse rêve. Loin des intarissables requiem.
Dire – vois Pénélope
la guerre est finie.
Derrière nous la guerre. Devant
nous faut désormais de l'immense.
Désormais ouvrir grand la cage.
Dire ici – enfin – l'infini l'insistant l'obscur
amour.

*

Enfin enfui le chœur de nos morts – Pénélope.
Il y en a tant d'autres à chérir.
Et des vivants partout qu'on kidnappe
arrache exile ou abandonne
au vent au viol au vide.
Corps vivants sans voix.

Ulysse rêve. Rêve vaste – donner vie au silence.

Faire avancer l'innocence des ombres.
Phrase après phrase
hors frontières
elles palpitent les ombres.
Dire – vois Pénélope le spectre follement
teinté de leur parfum. Dire – je ne trahis rien.
Dire – je remplace nos vies par d'autres
j'entre en elles m'agglutine à elles
oscillant assoiffée
par ce qui loin de moi
a eu lieu – a lieu encore
et me demandant si
quelque part existe encore un tout petit pan de ciel doux.

Beautés et terreurs
toujours si proches les unes des autres.

Première série de fragments, publiée dans la revue
MuseMedusa, en 2021, sous le titre « Ulysse vieillissante ».

CYRIL DION

Sur le dessus des toits
je suis l'iroquois
et sous les mines
les champs arides
déterminent ce que nos doigts ignorent
encore
ce que nos yeux
ne savent embrasser.

Du haut de la dune
le phare absent
déchire la nuit
embrase les cieux
et porte aux nues
les astres inconnus
bruissant
de mille élans tourmentés.

Sous les grains
sous la peau
d'autres me peuplent
d'autres m'obscurcissent,
et je ne sais
à qui sont ces murmures
qui me parcourent
inondent mes canaux
saturent mes voix
se débattent
tandis que mon cœur
s'étourdit et que

mes os
s'aplatissent
sans que le moindre râle
sans que le moindre augure
n'épouse les pentes des cirques faméliques
les murs des chambres dévastées.

Car d'autres me peuplent
oui
d'autres
et nul ne saurait
comment les déloger.

Perchés sur la butte inconnue,
encerclés de sandales et de piétinement
les deux hommes jouent
vibrillonnant sur l'océan de pavés
leurs guitares enflammées
tout contre la foule des touristes parfaits
des bribes de continents
suspendus à leurs cous
des chapelets de mots exotiques
dévalant les replis de leurs bouches.

Au creux du chapeau
la petite fille jette ses pièces
le soleil dore le mur rose
des amoureux s'enlacent
dans la douceur de l'air de juillet
et soudain
toutes ces petites joies qui ne tiennent à rien
aux rayons sur la vigne
aux rires et aux sautillement
donnent au crépuscule
un air de célébration.

Pourtant
que verrais-je de tout cela
si mon cœur
n'était porté par le tien ?
Si je ne pouvais raviver
le souvenir de ton regard
mélancolique et amoureux,
de ta peau contre ma peau,

de tes doigts, de tes lèvres, qui me parcourent
si je ne pouvais rappeler ton souffle sur mon dos
la chaleur de tes cuisses qui me tiennent
et me contiennent ?
Que serait le lever
que serait le couchant
sans l'espoir de te retrouver encore
et encore
pour me fondre dans tes bras ?

Inédits

KIM DORÉ

C'est quoi cet air ?

La lumière du matin s'emplit d'oiseaux morts.
C'est la vie musardant par les veines
les plus claires : celles qui habillent le corps
écrit, crachent le vin déployé. Une forme
qui brille hors de portée. De l'eau mère.

*

C'est l'horizon qui parle de têtes plantées
dans l'air et de peur déterrée. La mer pliée
en mille pour aller voir quelle écharde scintille
dans les bas-fonds de la bonté.
De la glace parodiée, forcée, qui
ne fond plus dans l'œil qui regarde.
Quand la foule est en nous et
que nous sommes sanglants,
occupés. Une somme de faux-semblants
aggravée par le bruit.
Des salamandres au fond d'un puits.

*

C'est moi aux couleurs vives accrochées
à la blancheur des veines, à la douleur
de mettre une fille dans l'enveloppe des rats,
des peines invalides. Humaine la race
et tous ses fils tendus par des âmes graciées.

C'est quand la marée monte et les pleurs
redescendent avec les choses périmées :
les montres, s'assoupir, mourir avec
le cœur broyé par son sang. Ça crie
tellement plus fort que ça
dans le corps qu'on nous a pris.

*

C'est le cœur né dans un corps mort,
une femme rasée par tous ses territoires,
plumée dans le livre des peurs. Comme
une idée forte et ses tiques à extirper ;
une langue apprise en déchirant
des ventres enterrés dans l'or pur ;
ce qu'on en dit, la pensée dans
une tombe creusée pour personne.

Inédits

ARIANE DREYFUS

Le double été

Extraits

Sasha meurt soudain, si jeune. Anders, son compagnon, est jeune lui aussi, et il doit vivre. Alors ne rien brusquer, créer, à tâtons, cette ligne impondérable entre une morte et un vivant. Sans que rien ne s'efface.

Rêve (du 3 au 4 juillet)

La tombe où j'ai dormi était ouverte

Un moment j'ai pu soulever un bras, la serrer contre moi
Son ventre était si nu que je l'ai vue

J'étais dans un malheur qui voulait être heureux
Un malheur qui fait des efforts, heureux
De faire des efforts, si rare de vivre

*

Un ronronnement lui fait ouvrir les yeux

À part le corps du chat, immense vraiment,
Il n'y a personne, la tête sur l'oreiller

Un parc

À nouveau le vélo, vers un autre endroit de Berlin

June est une amie inquiète alors il a dit oui
De peur qu'il change d'avis elle roule au-devant
Le chemin est large
Il la voit se retourner, le regarder au visage

Et ralentir, s'il se sent seul
Les deux vélos peuvent aller côte à côte

C'est bien qu'elle se taise
Quand il bouge son corps Sasha revient
Plus facilement, elle ne prévient pas pour autant,

Ce n'est pas voir, encore moins regarder
Sasha bouge du même mouvement que ses jambes

Elle allait en zigzaguant, maintenant il sait pourquoi
Tu voulais « faire rencontre », choquer un peu les os
Du garçon et de la fille, à la fin du chemin
Toi la fille me tend l'odeur de ta joue

Dès qu'ils arrivent à l'herbe
Anders quitte son vélo et son passé tombe par terre
avec lui

*

Il n'a plus faim, normalement il s'arrêtait là
Et Sasha mangeait l'autre moitié de son sandwich

Poème sage

Anders regarde le lit en ne s'y couchant pas
Il sait trop
Comment les larmes remonteront de la gorge
À tout le visage

Est-ce qu'on plonge dans ce qui fait mal
Même plus lentement encore que la vie ?

C'est vite fait d'arracher les draps, de lancer
Une machine en geste habituel
Trop intime l'odeur rendrait fou et honteux
Puis il ne faut plus bouger ?

Le linge, lui, tournoie en souviens-toi
Qu'on ne s'enfonce pas entre les jambes d'une morte

Sinon trop morte tu ne pourras plus respirer avec elle

Le tambour cesse son bruit, Anders pose sa main
Sur la machine comme sur l'animal innocent
Ou le dos de Sasha qui s'y appuyait pour être aimée

Le corps qu'on a connu est entré dans les pensées
Assez souvent pour que la mélodie monte encore

Rêve (du 16 au 17 Juillet)

Puisque la nuit on peut danser, bondir, et donc s'envoler
Sans bouger très lasse d'être morte elle écarte d'elle
Une jambe si facilement jusqu'à son visage d'origine
Anders veut encore ce terrier chaud
Curieusement il remonte ses genoux sur elle
Lui replie les bras, je vais te porter

Aller où tu es partie avec toi

Nuque pas assez tenue, sa tête se renverse
Dis-moi, pourquoi ne cesses-tu pas de mourir ?
Il n'y a plus qu'un sourire qui se déplace
Cela fait une sorte de visage ou de baiser
Il l'embrasse pour trouver sa bouche

La ligne meurt et ne cesse pas comme si elle regardait encore

Comme une fois en France

Adossé au rocher il la voit sortir de l'eau
Encore une fois

Ou plutôt elle nage, pas encore visible depuis le sable
Je ne suis pas seul sur la plage

La ligne ne cesse pas puisqu'il regarde

Sasha nager encore, présente s'il ferme les yeux
Se rapprochant s'il en a le courage

L'image fait un bond,
Grelottante,
Son maillot est froid très vite
Il l'en dépouille par les épaules

Non, pas trop près, pas trop tous les deux
Il ouvre les yeux
Les rochers plus près de la mer pourraient la cacher
Sasha avait seulement envie de nager plus longtemps

Alors Anders l'attend ici, c'est tout naturel
Prends ton temps mon amour, tu es la plus libre

Inédits

ALAIN DUAULT

Hanoï à la frontière du jour

Qu'est devenu le Fleuve rouge large comme une étreinte
Et le Temple de la littérature : je me souviens qu'il fallait
Descendre de cheval pour y entrer Et puis qu'est devenue
La pagode au pilier unique la rue des étoffes la rue du riz
Celle des bouteilles la rue du chanvre la rue des pinceaux
Celle du papier ou de la soie Que reste-t-il du grand puits
De l'éclat céleste près duquel j'ai reçu le sourire de Mây
Elle avait dans les yeux la lumière de dix mille lanternes
Et le ciel était posé sur ses lèvres Puis elle a tourné la tête
Et la nuit est tombée sur le lac Hoan Kiem

Le Lac du Bambou blanc est plein de poissons et de lunes
Quand l'après-midi s'allonge et déchire la soie des yeux
Quand les couleurs du ciel parlent doux quand les femmes
Glissent sur la poussière du chemin Visages d'ombre sous
Les chapeaux de feuille L'une m'a regardé elle s'appelait
Mây Pas un seul jour je n'ai oublié ce vertige : elle venait
Du pont rouge sur le Lac de l'Épée où nagent les tortues
J'étais figé par ces lotus sur ses paupières quand soudain
Un jeune homme sans élégance l'a appelée : Mây ! Mây !
Et la nuit est tombée sur le lac Hoan Kiem

La lumière limoneuse du fleuve éclairait la grande plaine
De boue et de riz éclairait les oiseaux les incendies éteints
Éclairait l'attente interminable de ce qui ne viendra jamais
Les nuits étaient pleines de fêtes De la tour du Pinceau aux
Rues imaginées de l'Île des merveilles l'air était bleu : on
Le prenait dans la main à l'heure des oiseaux en caressant
Ce nom pour l'illumination : plus qu'une ville plus qu'un
Printemps plus qu'un souvenir enfui dans une fleur de soie
Plus que la lune du visage de Mây Hanoï fut une splendeur
Et la nuit est tombée sur le lac Hoan Kiem

J'ai tant aimé cette ville entre les fleuves qu'est mon Hanoï
Son nom d'oiseau qui roule sur les lèvres là où est apparue
Mây son visage au bord d'un Lac après le marché nocturne
J'ai tant aimé ce pays bleu le ciel posé sur l'île de jade avec
Les parfums qui s'exhalaient des pagodes l'écharpe douce
De ses soirs dans le quartier des trente-six corporations rue
Des peignes rue des paniers ou des oignons rue des bâtons
D'encens rue de l'huile et rue du sel ou rue des pipes à eau
Toutes les rues où chercher une femme inconnue tant aimée
Et la nuit est tombée sur le lac Hoan Kiem

Inédits

JOANNA DUNIS

Bords d'Euxin

Tu écris : J'aime beaucoup Odessa. Il y a mille histoires à raconter sur cette ville, dans cette ville, avec elle. Un cœur laissé sur des escaliers dans une ombre atomique peut tout à fait avoir lieu là. Je pense juste que la tienne, celle que tu as imaginée, que tu regrettes, que tu te remémores sans l'avoir connue n'est peut-être pas tout de suite celle qui s'offrira

Donc viens, je t'attends

Il y a des tempêtes terribles à Odessa : la mer Noire par ici est connue pour cela. Des tempêtes qui montent d'un coup, sans crier gare. Anna, la khanoun d'Odessa, hante ces bords-là

Le cœur en travaux,
Et le Pont en brasier

La terre meuble

Ne pas oublier
ce monde baroque,
fait de vampires, golems et morts-vivants
dans des cimetières. Un monde de morts flamboyantes,
de clairs-obscurs,
de Melmoths.

Contes effrayants de terres hantées :
Penser le noir, miroir brisé
après l'éclat de l'Égée surexposée,
les tréfonds viscéraux des entrailles. Sombres,
dénigrées, oubliées mais
un centre rouge et noir.

Monde révolu qui grouille,
esprits non satisfaits et permanences
fantastiques, dans une ambiance de sanatorium
les deux sont liés et renaîtront dans l'obscurité
liquides, fluides.

La brume sera-t-elle dissipée,
et le rideau levé ou les fantômes resteront-ils
cloîtrés dans des placards sages,
dans un affleurement naphtaline
– sel blanc d'une disparue à peine tracée

Fayoz Tepe

Il y a quelques jours – combien ? je ne sais plus – j'ai pensé à toi.
J'étais perdue à la frontière afghane. Quelque part du côté de Termez, où le vent chaud brûle la steppe alentour malgré les tentatives vaines de l'Amou Daria. Là, alors que le jour finissait, un jeune garçon est arrivé de nulle part, sur une bicyclette.

Il m'a accompagnée jusqu'à un dôme tout simple. Je ne comprenais pas vraiment ses quelques mots de russe mâtinés d'ouzbek. Puis, devant son enthousiasme si vrai, j'ai su : il me faisait découvrir les restes du temple bouddhique de Fayoz Tepe. Un labyrinthe de pièces à vivre et de lieux de culte qui accueillait des pèlerins venus de partout, il y a deux mille ans.

Sous ses mots, des Bouddhas d'or renaissaient de leurs cendres, des festins se préparaient dans des cuisines gargantuesques et des conversations bruissaient entre inconnus sous des auvents frais. À 50 mètres : Kara Tepe, autre ville engloutie du Ier siècle, plus grande encore. J'avais envie d'aller voir. Mon guide improvisé m'a dit que je n'avais pas le droit : là-bas c'est déjà l'Afghanistan.

Pour détourner mon attention, il me montre un passage entre deux collines. Il mime des soldats, des chevaux, des explosions. Je comprends qu'il m'indique le lieu où ont défilé les grandes armées d'Alexandre, avant celles du Mongol Gengis Khan – guerriers aux sillons sanglants.

Nous sommes restés silencieux, les bombes en écho, et le soleil a rougi une dernière fois avant de disparaître. De ces talus de poussière où dorment les murs d'un refuge ancien sont montées les trompettes d'une colère en Requiem :

Mémoires de toi, terre chaude et rougeurs de brique
Souvenirs d'un roi à l'Oxus traversé
Jour de cendres et d'effroi – Kara Tepe d'aujourd'hui
Dies iræ, pour d'autres mers franchies

Xenos Lacrimosa

Alors l'homme tombe au fond de l'enfer, au bout de la tranchée.
Il est nu, ne se débat plus.
Les bombes ont cessé de pleuvoir sur lui.
Il est recouvert de glaise, d'argile et doit se façonner, neuf.

Il ne connaît plus le langage, se meut avec difficulté,
Boue tordue, embryonnaire.
La musique se fait lamentation,
Le Requiem pleure ce qu'il est devenu.

Les flots, progressivement, et les larmes qui crient
Des abysses égéens, à la fois claires et patientes.
Quand l'homme sera jugé, Lacrimosa,
Jour de larmes,

Mais à eux le repos.

Au pays du bord

Aujourd'hui les réseaux m'ont rappelé la dame au téléphérique de Kiev, il y a dix ans.

> Et Joseph qui y sera dans quelques jours
> Et Olga qui quitte Minsk dans quelques jours
> Et le Karakalpakstan qui se révolte

Tu pars au bord – et je reste
Que vas-tu chercher, dix ans trop tard ?
Des images de guerre, tu dis ?
Les marques de cette guerre, surtout ?

> Ou alors tout le reste – pour que justement ce ne soit pas trop tard

Je te laisse aller seul, sur les traces que tu as laissées et qui t'accompagnent depuis.
Tu les appelles fantômes. Chacun sa terminologie.

Une fois à la gare de Kyiv, tout va aller très vite
Happé par les trottoirs, les marbres du métro, la vie partout,

> D'autres dames au téléphérique, peut-être ?

Trouve le moment d'écrire, dans les attaques des impressions qui te viendront
N'oublie pas le marché, les glaces sur Kreshchatyk, les poses devant l'objectif – toujours
Raconte-les-moi, qu'elles me reviennent fraîches d'autrefois, vivantes

Je t'accompagne d'ici, dix ans trop tôt

Inédits

MARIE ÉTIENNE

Cavale

S'enfermer dans la cale d'un navire
Dérouler dérouler, pour que mieux fasse
Se déguiser se réchauffer
Tout mélanger pour fatiguer

Puis nettoyer, pour découvrir un ciel très blanc, amidonné
Creuser creuser
Découvrir une erreur
Se croire potager

Se décorer de petits pois
Se refuser se saupoudrer
Naviguer de côté pour offrir moins de prise
Se rhabiller (et s'il entrait ? « Personne pour me croire »

Tout répéter ne pas bouger
Cracher par les cheveux le grand feu de sa tête
Être une fête fraîche
Donner son corps pour se renaître

Révéler des provinces
S'arracher, presque en rage
Chuchoter sur le blanc des carreaux
Tiédir l'instant, tendre les mains et regarder l'enfant, sans doute

Dire le bien de l'eau
Soupçonner exulter remuer badiner
Aimer comme aux fontaines
Se déchausser sous le pinceau des solitudes

Sentir le froid
Couche-toi, disaient-ils, mes amis
Accepte de te perdre dans le commun, le tout venant, dans la vulgarité
C'est après tout un lieu de promenade

Compter les notes sur les fils électriques
Dicter ses plaintes, vendue au sol
Consommer prudemment
Pleurer et croire au cinéma

S'en aller s'en aller vers les missions qui se confondent
Pencher sa tête, bras repliés, malgré le risque de déplaire
Échapper au massacre
Pagayer loin, lécher le jour, mâcher la cendre du cigare

Avaler le cigare, endiguer l'océan
Ëtre cavale et non pouliche
Découdre ses paupières
Croquer les criques, se sucer l'œil, s'enfuir sur ses talons

Filer sa vie
Bâtir un temps de neige
Pousser les mains pousser les monts, hennir, se balancer
Tourner sur le manège

Reconnaître un poitrail et préférer ne pas choisir
Persister à aimer ?
Revenir, constater, avaler ce qui manque
Produire le chant, pas l'infamie

Inédit

ÉTIENNE FAURE

Piquées, surpiquées

À Berlin des bourrins sont passés par-là ce matin,
non par la contre-allée ni les trottoirs,
du siècle ancien débarqués sous les tilleuls,
ils s'arrêtent puis redémarrent, la Spree
avec l'aube a viré au rouge puis au vert.
Des grappes de fruits noirs sont dans les arbres
l'hiver déplumés, qui font des bruits de télégraphe,
vieux métier.
Schiller et ses quatre vertus
entourés d'une place froide
attendent.
Après la guerre les arbres avaient disparu
foudroyés sous les bombes
et le pilonnage infini d'avril
sauf quelques rescapés, des arbres d'avant-guerre
où circule un parfum tenace de chansons
mêlées de langues alliées occupant l'air du temps
In den Ruinen von Berlin
Trees are in bloom as they have never been.
Atlas qui porte la terre sur son dos
au pied de Bismarck en bronze, naguère fondu,
peine, porte sa peine.
En hiver on peut les voir car les arbres
sont sans feuilles, dénudés ou morts.

Puis le soleil rhabille les façades
plein Est, hier si grises,
l'Est est rhabillé, on voit les coutures,
les coutures encore se voient,
on entre, on sort, plus de mur, c'est de l'art,
votre vie est déjà dans une *Kunstgalerie*, à rire
de votre histoire si brève, si longue,
piquée, surpiquée, rabattue, simple fil,
peine auxiliaire de la vraie.

La ville est un grand puzzle de quartiers
isolés, imbriqués à la fois, la frontière est présente
à quelques signes, un bar, un angle de rue acéré,
une locution ancienne sortie du fond d'une cour
ajustée à l'outil bientôt muet,
et la pénombre d'une porte autrefois cochère
où s'attachaient les rosses, les bourrins
et les canassons sous le porche, passage
des écuries à la rue, lumière crue d'une autre époque ;
on s'y rend à vélo – hue –, les freins
parlent à peu près le même langage
qu'il y a cent ans, c'est là
que se déclare finalement la frontière
de la mémoire, c'était comme ça, comme ci, tu te souviens
des ombres passées là dans l'atelier à l'arrière,
des voix qui s'interpellent, les pieds actionnant
la machine à coudre les tissus découpés, réunis,
frontières après fil blanc surpiquées jusqu'à pas d'heure
puis le rideau de fer soudain tiré.

coutures berlinoises

Inédit

CHRISTIAN GARCIN

Théologie du rouge-gorge

si je saisis le rouge-gorge
qui vient de se poser sur le fil d'étendage
et que je le coupe en deux
je n'obtiendrai pas deux rouges-gorges
mais deux moitiés d'oiseau sanguinolent et mort

si je prends en revanche un morceau de pain
et que je le coupe en deux
j'obtiendrai deux morceaux de pain
un peu plus petits que le premier

de la même manière une cellule lors de la mitose
se duplique et produit deux cellules
pas même plus petites que la première

la division est une division pour les rouges-gorges
une multiplication pour le pain et les cellules
c'est surprenant quand on y pense
et pourtant au lycée j'étais doué en maths

ou alors la division par zéro
c'est impossible dit-on
mais le zéro n'est rien
et si l'on divise un rouge-gorge par rien
on ne le divise pas
si bien que le rouge-gorge continue de chanter

si n'importe quoi divisé par rien
égale ce n'importe quoi

et que n'importe quoi divisé par un
donne ce même n'importe quoi
c'est donc qu'un égale zéro
et si un et zéro sont une même chose
cela signifie qu'il n'y a pas de dieu unique
pas d'Allah pas de Dieu et pas de Jéhovah
et ça fait un bien fou

c'est pour cela sans doute
qu'il est interdit de diviser par zéro
la théologie devrait être enseignée
en même temps que les mathématiques

Kamo et Thoreau (datcha 1)

un jour j'ai suivi le sentier le long de la rivière
j'avais un champ là-bas à l'abri des regards

quand j'étais enfant mon père le louait
à un vieil instituteur qui y faisait pousser

haricots et tomates les années ont passé
plus personne n'y allait puis un jour

je me suis décidé tout au fond maintenant
se dresse une cabane ermitage ou datcha

de mélèze un Walden loin des lacs
mais au bord d'un ruisseau environné de saules

peupliers ou piboules aulnes cerisiers
un vieux noyer deux poiriers

mais aussi un pommier un prunier
bientôt des framboisiers

les mésanges y viennent les chevreuils et renards
les sangliers les loups et je pense à Kamo-

no-chomei au cerf de la montagne qui lui rendait visite
aux oiseaux de Thoreau

Wabi-sabi (datcha 2)

le *wabi* disent les Japonais
est un état non-mental d'antique solitude
d'austérité nue
majestueuse et sobre
celles des arbres millénaires
du vieux cimetière de Koya-san
ou du sanctuaire d'Ise
c'est aussi
la sagesse des rochers et des sauterelles
la simplicité rude d'une vieille cabane
à l'orée des forêts

le *sabi* quant à lui est la patine du temps
la jeunesse oubliée
la décrépitude des choses vieillissantes
un vieux bonsaï tordu
les nœuds d'un cep de vigne
le travail des années
mais celui des hommes aussi
qui polissent le bois
soulignent les fêlures d'un très vieux bol de thé
assemblent les rochers
dans un jardin de pierres

un jour j'ai bâti une cabane près d'un ruisseau
que j'avais ressuscité quelques années plus tôt
de vieux arbres l'entourent
elle est assez *wabi*
austère sobre et nue

pas encore *sabi*
la patine du temps devra attendre un peu

quand le monde sera devenu tout à fait fou
mes enfants ou les enfants de mes enfants
pourront se réfugier dans son *wabi-sabi*
ils en feront peut-être une maison de thé
dessineront des vagues
dans un jardin de pierres
ou se contenteront d'écouter les mésanges

Rouge-gorge quantique

par la fenêtre de la datcha je vois
trente-trois marguerites
          et un merle au milieu

j'entends le pinson et la fauvette
à tête noire et hier soir assez tard
          il y avait le chant liquide

et perlé d'un rouge-gorge
dont les capacités à s'orienter
          dans l'espace proviendraient

ai-je lu quelque part
d'une sorte de boussole quantique
          présente dans sa rétine

je me demande ce qu'aurait fait de cette information
Emily Dickinson elle-même boussole
          poético-quantique pouvant aider

un rouge-gorge affaibli *the one in red cravat*
au poitrail imprégné du sang de Jésus-Christ
          à regagner son nid

Inédits

JEAN-LOUIS GIOVANNONI

Les bords n'ont qu'un côté

Sa frontière on l'emporte avec soi. Elle est geste, marche ou pose. Inutile d'essayer de l'égarer, elle nous précède.

—

Toucher n'est qu'un instant du vol.

—

Du bord où l'on se tient on ne peut partir. Se poser devient une félicité.

—

L'air est friable, disparaît au moindre geste.

—

Rien n'assemble, n'unit. Ou si peu

—

Qui oserait sortir en dehors de lui-même ?

—

Frénésie, courir, s'élargir, sauter plus haut… Que ne ferait-on pas pour se franchir !

—

Les bords n'ont qu'un côté… et l'on s'y tient.

—

Ce point d'appui transporté sans cesse avec nous… Le simple fait de l'évoquer nous maintient.

—

Se dépasser, question d'élasticité. Le retour se fait tout autant.

—

Sentir est un dedans, uniquement un dedans, seules nos mains sont aériennes.

—

Ici n'est déjà plus. Et de courir, courir !

—

Ne pouvant établir de base solide en nous, on essaye à l'extérieur. Tragique erreur. L'espace est voué uniquement aux gestes, aux mouvements, à ce qui se perd.

—

Sortir sans plus se contenir, aucune chair ne le fera. Tenus, combien nous sommes tenus !

—

Ne jamais faire confiance aux fenêtres, aux soudains dégagements d'air.

—

En nous, il y a un dedans qui ne peut se contenir. Que faire ? Le dehors est trop large, immense…

—

Sans ces fixations internes, nous serions ballotés comme poussières au vent.

—

L'adhésion à un support, quel qu'il soit, est nécessaire.

—

Vérifier que l'arrière-fond mental et physique tient bien. Des chutes internes sont possibles.

—

Je regarde passer et venir les oiseaux... Je me tortille devant ma fenêtre. Inutile, je ne saurai jamais voler.

—

Le monde insiste, nous frôle. L'appel est sensible et la paroi fine…

—

Dehors, de quel côté se tiendra-t-on ?

Inédits
Extraits de carnets de 2012-2022

GUY GOFFETTE

Chanson du coureur de lisières

Tout est frontière et rien ne l'est
Tenez prenez le goût du lait
Comparez avec l'air de l'eau
Il y a de quoi rester ballot

Tout est frontière et rien ne l'est
Voyez cet homme qu'on dit laid
Et cet autre qui porte beau
C'est le même version cabot

Tout est frontière et rien ne l'est
Le bord de la mer à Calais
Le sommet de l'Eldorado
Se fichent pas mal du cordeau

Tout est frontière et rien ne l'est
J'arrête ici ce vain couplet
Dedans dehors en bas en haut
Tout est frontière en ce préau

Mesure du temps

La fenêtre qui donne sur les quais
n'arrête pas le cours de l'eau
pas plus que la lumière n'arrête
la main qui ferme les rideaux
Tout juste si parfois du mur
un peu de plâtre se détache
un pétale touche le guéridon
Il arrive aussi qu'un homme
laisse tomber son corps
sans réveiller personne

Bonheur bonheur

Moi aussi j'allais souvent avec le geste las des vivants qui croient avoir passé l'horizon
répétant que le bonheur est un mot plein de vide et l'homme heureux
le plus dépeuplé des hommes

et je criais contre les murs sournois les tables sans chaleur les cieux aveugles
mais je savais l'inutilité de mes cris et que l'herbe demeure verte et douce sous l'orage

Ainsi les vaches poursuivent sans broncher leur marche à l'abattoir
et le boucher peut encore rentrer dans sa maison et caresser sa femme
avec des mains de soie

et je criais mais de plus en plus bas bonheur bonheur comme on jette
couché sur la margelle du ciel ses dernières pièces dans le bleu ces yeux avides que rien ne comble

sinon dans la nuit des amants outragés la sourde et lente montée des larmes

3 février 2021

Revoilà les jours fermés
heureusement prés et bois
ne sont pas confinés

les oiseaux continuent
de caresser le ciel
dans le sens du bleu

Les beaux jours sont derrière la pluie

Inédits

MICHELLE GRANGAUD

Éloge de la variante

(chaîne bouclée par un petit nœud papillon)

de Villon à étagère à
étagère de loin à val
à val d'arête éloigne
éloigne avare delta
delta a varié en loge
loge en date l'avarie
avarie l'ode gelante
gelante de là ovaire
ovaire dalle géante
géante la dire ovale
ovale tarde à lignée
à lignée à vol de rate
rate la voie de l'ange
l'ange à devoir étale
étale la vie d'orange
à l'orange de là évite
vite de l'orage à élan
élan de ta gloire ave
ave de l'orgie natale
natale à l'ivre géode
géode la lave naître
naître avale le doge
doge l'aven à réalité
réalité à ove d'angle
d'angle et aire à vélo
vélo te garde alinéa
alinéa rôde végétal

végétal doré à l'aine
l'aine à godet l'avère
avéré a été allo ding
ding à être à alvéole
alvéole aigre Dante
Dante va la geôlière
geôlier la Neva date
date noël à la vierge
à la vierge de la note
la note ravage l'idée
l'idée a vanté l'ogre à
l'ogre a été la viande
viande égarée atoll
atoll dragée à veine
veine l'aorte l'adage
adage il en a révolte
révolte à la dégaine
dégaine v.o. latérale
latérale vagie onde
onde gâte la laverie
laverie et la gonade
gonade à l'être la vie
la vie ratée don égal
égal à tain de vérole
vérole la neige data
date égarée à Villon
de Villon à étagère à
laitage à l'Ève ronde

In *La Bibliothèque Oulipienne*, vol. 6,
Le Castor Astral, 2003.

PIERRE GUÉNARD

j'aimerais ressentir quelque chose
c'est pour ça que j'ouvre la bouche et tire la langue
la zone est très sensible
ça caresse
ça me fait
comme des sentiments

je laisse même
dépasser mon téléphone de ma poche
pour qu'on me frôle
me bouscule
et me vole
un petit bout de moi

comme quand je marche dans la ville de l'amour
et me faufile sur les photos
ils s'embrassent tous devant moi
avec des langues que j'comprends pas
ils me capturent puis me glissent
dans la poche de leur jean

ça fait des petits bouts de moi
qui visitent tout Paris
avant de fuir
par-delà les mers
les océans
dans des avions aux soutes pleines
de parfums
de bibelots
de soies qui retournent d'où elles viennent

Beijing Munich Austin
y'a tous les continents
avec ma gueule en arrière-plan

je me dis qu'au fil des ans
il y a sûrement eu
des petits de moi dans
des avions perdus
des bateaux coulés
des accidents de voiture

des petits bouts de moi
autopsiés
sous scellés

des petits bouts de moi
sans batterie
obsolètes
recyclés

re-conditionnés
revendus
effacés

et tous ces petits morceaux
éparpillés sur la terre
ça fait d'autres frontières que celle qu'ils mettent
autour de moi
à m'éviter
quand je tire la langue

Inédit

EUGÉNIE HERSANT-PRÉVERT

Mon corps délimité par des rougeurs
noirceurs
Mon corps en pleurs de se cogner
tomber
Mon corps pointu cartographie ses bords
chorégraphie illimitée
je perds mon territoire
en courbatures courbures bavures

Mon corps-rongeur tremble de peur
les yeux en creux au cœur des nuits
Mon corps-de-feu en extincteur
Mon corps-brûlure crépite sans bruit
Mon corps-travail a la vie dure
Rhinocéros la peau reliure
Mon corps-ce soir, mon corps-demain
Mon corps-en sueur est esseulé
Mon corps-unique est épuisé.

Mon frère les bras vivants des histoires
qu'il décide
Mon frère les bras talents des encres
qui le dessinent
Mon frère est grand, tout juste plus que moi
Ses shorts sur mes jambes
chemises en voyage de son corps sec et nerveux
à mon corps
sec et nerveux
Ses passions exprimées traversent les rues
autour de nous
Mes histoires exaltées remplissent les verres
autour des nôtres
Ça déborde chez les autres
nous ne savons pas parler silence
nous ne pouvons pas calmer colère – garder plaisir
Nous partageons envahissons
Les veines rivières en tentacules gonflées du pouls rapide
en véhicule
la vie immense circule en nous
Jamais assez et toujours trop
La peau si fine que contenir est impossible
courant si fort que lutter est sans espoir
nous devons vivre
et laisser vivre
Coulée de nous partout
nous transvasons en vous
et à chaque manque, nous remplissons :
un dessin sur sa main
un texte au bout de mes doigts

Mon frère les bras tracés par le passé
crayon vibrant
la vie tatouée par le présent.

Trois piqûres dans la nuit
mes ongles grattent
trois croûtes aujourd'hui
des écorchures d'angoisses adultes
des petits bouts de peau pour bien sentir
où ça finit le bord de soi
où ça commence
le bord du monde
et où poser
les explosifs
pour défoncer les deux côtés

Laisser les ruines se réveiller
à vif
de ma peau déchirée laisser le sang
construire une nouvelle plaie
et retrouver au bout de mes genoux
ou dans le creux d'un doigt plié
des morceaux du vieux monde
abîmé pas cassé

Laisser les poils et la poussière
voler
et voir mes nouveaux pores
tenir grâce à ceux de vos corps
qu'un peu la dynamite
est venue effleurée

Laisser le temps passer
et tout délimiter

Demain je sais déjà que je n'attendrai pas
de nouvelles piqûres ou

de petites griffures
pour éloigner mes bords
et surtout
bousculer ceux du monde

À chaque explosion
j'entends l'intensité
de nos cris qui dérangent
de nos vies qui démangent
alors je laisse toujours un kit pour la prochaine
et au milieu d'une plaie qui ne cicatrice pas
je laisse un mot :
Vas-y fais tout péter,
elle dort.

Inédits

SIMON JOHANNIN

Fatigue des sens dans un monde
Où le corps est séparé du lit
Quels appareils pour combler
Une distance que les oiseaux d'ici
Ne peuvent franchir
Esprit retourné dans les flammes
Qui agacent sans brûler
Impossible d'être là, impensable
D'être ailleurs

Entouré de montagnes et de pluie
Je cherche ici ce qui ferait
Un reflet à ton corps
Quelle source à voir serpenter
Sous ton dos
Quel voile de lumière
Pour faire exhaler à ta peau
Ses odeurs de fleurs et de caresses

Tu vomissais des millions de monde
La bouche ouverte vers ce néant
Où tombait ta colère,
Tu vomissais la paix et la rage
Et les scénettes d'une histoire atrophiée
De chagrin d'un seul et même
Mouvement

L'oiseau prit au plafond d'un ciel
Où les dieux pleurent de ne pouvoir
Aller contre la mort de ceux qui les prient,
Je n'ai choisi aucun des rêves que tu me tendais,
Un livre dans une main
Ce qui fut un jour un soleil dans l'autre

J'ai tourné mon pas sur autre chose
Que ce qu'il reste des cendres

Si pauvre est ma langue quand elle brûle,
Misérable, on ne peut faire advenir en nommant
Que ce qui sera la plaie d'un corps qui supplie d'exister
Dans le mot.

Paille de verbe bouchant le nez,
S'étouffant d'une passion déjà morte demain.
Si la couleur a changé, si les enfants
Tapissent leurs couches sous la barbe
De pères effrayés pour leur vie,
Si le vol des oiseaux verts s'élance encore le soir
En direction du sud,
C'est que les restes de cette ville sont des ruines habitables.

L'eau noire a recraché ton sort
Quand s'est avancée la nuit des autres
Tu auras le destin d'un enfant
Baptisé par la mort
Il faudra que tu brilles

Ta tristesse m'empêche de vivre
Ma tristesse
Début de soirée, on va y aller cool.

Inédits

MAUD JOIRET

Super Mario

Cocktail party et soirée disco
pendant que l'équipage sourit
comme un père une mère comme
tous les jours et tous les soirs au bar
accoudé au mange-debout qui paquette
surprise au milieu des ballons
qui testent pas le plafond
des perruques à la colle forte
Super Mario s'atlantise
en sirotant un liquide couleur sunset

ça sent le bois de santal les frites
le musc et le chlore mais pas la mer non
la mer commence derrière la baie
vitrée au-delà du DJ et après le spectacle
dans l'amphitorium aquatique et
seulement quand la torpeur recule
un peu dans les esprits acculée
par la fête en écho frais lointain
pour le cadavre d'un des leurs qui balance
sa retraite périmée dans un frigo
de la soute la mer alors entame
une OPA sur l'entendement
mais personne ici ne la laisse
vraiment faire les croisières ont un droit
de vie et de mort sur l'idée de la mer
elles ordonnent le loisir
le bon et bel usage du décor

elles gardent le temple de la félicité
et la mer leur esclave fait la belle
toujours dans le fond saturé
de leurs cartes postales Super
Mario parle très peu certains jours
pas du tout sa bouche est occupée
par la paille de bambou et surtout
par la joie une joie si radieuse que
les cinq océans absorbent à peine
tout son rayonnement une joie à 70 000 dollars
par an une joie toute simple qui habite
une cabine standard chaque jour de l'année
une joie rarissime et tellement précieuse
qu'il la tient tout seul au chaud sous
sa langue à l'intérieur de sa bouche
de l'animation de l'écrin pachydermique
du navire.

Vingt années sur l'eau et plus jamais
un orteil sur la terre sauf
au débarquement au réembarquement
quand une croisière s'achève une autre recommence
c'est une affaire de jonctions Mario S. paie
assez une femme du continent qui huile
l'agenda pour que ça glisse sans
anicroche très vite d'un pont à l'autre
il se l'est juré on ne le prendra plus
ailleurs que sur les flots il investit
à distance mate le baseball danse
la salsa à 70 balais mais seulement
en bateau et d'abord si les rêves
s'évaporent c'est qu'ils ont besoin d'eau
Mario S. le sait bien

le temps de l'escapade
ne compte pas sûrement
les dieux oublient ceux qui billettent
leur évasion qui l'étirent grizzlis
épilés de jacuzzis dans des parties
de tyrolienne d'arcade de mini-golf
sous des arbres roses et verts le temps
n'existe presque plus Mario
le mesure aux infrastuctures
qui ascensionnent vers le luxe qui shootent
des couleurs vives quand il lève la tête les toboggans
fluos conquièrent davantage le ciel
chaque saison dans les parcs intérieurs
poussent des restaurants des bambous
des arbres ignifugés des manèges
indifféremment de plus en plus voyants
Mario vit pour de faux dans un jeu vidéo
et la musique sucrée des attractions rappelle
le mariage sacré de l'humain et du virtuel
caricature de l'enfance dont on n'en finit pas
de louer les bienfaits et les baleines ignorent
les néons géants et les tentacules raides
du paquebot ses piscines VIP et sa piste
de course et son café Starbucks et ses menus
bio et Mario caraïbe seul dans la foule
qui flotte préservée de l'effet de la houle
c'est de la crème anti-âge en tonnes
de carburant qui coule dans les veines
du vaisseau de compète et sans enfant
Mario cumule les points de vie
dans des QR codes noirs comme le trou
de l'évent des cétacés qui expulsent
un peu d'air en passant un peu d'air

dans l'eau qui porte la croisière
vers d'autres restaurants et des tas de musées
que Mario ne verra pas pour ne jamais
quitter le ventre immense l'inextinguible
Merveille de la mer.

Inédit

CHARLES JULIET

Le mot *Frontières* évoque immédiatement ce qui sépare les différents pays, et aussi les douanes, avec la vérification des pièces d'identité. Mais il existe aussi des frontières d'une tout autre nature : ces frontières intérieures dont on n'a pas conscience, mais qui n'en sont pas moins réelles. Elles nous restreignent, nous retirent nos libertés. Nous avons à lutter pour les rejeter. Mais comment les cerner, les saisir ? Travail ardu, exigeant et qui n'en finit pas. Jung a observé que *le besoin de devenir ce que l'on est a une force invincible.*

Ce besoin, je l'ai éprouvé quand j'avais 24 ans. Ce fut une injonction impérieuse qui m'a imposé d'abandonner mes études de médecine, de me faire réformer – j'étais élève à l'École du Service de santé – et d'entreprendre une longue aventure. Cette aventure, je ne savais rien d'elle, ne savais rien de ce en quoi elle allait consister, ne savais rien de la direction qu'il me fallait prendre. C'était absolument comme si je m'étais jeté dans le vide. Hébété par ce qu'il m'arrivait, étreint par une profonde angoisse, j'ai failli sombrer à plusieurs reprises. Mais tout ce que j'ai eu à surmonter m'a conduit à vouloir me connaître, à écouter ma voix intérieure, et dans une pénible confusion, à griffonner mes premiers textes.

Inédit

KENT

Tandis que je parcours en train la plaine brûlée de la Poméranie
je peux voir çà et là des hommes sous le soleil
élever brique à brique leurs rêves éveillés

Ils pollinisent l'Europe de leur flux migratoire
chantiers aller-retour travail au black et noir

La vie est ainsi faite
la vie est un siphon
carte d'identité valise à double fond
et pause arrêt pipi au pied des crucifix

De l'engrais naturel pour les croix
qui repoussent et repoussent comme des ronces
sur les ruines héroïques d'un cauchemar socialiste

Arrivé à bon port en ville hanséatique
je flâne entre les grues de la marine marchande
le commerce des grands fauves fait là son déballage
il convertit les langues et les mélange à l'alcool
dans le grand alambic multinational

Il faut toujours mourir pour Dantzig
c'est là que viennent rôder bien des mauvais présages

Mes yeux mon regard ma frontière
mes oreilles mon ouïe ma frontière
mon nez mon odorat ma frontière
ma bouche mes papilles ma frontière

Mon langage mon passé mes acquis
tout ce que je sais et que j'ignore
mon instinct mes réflexes mes peurs
la superficie de ma vie
l'étendue de mes sentiments
ceci est mon corps ceci est ma terre

Un jour
îlot de vertus
aux côtes flottantes battues par les vagues à l'âme
un autre
refuge de chair et d'os
enclavé dans le cœur d'un massif ombrageux

Mes questions comme autant de brèches
par lesquelles immigrent doutes et scrupules
pensées clandestines et idées neuves
irriguant mon bon vouloir et mon insu
infiltrant mes vaisseaux mes veines
mes tripes et mon cerveau

Ô mon cerveau
souverain omniscient
potentat de mes dilemmes et de mes décisions
commandant suprême de mes volontés

garde ta liberté d'esprit
et je t'obéirai

Ce pays que je suis
comme il y fait bon vivre
quand le moral pavoise
quand l'enjouement illumine le néant
quand l'entente cordiale joue à guichets ouverts
la symphonie de l'amour sans frontières

Ouverts fermés
fermés ouverts
sont nos esprits telles des frontières
selon l'humeur et les manières
ouverts jusqu'à la prochaine frayeur
jusqu'à la prochaine colère
le prochain prêche identitaire
qui nous dénommera justicier
ou bien bouc émissaire

Maille à l'endroit maille à l'envers
revient demain le monde d'hier
le long le long de la moelle épinière

On s'y croyait
s'imaginait papillon devenir
voletant par-delà les contraintes fanées
par-delà les travers échaudés
la nature à nos pieds retrouvée

C'est rapé rapé rapé
c'est le retour au sérail de l'espérance amochée
derrière un rideau gris ferraille sous un ciel bleu cafard

On rabaisse la barrière du vieux poste douanier
on observe en face les mouvements de troupes
les colonnes de blindés
et devant eux les files d'exilés
traînant dans des valises fatiguées
leurs consciences hagardes
en rangs d'oignons sous la mitraille des injonctions

Inédits

VÉNUS KHOURY-GHATA

il pleut dans la bouche du canon et de l'homme allongé
sur la chaussée
la pluie a ramolli la lettre dans sa poche
« où es-tu mon amour ? »
l'arbre blanc fait signe au char de s'arrêter
mais le char a une autre priorité
détruire une ville avant la nuit
il pleut sur les vitres de la femme qui écrit
« où es-tu mon amour ? »
dieu de la pluie
pourquoi n'as-tu pas une bassine pour tremper le sang
du linge et un basilic pour la femme qui continue d'écrire
« où es-tu mon amour ? »
seuls mots qu'elle sait écrire

Taiseux son portrait au mur où il se réfugie quand tu dors
sur ta propre épaule
étranger à tout sauf au peigne et aux ciseaux
sur le tablier de la cheminée
il te rend tes mains
ajoute du silence à son silence
le miroir qui n'a rien à dire   s'éloigne
dehors le vent malmène les branches
les arbres se bousculent pour entrer chez toi
des enfants qui ne sont pas les tiens ne savent pas qu'il pleut
la goutte d'eau sur le carreau ne cherche pas un interlocuteur
mais un endroit où se poser
elle n'est pas larme de consolation

Il mourra pour de bon lorsqu'il pourra se passer
de tes mains qui dépoussièrent le miroir
sans dénigrer tes efforts
sans t'offenser

Inédits

ANISE KOLTZ

Penser le monde c'est l'éteindre

Respirer en dehors du destin
comme pour s'absenter
brièvement

Les forces puisées ailleurs
nous permettent de survivre

*

Au-dessus de moi
le ciel s'ouvre
comme un autre pays

Les vaches maigres
sorties d'un rêve de pharaon
continuent à se multiplier
par sept

Entre une fuite et une autre
j'ai faim

En mangeant
je blesse le monde

Le soleil s'appelle Caïn

Sur les marches dévastées
du temps
je rampe vers lui

Dans sa fumée épaisse
qui renonce à monter
j'installe mon chant de refus

*

Je sors des paroles
comme d'une tranchée
de bataille

Mes poèmes enterrés vivants
dans une fosse commune

mêlent leur souffrance
à une terre insatisfaite

J'ai erré longtemps
à la recherche de la mort

Revenue sur mes pas
je l'ai trouvée dans mon lit
revêtue de mon corps
les yeux fermés

Désormais
je la veille
dans mes poèmes

*

Dieu a échoué sur le front des hommes

Que les anges emportent
l'espoir et la résurrection
que l'histoire range ses ruines
dans d'autres espaces

La prochaine fois
nous ne construirons plus d'arches

Quelque chose
dans mes mots m'égorge
fait fuir ce que je dis

Je parle
et ne m'écoute plus

Portant un désert
dans l'autre

ma bouche s'ensable

*

Quand j'écris
la page se referme sur moi

Je vis à la mauvaise époque
au mauvais endroit
j'écris dans la mauvaise langue

Je m'affole dans ma cage de papier

In *Chants de refus I* et *II*,
éditions PHI, 1993 et 1995.

ABDELLATIF LAÂBI

Dans ma rue

Arrêtez-vous !
me crie l'intrus
Si vous avancez d'un pas
vous violerez mon territoire
et alors
je ne donnerai pas cher de votre peau
L'intrus
un malabar en treillis
n'a pas l'air de plaisanter
Que m'arrive-t-il ?
Je venais de sortir de chez moi
et comme le voyant lumineux était vert
je m'apprêtais à traverser
pour aller acheter
une baguette de pain
N'y pensez même pas !
me crie l'intrus
comme s'il lisait dans mes pensées
avant d'ajouter :
La guerre, c'est la guerre !
Devant le déséquilibre des forces
je ne pouvais qu'obtempérer
J'ai donc reculé
et suis rentré chez moi
Mes facultés mentales
ont bien diminué ces derniers temps
mais tout de même !
Je ne savais pas que la guerre

s'était rapprochée à ce point
et que le milieu de ma rue
était devenu une frontière !
Et dans un petit éclair de lucidité
je me suis posé cette question :
Étant donné les circonstances
dans quel camp suis-je ?

Sur quel désert ma page a-t-elle échoué ?

Ce matin
je vois sur ma page
que le ciel est bleu
(un bleu de Fès ou de Grenade)
Je vois
une longue rangée
de bigaradiers en fleur
une main tatouée au henné
m'indiquant le chemin
de ma maison natale
un âne s'abreuvant
à la fontaine publique
de la place des Menuisiers
un chapelet de beignets
accroché à l'index
d'une petite bonne
qui court dans une ruelle
Une salle de classe vide
dont je sais qu'elle se trouve
dans mon école primaire
Je vois tant de choses
mais je n'entends rien
Est-ce un mirage ?
Sur quel désert
ma page a-t-elle échoué ?

Inédits

MÉLANIE LEBLANC

un cercle avec la lumière cet espace intérieur qui lui-même est

délimite le lieu précis l'espace sacré le cercle où nul ne peut entrer

précise entre toi et l'autre la limite précieuse et

sans limite et protège ton espace intérieur pour donner

avant que tout ne s'efface
ma grand-mère se rappelait
la limite
qu'on lui posait petite

au-delà du carrelage tu n'entres pas

pourquoi les autres enfants pouvaient-ils
pas elle ?

elle fille
de la domestique

*

j'ai grandi
dans la haine des frontières
dans le
Nous sommes tous frères

je continue d'y croire
– y ajoute les sœurs
et le pouvoir du Non

*

vois
la vague qui se heurte
la falaise face à la mer
tout l'or du littoral

ainsi
retiens la mer
honore cette frontière
qui te fait forte
et belle
de savoir
te dresser

*

corps
langage
espace et temps
font front frontière
nous obstaclent

et pourtant
c'est dans l'espace
et dans le temps
par le corps
et le langage

que je te connais
que je me connais

Inédits

YVES LECLAIR

Lignes du front

Rue de Grenelle,
ce que tu auras fait
de mieux aujourd'hui,

ton poème
le plus abouti,

ç'aura été,
dans l'éternelle vie,
de donner un peu d'argent

à la jeune mendiante brune
venue d'Albanie,

qui donnait à téter
son sein blanc laiteux
sous ses cheveux noir corbeau

comme une Vierge
à l'Enfant.

Paris, 1er avril 2015

Destination secrète

Je lis les lettres
de Dominique P.
et Michel J.,

seules belles lettres
récemment reçues
de poésie vécue

à côté de ce papier
de journal immonde
que je jette au panier.

Disparaître de ce monde
où tu n'auras jamais été,
sinon hors de ses frontières

avec les exilés.
Et maintenant
hors de la cage

des mots, des morts,
dans les rues, les chemins,
sauve qui peut.

À Yeur, 21 avril 2022

Inédits

YVON LE MEN

Derrière la Grande Muraille

1

La Grande Muraille
comme si les montagnes ne suffisaient pas

plante ses crocs dans la roche
dans les millions de corps qui gisent à ses pieds

des centaines de siècles traversés
des milliers de kilomètres parcourus

des millions de vies prises au piège
comme un seul homme

par un autre homme
toujours seul dans son palais

l'empereur
menacé par un empereur

venu du nord
ou de la chambre d'à côté

2

Pour Che Qianzi

Je me souviens de son nom

mais l'ai-je bien entendu dans ce pays
où la langue combine les idées et les images ?

sans doute fut-il un temps où je l'aurais comprise
si j'avais été présent à sa naissance

quand l'homme avait l'air d'être un homme
sur le tableau du maître
au bout de son pinceau

quand les signes faisaient des signes au lecteur
comme un enfant à ses parents
dans un dessin d'enfant

sans doute
mais je n'étais pas là
penché sur le premier idéogramme

j'ai traversé les siècles et un continent
pour frapper à la porte de cet homme
comme à la paroi d'une montagne
infranchissable

sauf par sa beauté

elle est là
posée sur la terre
devant mes yeux

je la regarde
je dis oui

comme je dis oui
à cet homme assis en face de moi
il me sourit
d'avoir deviné un nom sur mes lèvres

le nom d'un lettré mort il y a six siècles
un homme de son village
et dont j'ai appris par cœur un poème

Montre ton cœur sans réserve
et ton pinceau sera inspiré.
Écrire et peindre servent un même but
la révélation de la bonté intérieure

les vers de Tang Hou voyagent
avec moi depuis trente ans
dans tous les pays jusqu'à son pays natal
aujourd'hui

malgré nos langues
son poème est passé entre nous deux
comme un pont
comme un trois entre deux rives

et de l'autre côté de la rivière
m'attendait un livre d'images
qui là-bas
chez eux

sont des poèmes

Inédit

HERVÉ LE TELLIER

1. Ce texte s'intitule *Des nouvelles de l'étranger*, bien qu'étranger à la catégorie « Nouvelle ».

2. « Étrange » pourrait être un verbe du premier groupe. Si c'était le cas, il se déclinerait ainsi : j'étrange, tu étranges, etc. Que peut-on bien « étranger » ? Je l'ignore.

3. Il est écrit dans l'Exode (23.9) : « Tu n'oppprimeras pas l'étranger ; vous savez ce qu'est le cœur d'un étranger, car vous avez été étrangers dans le pays d'Égypte. »

4. « Je suis homme, et rien de ce qui est humain ne m'est étranger. » La phrase est de Térence, esclave affranchi ; je l'avais recopiée dans un carnet jaune, quand j'avais treize ans.

5. Le garçon que j'étais alors me regarderait aujourd'hui comme un étranger. S'il savait qu'il deviendrait un jour cet étranger... Peut-être le considérerais-je moi aussi comme un étranger (quoique avec une émotion contenue).

6. Sur un moteur de recherche, la première référence à « étranger » est *L'Étranger* de Camus. « Aujourd'hui maman est morte. » C'est l'incipit. Je crois que je le sais depuis presque toujours. Ou peut-être hier, je ne sais pas.

7. Autre référence : « Français de l'étranger ». Combien de temps à l'étranger doit passer un « Français de l'étranger » pour, de Français, devenir un étranger ?

8. Ce temps est-il plus court que celui qu'il faut à un « étranger de France » pour devenir Français ?

9. Tous les Français, si l'on remonte assez loin, n'ont pour aïeux que des étrangers.

10. Le mot aïeul me semble très étranger, mais moins que le mot glaïeul.

11. Étranger. Étranger. Étranger. Répéter le mot jusqu'à ce qu'il apparaisse étranger.

12. « Étranger » se dit Mobutu, en lingala. Donc le maréchal Joseph-Désiré Mobutu, dictateur durant trente ans du Congo-Kinshasa, puis Zaïre, est le maréchal Étranger.

13. On trouve aussi le « corps étranger ». Dans un poème où il est question de « deux trous rouges au côté droit », on trouverait dans ce soldat, jeune, tête nue, deux corps étrangers.

14. La liaison se fait en *r* entre corps et étranger, s'il n'y en a qu'un – un corétranger –, mais qu'elle se fait en z s'il y en a plusieurs – des corzétrangers. Allez expliquer ça à un étranger.

15. Du moins à un étranger qui parlerait une langue étrangère, car certains étrangers ne parlent pas une langue étrangère.

16. Les lunettes que je porte sont un corps étranger. Le monde me semblerait plus étranger encore sans elles.

17. Nos organes contiennent l'équivalent d'une balle de tennis de corps étrangers : bactéries, virus, faune et flore.

18. Ces corps étrangers sont nos amis, au contraire du cancer, qui est un bout de soi-même à la croissance anarchique. L'étranger peut être notre ami, l'intime notre ennemi. CQFD.

19. Parler les langues étrangères permettrait de n'être étranger nulle part. C'est faux : je parle anglais, je me sens étranger à Londres, je ne parle pas italien, je suis chez moi à Naples.

20. En effectuant un simple pas au sommet d'une montagne des Alpes, je peux passer dans un pays étranger. Il y a plus étonnant : des enfants, en raison d'une frontière, à dix mètres d'autres enfants, parlent une langue étrangère.

21. Qui disait qu'on gardait encore une once de patriotisme, lorsque, à l'étranger, face à des compatriotes mal élevés, on a honte d'eux ?

22. De quelque pays que l'on soit, le monde compte encore bien plus d'étrangers. Pour certains, l'univers n'est fait que d'étrangers. Prenez les Luxembourgeois. S'il y en deux dans le même Los Angeles-Chicago, ils sont de la même famille.

23. Certains étrangers ont à peine conscience de l'existence de l'étranger. C'est le cas des États-Uniens, ces étrangers qui n'ont même pas de vrai nom, comme disait feu Godard.

24. Félicitons-nous d'utiliser des mots étrangers : l'Anglo-saxon écrit sur son ordinateur avec le logiciel *Mot*, sous *Fenêtres* de *Micromou*.

25. Billy Wilder disait : « Tournons quelques scènes hors sujet. Je voudrais obtenir l'Oscar du meilleur film étranger. »

26. Quand un mot français surgit dans une langue étrangère, elle ne devient pas moins étrangère. C'est le mot qui devient étranger : *déjà-vu* en anglais, *fauteuil* en allemand.

27. Je me souviens de Frank Sinatra : « *Strangers in the night, exchanging glances, strangers in the night…* », etc. La suite ?

28. *Stranger*, en anglais, veut dire étranger. L's du vieux français *estranger* a donné l'accent d'*étranger*. Le *stranger* anglais est soudain moins étranger.

29. *Foreigner* aussi signifie étranger. Mais le *foreigner* vient d'un pays différent, le *stranger* est celui que l'on ne connaît pas. L'un est plus étranger que l'autre.

30. *L'Étranger* de Camus a été traduit une fois par *The Outsider*.

31. Sans oublier *alien*, à jamais associé à un extraterrestre carnassier, quand il signifie simplement « étranger » : « I'm a legal alien in New York », chante Sting.

32. Quatre *étrangers* anglais pour notre *étranger*. Mais le peuple pêcheur du fjord d'Høndeskø (Norvège) possède neuf mots pour désigner l'étranger : celui qui parle une langue si mystérieuse qu'on ne sait pas qui il est, le sujet d'un pays à qui l'on fait la guerre, le sujet d'un royaume allié, celui qui vit dans un autre fjord, un type du village voisin, celui qui habite le même village, celui qui vit dans la même demeure, l'étranger de la même famille, et enfin, surtout, le neuvième, l'étranger qui occupe le même corps. On peut devenir l'ami de huit premiers.

33. Plus que dix entrées pour parler de toi. Ce qui me plaît, ce n'est pas que tu me sois étrangère.

34. Non. J'aime que quelque chose en toi résiste, refuse de se familiariser, demeure invinciblement étranger.

35. Quelque chose qui fait que je me frotte toujours, face à toi, à de l'étranger, à quelque chose de mystérieux et d'irréductible, de jaillissant et de joyeux.

36. Quelque chose qui serait à l'amour ce qu'est la couleur d'une langue étrangère dans la langue maternelle. Un « je-ne sais-quoi », ce mot français passé dans presque toutes les langues étrangères.

37. Ta démarche, certains gestes, me sont ainsi, par instants, étrangers. La courbe de ton sein, de ton épaule, par instants étrangère.

38. Ta voix, au bout du téléphone, de temps en temps : étrangère. La sinuosité subtile de ta pensée, si étrangère à mon propre cheminement, et pourtant plus claire et plus vive.

39. Il n'y a pas de mot en français pour désigner « le fait d'être étranger », pas d'étrangérité.

40. Préserver de l'étranger en nous, c'est peut-être le secret.

Inédits

SANDRA LILLO

En août

avec Emma

nous regardons la pie descendre
chaque marche

une après l'autre

comme si elle était une voisine

qui habitait au 12

Je regarde des films d'amour

Je lis

je lève la tête

je vois sur la pelouse jaune

les feuilles tombées en août

de la même couleur que le manteau
du mendiant

qui a crié j'emmerde la police

Je baisse la tête

je lis

un gramme près dans la fabrication du Cosmos

il n'y aurait pas eu d'étoiles

pas de Sapiens fatigués
pas de police

L'été fait comme une longue journée

avec tout le ciel bleu

qui revient chaque matin

Il n'y a même pas un nuage qui fait

parfois comme une petite goutte

et ça me fait loucher

comme si je sais pas si c'est sur ma joue

ou dans le ciel

on dirait tout a été pesé la danse
et les larmes

Il faut soulever quelque chose de très lourd
pour se souvenir

comme lorsqu'il fallait retourner le matelas
à la maison

en faisant attention de ne pas faire tomber
la lampe

Le soleil donnait à la fenêtre l'air d'être
une trappe

On dirait j'ai toujours fui dans les étoiles

ma tête comme une cafetière pleine de matière

noire

Il s'agit sans doute d'attraper quelque chose

un commencement

le grain de sable dans les rouages

et puis je cherche les morts je pense

on ne part pas comme ça sans dire

à tout à l'heure une montre une petite preuve

Les arbres c'est comme des gens

excepté ils n'ont pas de bouche

alors je voudrais avoir une maison petite

avec des voiles jaunes aux fenêtres

tout au milieu des arbres graves

J'entendrais en haut la révolution naïve
des oiseaux

et en bas

les colonies des fourmis continueront
de faire tourner le monde

Plus tard je regarderais les étoiles

quand les étoiles nous regardent

on connaîtra les éclairs

on ne se souviendra pas d'hier

demain s'échappera comme si nous avions
gardé dans notre poing

un petit morceau de fumée

et puis j'irais dormir avec dedans la petite joie

Inédits

SOPHIE LOIZEAU

le seuil des forêts

avant que d'enfoncer montre la césure le partage entre deux ordres d'existence. diane pousse la grille. je la pousse en grinçant fait s'enfuir les oiseaux. intruse à la forêt puis plus. je tisse au bord
du sommeil sans m'interrompre des jours d'affilée, ne chasse pas.
elle, diane se la représente parfois au cours de la nuit, l'ombre de l'enfante. le temps qu'elle écrive,
dans le temps passé à lire naît une enfante de chair et d'os.
à cette idée diane s'enhardit, mais plus du tiers de son corps se tient toujours sous le couvert.
tant d'intuition à l'enfante ne s'était jamais produite. proto-enfante que le chat subodore blotti sur mon ventre contre toute habitude.

au même titre que j'enceins j'écris.
soudain consciente de ça au milieu d'écrire : excédentaire.
la coexistence de l'écriture et de l'enfante me surcroît,
elle fait exploser le cadre pendant que je continue à jouir de l'homme, à être fécondée en sus.
sur la table d'offrande aux fins fonds diane effectue une libation.
elle remplit son rôle magique dans le monde réel et au-delà.

comme mâle j'ose le bois la nuit y dresse une tente. les pas
les grognements, les feuilles remuées les souffles, tant qu'il fait
noir, que je me tais. un raffut dont j'ignore tout de qui le pas

le grognement, le souffle. la tente, sans doute au centre d'un rond de fée
car le lendemain il y avait des empreintes – aucune n'avait mordu –
de pieds nus de bête autour.

le bain de diane enceinte tient de l'emboîtement gigogne. femme au contenu, en plus de se contenir elle, une veine verte court de son flanc à son aine, de chaque côté. les bassins reflètent ses seins décuplés, pointes noires et son sexe (le lui cache son ventre autrement). nue au vu mais dans le parc désert. nul ne le peut ni le cerf, le boisement dense et les ronces empêchent qu'on la surprenne au bain. l'eau découvre l'ovale du ventre proéminent. à l'heure mélancolique elle se baigne. la vasque dont
les pieds sont des griffes enfoncent dans les feuilles de l'automne dernier. mise sous les tilleuls quelquefois pleine de leurs fleurs.
pendant les trente jours de l'Avent – temps ante à elle à sa venue

diane se baigne avec la vision de la baignoire infinie, elle s'attend d'une seconde à l'autre à la dissolution de son émail. comme
les miroirs l'eau ouvre sur un monde, l'entrain vers le fond l'enfoncement.
la forêt la plus prononcée.
à écrire j'oublie si bien que diane oublie en perd la notion, son corps au double fond mystérieux lui revient par éclair, je me relis. plus sa lecture est soignée plus elle perçoit les inventions.

en plein soleil herbe chaises tandis qu'elle aux ombres, dans les ombres. son corps sombre. ses cuisses fraîches. à côté

un jardin redevient sauvage, il progresse par ici l'accentue, accentue mon propre jardin.
je quitte sous les arbres éblouie.

les grands remous. je vois ce qu'elle fait, les lance visiblement les actionne, ses membres m'atteignent parfois sous la côte.
ma peau tendue sur elle à se rompre.

dimanche elle a bel et bien franchi mon sexe, silencieusement comme les enfantes des bêtes. ses yeux aux miens par contre, nos yeux rivés. je lui chantai notre air, par ma voix je renouais avec elle.

petite elle tête, quelques gouttes, de colostrum ; elle en soi fraîchement descendue étreinte auparavant de façon si radicale. allaiter-lire, écrire tandis qu'elle au sein. elle fouit, il faut la voir fouir – une bête me suce son saoul. même que la bête.
le sang coagulé dans ses cheveux est
le mien.

elle m'a pénétrée en sens inverse. son ce sourire dédié ou à l'indicible / aux anges.
domaine d'Ors, vallée de Chevreuse. je porte ma petite sur mon ventre dans l'intérieur de mes ailes, je marche au cœur du parc anxieuse,
la nuit déesse tout. à l'Orangerie j'eus de la jouissance, la lumière était avancée le duvet de Nina sur son front dans les ors. je la changeai face à la mer (une prairie).

trois semaines mon lait blanchit je l'allaitai tout debout contre
un arbre. les sèves refluent en octobre elle elle fait sourdre. vite

elle remonte
par palier.

je baise l'endroit battant et mou, ma paume épouse son crâne oiseau mes yeux embrassent ses veines. je m'abandonne à elle, ainsi abandonnée sans défense. et encore : très doucement
elle me ploie,
elle m'incurve.
utérine. elle dort sous sa forme ancienne, ex contenu de la caverne
ex amande.

autre campement d'écriture, sous le saule. la table dont les pieds ont pourri à force de la terre humide se déplace aisément du large habitat (le cercle des pelouses) au réduit du saule.
je me soustrais, l'écriture opère un froncé. orbiculaire des lieux froncés sous l'effort du muscle ordonné en sphincter autour de
autour de la table, de moi écrivant.

In *Roman de diane*, Poésiefiction 1, Rehauts, 2013 / revu en août 2022.

LISETTE LOMBÉ

Êtres de passage

C'est saisissant, un livre qui brûle.
Les pages qui se rétractent
comme les pieds d'un enfant
touchant le sable d'une plage
pour la première fois.
Pas de retour en arrière possible.
La peau ne ment pas.
Titre qui crépite déjà entre les doigts.
Caviardage sauvage.
Tout se joue avant six ans, il est écrit.
Couperet. Frontières.
Haro du best-seller sur les mauvaises mères.
Frontières.
Toujours frontières.

Frontières, comme…
Fœtus endimanché en lisière de vie.
Forceps. Fiasco.
États des dieux cow-boys.
Saloons maquillés en cours suprême.
Droits conquis au lasso.
Mauvais whisky.
Mauvais western.
Étriers.
Frontières, comme…
Farine de manioc importée.
Horizon acide.
Homme blanc. Papiers. Citoyen du monde.

Congo. Coltan.
Âmes jerricans.
Feu de forêt coloniale.
Ultimes convulsions sur macadam en malachite.
Malaria à tête de Covid long.

Frontières.
Toujours frontières.

Frontières, comme…
Femmes tabourets. Culs fauves.
Cuirasses queer.
Travailleuses du sexe. Travailleuses.
Cotisations sociales.
Destins mouillés.
Beaux quartiers et bas étages.
Décalcomanie de toutes les villes.
Viandes filandreuses.

Frontières comme…
Fracture de l'os d'abondance.
Clavicules équerres.
Eau dans les caves. Pantalons élimés.
Boîte de raviolis au souper.
Origamis.
Retards de paiements pour la cantine.
Oracle de la cocotte en papier.
Carreau. Rester sur le carreau.

Frontières.
Toujours frontières.

Frontières comme…
Fanfare de la vieillesse.
MILF sur le dos dans les pornos.
Vergetures, qui vêtissent les ruines de la vaillance.
Tablier naissant. Lave pendante.
Cyanose des couples.
Nos mères de profil.
Cous liquides.
Êtres de passage.

Inédit

BRUNO MABILLE

L'amour des idées

Extraits

1

J'aime l'idée
que la vie
suive le cours
d'une dérive naturelle
allant de possible en possible
et créant elle-même
son avenir.

2

J'aime l'idée
que l'univers soit fini
mais sans bord
telle la terre
dont on peut faire le tour
sans jamais
en trouver la limite.

3

J'aime l'idée
qu'il y ait eu un temps
d'avant le temps
d'avant l'origine
un passé immémorial
qui ne fut jamais présent
juste en latence.

4

J'aime l'idée
que tout être avant d'exister
ait été en puissance
et donc que depuis l'origine
depuis le Big-Bang
si c'est ainsi qu'on l'appelle
je l'ai moi-même été.

5

J'aime l'idée
que l'on se souvienne du passé
parce qu'il a été un jour présent
et que l'on se projette dans l'avenir
parce qu'il sera un jour présent
et donc que ne nous soit donné
qu'un seul temps à vivre
le présent.

6

J'aime l'idée
que ce qui a eu lieu
ne puisse pas
ne pas avoir eu lieu
et que tout ce qui a été fait
ne puisse être effacé
de sorte que
dans l'espace illimité
et le temps éternel
ma vie aura compté.

Inédits

VICTOR MALZAC

chien mord

MA CHIENNE MON
AMOUR.
MON ENFANT. TU ES
SAINTE.
À LA TERRE
JE TE RENDS
SAINTE ET BELLE
ET DÉMOLIE.

chien mort. mon chien est mort. triste mon
chien que le professionnel tua. mon chien mort
vite agonie non. pourquoi il a bougé. pourquoi
il a mordu papa. pourquoi il faut de l'argent.
pourquoi huit ans c'est peu trop peu. chien
gentil chien bête sainte pas malade je l'aimais.
le voisin mettait de l'arsenic dans le jardin.
le diabète à cause des abricots du jardin. lundi
9 h grosse piqûre au niveau du cou tout doux
tout doux mais dur vite le cou dur dur tout
le monde concerné papa maman sœur moi.
pas de logique. chien tué pour qui qui le tua.
qui voulut ça. son poil tendre a durci.

MA CHIENNE. TON
POIL TENDRE
ET JAUNE.
JE TE REMERCIE
POUR CE TEMPS DOUX.
DIX ANS
DE MON ARDENT
PASSAGE À L'ÂGE
ADULTE. MAIS PARDON.

chien pas écrasé. pas voiture mais chaud
dedans chaud l'enfer. fenêtres ouvertes
coussinets suintants. pas ventre plein mais
fâché contre moi veut pourtant me lécher
la joue. belle et vivante encore et jaune
remuant sa queue dans les liquides je l'aimais.
je suis amoureuse folle et gamine les mains
pleines de ta morve mon amour. je suis folle
et conquise par toi. je te raconte des histoires.
chien rit dans la piscine se débat longtemps
barbote ma sœur était jalouse.

MON AMOUR. COMMENT
JE VAIS AVANCER SANS
TOI. COMMENT
JE VAIS
PARLER AUX GENS
DE MON ÂGE. TU ME
SURESTIMES. JE VEUX
VENIR DANS LA TERRE
AVEC TOI.

huit ans de galère à ramasser bâtons cailloux.
huit ans de te regarder t'aimer ne pas mentir.
c'est un orgasme qui ne vient jamais. qu'on
me refuse. tu souris tu parles tu soupires
moi je suis l'urine en toi. ce que tu manges
les portions complètes en toi. je vais devoir
continuer manger l'école mais sans toi. moi
qui ramasse les cailloux et creuse et parle et toi
qui les mange qui mange les cailloux qui jette
les bâtons et qui pisse dessus et qui et qui
et qui.

MON TENDRE CHIEN
MON BEAU MA BELLE OUI.
TU ES PLUS
BELLE
QUE TOUTES
LES ESPÈCES
QUE JE CONSOMME.

rien ne me rend. plus triste que ton pelage noir
ou jaune. selon ton âge ta tendresse
ta paralysie. ta peur du bruit l'avion le voisin
te déteste on le tuera. mais ce sourire-là cette
haleine dans la piscine. quand je fais l'amour
à des gens fous je pense à toi. ma bête je ne
suis pas quelqu'un de bien. j'ai beau manger
ta nourriture rien ne change en moi.
j'ai beau manger dans ta gamelle rien ne se digère.
rien ne m'aide. sauf toi. mais toi morte et née
pour ça mourir huit ans pas moi. moi devoir
repeindre argent travail coûter continuer
l'école au mieux tenir.

Inédits

GUILLAUME MARIE

Dans le labyrinthe dont Augustin essayait de sortir il y avait des corneilles.
Les corneilles dont Augustin aurait bien voulu quelques plumes braillaient sur le grand arbre.
Sur la branche où Augustin avait grimpé il y avait une compagnie de fourmis.

Des fourmis Augustin voulait débarrasser son arbre.
De son arbre Augustin rêvait un jour de s'envoler.
Au milieu de son vol Augustin se réveillait en pleine nuit.

Dans la nuit dont Augustin profitait mal il y avait des cauchemars.
Dans les cauchemars dont il essayait de se débarrasser il y avait des corneilles noires
Et des chats.

Des chats d'Augustin on disait qu'ils ressemblaient à des oiseaux.
Des corneilles du grand parc on disait qu'elles étaient des réincarnations.
Des sosies d'Augustin on en avait croisé quelques-uns.

D'Augustin on disait qu'il se mettait tout seul dans des labyrinthes.
Des labyrinthes dont il voulait sortir ne sortaient que les animaux volants.
D'Icare Augustin remarquait qu'il avait été un peu bête.

Par simple ennui quelquefois Augustin se saoulait.
Dans son ivresse il inventait des mondes où braillaient des corneilles.

Aux corneilles il aurait bien voulu voler une ou deux belles plumes.

Des petites plumes s'échappaient régulièrement de son édredon.
Dans son édredon les chats d'Augustin se vautraient le matin.
Tous les matins Augustin commençait par un café serré.

Le noir des chats d'Augustin faisait parfois les confondre avec des oiseaux.
Les becs ouverts des corneilles se disputaient une carcasse de chat.
Le soir Augustin faisait parfois peine à voir.

Avoir devant sa fenêtre des arbres lui donnait des envies d'être un oiseau.
Voler c'était ce qu'avait bien tenté Icare.
Icare était quand même un peu sorti du labyrinthe.

Inédit

JEAN-MICHEL MAULPOIX

Le pas de la porte

I

— Je n'ai jamais poussé la porte du jardin.

Durant toutes ces années, j'ai marché sans cesse au bord de ma propre vie, guettant les crépuscules, les aubes, les printemps, les automnes, les rivages, les lisières, les belvédères et les terrasses, toutes ces frontières où l'on peut croire que le temps et l'espace vont changer de nature, arrière-pays ou arrière-cour mélancoliques, encombrés des meubles résiduels des vies perdues. J'ai fait de l'attente un lieu où écrire : par-là passait la chance imaginaire d'une autre vie. Restant sur le pas de la porte, hésitant à l'ouvrir, je suis devenu pour toujours un bonhomme de papier.

II

— Je n'ai jamais traversé la frontière.

D'un côté les corps, de l'autre les ombres. Y a-t-il des drapeaux qui claquent au vent, plantés dans le sable, une ligne jaune, ou rouge, ou blanche, un mur de pierre, une barrière de bois, ou bien un fleuve aux eaux violentes, roulant son flot de haine, de chagrin et d'oubli, que l'on doit franchir pour passer sur l'autre rive ? Y a-t-il un affreux vieillard aux yeux cruels et un grand chien qui garde l'entrée, un molosse à trois têtes qui se nourrit de viande humaine et de gâteaux de miel ? Comment se faufiler parmi la foule du limon noir ? Faut-il jouer des coudes jusque chez les morts ?

III

— Jamais, dites-vous. Et pourtant vous savez que les dieux envoient périodiquement sur la terre leur fils préféré pour l'exposer aux quolibets et aux crachats, afin que la grande fable du Mal et de l'Amour se poursuive. En général, ils choisissent le plus solide et le plus calme pour éviter qu'il se mette en colère et que trop de conflits sanglants se réveillent d'un seul coup.

— Le Fils est un abandonné ?

— Seul, oui, très seul, mais parmi les ombres… En vérité surpeuplé ! D'une solitude maladive ! « Je suis hanté », dit-il. Ni par l'azur, ni par de chers fantômes dont le silence serait de jour en jour plus cruel, mais par tout le mal que les hommes ont fait depuis toujours sur cette terre.

— Les dieux sont atteints de surdité profonde.

IV

— Allons, encore un dernier effort. Souriez et redressez votre vieux dos. Appliquez-vous. Vous allez y arriver. Essayez de faire quelques pas très lents dans l'éternité. Si vous n'aimez pas votre Dieu, vous devrez chérir la lumière et le son de la cloche qui fait tinter midi… Vous irez nu dans l'herbe, là où cesse le chemin, et plierez les genoux. Personne n'en saura rien.

— Mais qui êtes-vous donc, pour parler ainsi ?

— Je suis le cousin de la fourmi et non le rejeton prétentieux d'un grand singe. Le couvert est mis pour moi chez la groseille et j'ai mes entrées le dimanche au jardin botanique. Prenez soin, s'il vous plaît, de ma respiration.

Inédit

ANNA MILANI

Le pays est vaste et sans bordure. Les saisons le traversent comme des hordes barbares et piétinent les jardins. Elles portent des climats graves qui pèsent sur les paupières des femmes et des enfants. Les cerisiers, tendus vers le ciel dans une fixité minérale, sont frappés de l'intérieur par la nostalgie du rouge. Je me promène dans les ruelles d'un village aux limites de la plaine. Les maisons en argile corrodées par les vents opposent la grâce des intérieurs à la brutalité des rafales. J'enlace le hêtre. Je passerai l'hiver avec lui. Mêlée à son écorce. Propagée dans ses branches. Plantée dans la terre. Pour faire pousser de mon corps des mots-racines, capables de retenir le sol qui s'érode et se désagrège au passage des saisons.

J'avais ouvert les yeux sur le monde et je voyais : une caravane à la limite d'un champ, la brume flottant au-dessus du sol et des corneilles posées sur une ligne à haute tension. À l'intérieur de ce paysage, sur fond de ciel bleu, je marchais en traçant mon chemin : une longue phrase oblique dissimulée à l'intérieur d'un texte qui contenait tous les itinéraires. Dans la caravane, posé sur une banquette, il y avait un vieil atlas aux pages jaunies. Je l'ai ouvert pour me situer. Mais les noms des pays et des montagnes avaient disparu des cartes : une géographie silencieuse se déployait à travers les pages. J'entrepris de la parcourir, d'inventorier chaque paysage, d'en garder trace à l'intérieur de mon corps. Je marchais pour établir les distances, mesurer l'altitude des reliefs et la proximité du ciel. J'écrivais des légendes sur l'aspérité des falaises, sur la texture de l'écorce des résineux. Je classais dans mon répertoire les étendues de graminées et le silence sidéral des nuits. Puis un jour j'atteignis un campement au bout du monde. Quelqu'un avait laissé une légende au seuil du paysage. Une graphie familière reportait : une caravane à la limite d'un champ, la brume flottant au-dessus du sol et des corneilles posées sur une ligne à haute tension.

In *Géographies de steppes et de lisières*, Cheyne éditeur, 2022.

MARIE MODIANO

Actias Luna

Nous nous arrêtons près d'un arbuste planté au milieu de rien
Le souffle court
Nous sommes devenus si petits,
Si fins,
Invisibles et puissants,
Enfin délivrés de nous-mêmes.

Hommes sans visage,
Poussières laissées au vent d'une seule route.
Une meute de chiens nous a cherchés longtemps
Mais nous sommes désormais protégés,
Bercés par le néant.

Adieu le cœur qui gonfle – il éclatait parfois
Plus d'ongles noircis par la crasse.
De soldats, nous sommes devenus terre
Celle que frôle le matin tes petits pas d'enfants.

Aurore éternelle à la coiffe d'horizon
Il fait si beau aux marches de la mort.
L'avenir nous appelle de mille voix
Comme une chanson jadis entendue,
Hymne de la louve berçant l'orphelin
Les larmes s'assèchent de ce trop grand bonheur,
Tandis que l'oiseau de nuit guette les derniers soubresauts du papillon lune
Pour le croquer d'une rage cruelle.

La lumière prend sa place
Nous contemplons un feu d'artifice en dévorant des gourmandises
La bave aux lèvres nous nous approchons de la dune où s'ennuie un troupeau d'antilopes,
Elles nous guident en silence vers la source
Où nous nous allongeons pour boire.

La vie nous traverse à nouveau
Fraîche
Liquide
Il existe donc *un après*
Après l'horreur,
Il se déguise
Portant le costume d'aujourd'hui
Plus rien ne sera pareil qu'avant.

Nous n'oublierons pas
Nous tenterons de raccommoder nos rêves avec du fil d'amnésie
D'autres y sont parvenus, n'est-ce pas ?
Nous voilà obstinés, volontaires
Telle une colonie de fourmis
Nous nous soutenons et faisons preuve de loyauté les uns envers les autres :
Si vous tentez de nous tuer, nous reviendrons
Encore plus nombreux,
Encore plus vigoureux,
Peupler vos heures solitaires.

Nous sommes enfin prêts pour débuter la reconstruction,
Réparons l'absurdité afin d'y voir plus clair.
Comptons les points noirs sur la coccinelle avant qu'elle ne s'envole vers ces vœux que nous nous sommes prononcés

à nous-mêmes
À voix basse,
En secret.

Le jour baisse déjà
Un hibou guette sur une branche
Et notre espoir s'élève dans l'obscurité,
Tenant tête aux étoiles.
Camouflés dans l'ombre
Intouchables,
Les mots pour unique arme :
Nous sommes les plus forts.

Inédit

ANTOINE MOUTON

Les personnes qui ne font rien dans le train

Certaines personnes sont délicates, elles s'endorment dans les trains. Elles retirent leurs chaussures pour s'allonger. Elles se contorsionnent sur les fauteuils trop fermes. C'est toujours très étroit mais elles trouvent une position à peu près tenable et s'y tiennent. Elles laissent le soleil leur brûler les joues à travers la vitre. Et leurs yeux se ferment doucement. Et elles rêvent, et leurs rêves traversent les paysages. Et la nuit vient sur le pays. La nuit brûle à travers la vitre. Les villages sont minuscules. Le wagon est sous hypnose. Les gens qui ne dorment pas sont en train de lire. Lire les rend très beaux. Mais les personnes les plus belles sont celles qui ne font rien. Qui ne somnolent même pas. Qui n'ont pas eu l'idée d'ouvrir un livre. Qui sont assises sur leur fauteuil et qui laissent la nuit se poser sur le pays traversé. Celles qui croient en l'immobilité comme en la vitesse. Celles qui ne cherchent pas à se distraire du voyage. Celles qui sont suspendues à l'arrivée. Celles qui pensent à la vie. Celles qui profitent d'être assises dans un train pour penser à ce que la vie leur a fait. Et elles se voient aller. Elles se voient aller quelque part. Elles se demandent si elles sont heureuses. Et ce qu'il s'est passé pour qu'elles soient dans ce train, à penser à la vie. Ce qui les a conduit à se laisser conduire ailleurs. Elles ne pensent pas à la vie tous les jours. À bord d'un train, c'est plus facile. Elles ne prennent pas un train par jour. D'habitude c'est la vie qui pense à nous. Ou bien elle pense pour nous, on ne sait pas. On n'a pas encore saisi la différence. On en voit les effets, c'est tout. On en voit les effets par-dessus le paysage. À travers la vitre. Et dessus, le reflet. Ce visage : moi. Je ne dors pas. Ni ne lis. J'observe ma vie. Je me demande ce qu'elle aurait pu être. Ce que j'aurais dû faire pour dormir dans le train, au lieu de penser. Pour ôter mes chaussures et m'allonger avec délicatesse, du mieux possible, et laisser mes pieds flotter dans le couloir, un peu plus hauts que ma tête, et m'adosser à la nuit, au pays plein de nuit, et rêver avec la même poignante délicatesse que cet autre, et cet autre, et cet autre, et cet autre encore, cette bande de délicats, allongés parmi les lecteurs et les brutes, traversant des hameaux sans nom, que la nuit cache. Les brutes, qui pensent, qui n'arrêtent plus de penser en cherchant leurs yeux dans la vitre, qui s'éprennent de leur pensée, et qui ne laisseront plus jamais la vie les conduire là où ça s'arrête. Plus jamais.

L'été mon poème a faim

C'est l'été, les gens ne sont plus là pour raconter des histoires. Leurs histoires me manquent. Les gens me manquent aussi, mais c'est surtout leurs histoires qu'il me faut. Je fais du vélo dans la rue et je pense : j'aimerais tellement que quelqu'un me raconte une histoire. Une longue, emberlificotée, avec des digressions et beaucoup trop de protagonistes pour que je la comprenne. Je donnerais tout pour que quelqu'un m'ennuie. Que quelqu'un me bassine avec sa vie. Par moments je décrocherais. Je bâillerais sans ouvrir la bouche et je penserais à tout autre chose. Ça me ferait tellement de bien. Le luxe, la satiété. J'adore ça, les histoires des gens. Les gens qui parlent tellement qu'on a l'impression que ça les soulage. J'aime écouter les gens bavards. Ils disent tout ce qu'ils ont sur le cœur, et même ce qui est à côté du cœur, ils n'oublient rien, pas un détail, ils déballent tout, ils donnent. Et moi je prends ce qui me plaît, je choisis des morceaux, je les mets dans ma mémoire. Et parfois je fais un poème à partir de ce que j'ai retenu.

Racontez-moi des histoires, j'en ferai des poèmes. Je suis à vélo et c'est ce que je pense au milieu de l'été, quand les gens quittent la ville, quand les feuilles meurent déjà. C'est ce que je voudrais dire à tous ceux qui sont encore là. Je ne fais pas de poème l'été, parce qu'on me parle moins. L'été je parle à n'importe qui. Je n'ai pas vraiment besoin de parler, mais qui sait ? Je pose des questions. Vous cherchez quelque chose ? Dans la réponse qu'on me fera, il y aura peut-être une histoire.

Si je n'aime pas quelqu'un, je l'écoute quand même. Parfois les gens que je n'aime pas ont de bonnes histoires.

Et moi je rentre après les avoir vus et je fais un poème. Et si j'aime bien mon poème, je commence à aimer la personne à qui je le dois, c'est fatal. Mais globalement, les gens que je n'aime pas racontent très mal leur vie. C'est presque mon seul critère pour accepter un rendez-vous. Si j'étais radical, ça le serait. Mais de temps en temps je suis complaisant : j'aime quelqu'un sans son histoire. C'est très rare.

Parfois les gens racontent mal, mais je sens que ça peut faire un bon poème. Alors je reste auprès d'eux. Une histoire peut être atroce dans une conversation et du meilleur effet dans mon carnet. Certaines personnes vivent des vies passionnantes mais n'arrivent rien à en dire d'intéressant. Elles livrent seulement de vagues indices. J'apprends à les repérer dans l'ennui.

Pourtant un poème n'est pas vraiment une histoire. Mais mes poèmes en sont pleins. Seulement, je les transforme. Personne ne se reconnaît, alors que tout vient des gens. Et de moi, rien. Les mots, les mots entre eux, c'est tout ce que je fais.

J'ai besoin des gens. J'ai besoin d'eux parce qu'ils parlent. Et les gens ont besoin de parler, ça tombe bien. C'est adorable ce besoin qu'ont les gens de parler. Et moi je prends ce qu'ils disent et j'en fais mes poèmes. J'ai besoin de les voir pour les entendre. Je leur donne des rendez-vous. Je les aborde dans les rue ou à la caisse du supermarché, puis j'écoute. J'écoute leur histoire et je retiens ce qui me convient. Ce qui peut nourrir mon poème. Merci les gens. Merci les gens pour vos histoires. Je prends ce qu'on me dit, je déforme tout, c'est l'esprit du poème. Le ventre du poème. L'été mon poème a faim, la moisson est maigre. Alors je fais du vélo. Vous êtes perdu ? Je peux vous renseigner ?

Un jour quelqu'un me racontait une histoire excellente au milieu de l'été, je voyais déjà le poème que j'allais en faire. Mais en rentrant chez moi tout avait disparu. J'avais passé une soirée inouïe, mais je n'ai pas pu la changer en poème. Une soirée géniale mais inutile. Qu'est-ce qui m'a pris ? Qu'est-ce qui m'a pris pour que j'oublie de prendre ? Je dirais : le plaisir. Parfois le plaisir d'écouter me submerge et je ne retiens rien. Ça m'étourdit. Ma mémoire devient rêveuse. Aussitôt dit, aussitôt perdu. Je rentre chez moi et je n'ai rien pour mon poème.

Parfois les gens font trop plaisir. Ils font plaisir à voir, et trop plaisir à écouter, je leur en veux. Je ne peux rien faire d'eux. Je rentre exténué, sans rien, le poème dépérit, je me couche : on ne m'y reprendra plus. Est-ce que je préfère les poèmes aux gens ? C'est possible. Parfois je le pense. Je me dis : tu ne penses pas aux autres, seulement à tes poèmes. Est-ce que je fais des poèmes pour rejoindre les autres ou m'en éloigner ? Est-ce que les deux réponses peuvent coexister dans la vérité ? Est-ce que je fais des poèmes parce que c'est la solution que j'ai trouvée pour supporter les gens, et aussi parce que j'avais une envie folle, bien que je les supporte mal, de les rencontrer quand même ? Mon poème ne répondra pas à cette question. Mon poème préfère les histoires aux réponses. Les réponses sont indigestes pour le ventre du poème. Mais parfois, l'été, il n'y a rien de mieux. Seulement des réponses. Qui viennent à vélo dans la solitude. Et que je note aussi dans mon carnet. Sans grand espoir de les changer en poèmes.

L'été, les gens ne sont pas là. Ils vivent. Ils ne racontent pas d'histoires, ils ne font que les vivre. Il faut attendre leur retour. Tu as passé un bel été ? En septembre, c'est un festin. Une saison propice aux poèmes. Qui tombent comme des pommes dans mon carnet. A poem a day takes the doctor away. En attendant j'apprends l'anglais pour aborder les touristes. You're looking for something ? L'été, les gens sont dans la vie pure. La vie séparée du récit. Ils sont dans le temps. Ils se font une histoire sans la raconter. Ils font l'expérience du présent. Ils parlent de la température. Ils changent les légumes en ratatouille. Ils nagent, ils dorment, ils se grattent à cause du moustique. Et puis ils reviennent. Et de nouveau le temps se décolle de leur existence. De nouveau ils éprouvent ce besoin charmant de dire. De nouveau ils cherchent auprès de qui se confier. Et je suis là, avec mon poème affamé, pour les accueillir.

Inédits

ANNE MULPAS

Sally crabe et crique

ton poumon gauche est une crique
où dort un dieu au nom étoilé de cinq *i*
quand on l'appelle
toutes les dents du haut dévoilent
le nom oublié de la nuit
ça semble alors plus simple
crevasses callosités
de brosser les paysages d'enfance
l'exil les deuils collés aux pieds

à la table d'à côté
le serveur se carapate pas chassés
carapaces de crabes craquent se fendent
se fendent c'est la fin de
je sais
les bouches jutent
la vérité
oh bah la vérité
une fois concassée sa poudre limitera
le risque de caillots sanguins
(tant que le cœur bat, ça va hein)

j'aimerais
nager d'un *i* à l'autre dans la gueule
du dieu que tu abrites
faire fi de l'angoisse des fonds
patauger dans la langue que tu peins
épaules patientes dos voûté

je n'aurais
aucune honte à ramper dans tes écailles
ce sont mes doigts qui t'épèleraient

même les fantômes savent cela
qu'on se souvient par le toucher
sinon
ça parle s'affaisse
ça parle tremble blesse
pond des œufs de cadavre dans le silence
des crânes
les fantômes savent si bien cela
qu'on s'aime par le toucher
(le reste c'est fadaises de papier)

dans l'un de tes tableaux
en traces poilues dieu s'éveille s'ébroue chien
(nommer les couleurs ne les font pas mieux vivre)
(on peut néanmoins entendre ton blanc s'hérisser
le rose se peler
– ton bleu je ne sais pas j'hésite)

à côté on se lève de table
la nappe maculée de sang mandarine
les bouches à peine finies
quelque part dans ta crique
je marche sur une plage de farine
carapace de vérité s'étire sous mon pas
s'étire
c'est la fin de
je sais

Inédit

CAROLE NAGGAR

Photographies du Japon

Au Rijksmuseum d'Amsterdam
Je regarde ces photographies
Prises par Antoon Bauduin,
Médecin sur l'île de Dejima au Japon,
en mille huit cent soixante et quelque.
Piégées un siècle plus tard
Par un incendie.

Les images qui restent
sauvées par les conservateurs
semblent de délicats nuages déchirés
des vagues
ourlées d'une frange de feu
Comme une écume noire.

Leurs figures pâlies on dirait
des pétales pressés aux herbiers de mémoire
Ou de grands papillons ocellés :
Un samouraï au kimono pâle
Son sabre que le vide ébrèche

Des hommes sans noms
Bustes en vestes sombres
Alignés au balcon, au-dessus du jardin,
Un paysage inachevé de volcans enneigés, de lianes.
Des navires aux mâts fins sur l'eau incomplète
dans la baie de Nagasaki

Le feu interrompu les pare de sa gloire
La photo qui devait les rendre immortels
À présent souligne leur grâce éphémère
Arrachée de justesse aux cendres

Alors je ne sais pourquoi je pense à Kyoto
Le portique de torii pourpres
tatoués de signes
à Fushimi Inari
Menant à un sommet
Gommé par la brume.

Hors-champ

Dans les photos de guerre il y a toujours des corps
jetés comme des sacs en travers d'une route
les visages de survivants
poudrés de cendres
comme des masques Nô
Et à l'arrière-plan
les grandes falaises cariées
d'immeubles drapés de poussière.

Presque tout de la vie reste hors-champ :
L'odeur terreuse de l'eau qui stagne
dans les trous d'obus
Le relent âcre du béton et du bois brûlé
Le bruit doux d'une pluie qui ne console pas.

Ces choses insistent se bousculent
Intruses qui veulent à tout prix
traverser le cadre Elles crient :
Ne croyez pas cette image si simple
Les cendres sans flammes les corps sans voix
L'espace organisé des ombres et des lumières
La géométrie d'une scène
apaisée dans ses ruines.

Dans la flaque de sang
avant qu'elle ne sèche
Bougent le reflet des cimes
Bercées par le vent
Et des nuages pèlerins
Qui se hâtent aux chemins d'un ciel indifférent.

Disparus

Vient un jour où la mort m'embusque
Où sont les amis d'hier ?
Plus de morts que de vifs à mon paysage
Un ressac de mémoire les porte
comme un fouillis de feuilles
poussés contre mon seuil
par le grand râteau du temps.
Où sont les amis d'hier ?
Biffures à mon carnet d'adresses

Au petit matin de mon insomnie
criblée d'échardes de cauchemars
des flocons de silence volètent
Comme nids de poussière
aux coins de ma chambre.

Où sont les amis d'hier ?
Ceux du sida du covid
ceux du cancer du suicide
Ceux dont le cœur a lâché ceux
Au cerveau rongé par de sales astrocytômes.
Aux poumons pris par un caillot sournois
Ou tués par la cigarette ou
par les obus de conflits lointains
Vietnam Kosovo Golfe Afghanistan Afrique
Iraq Gaza Ukraine ailleurs, ces guerres
qui ont aspergé de sang le pare-brise
de leurs pauvres aventures

Où sont vos messages
Vos télex, vos télégrammes ?
Je vous dis les mots
restés dans ma gorge qu'obstrue
la digue des regrets des deuils bâclés
des larmes retenues
Je vous parle
ô mes sombres phares.

Mes disparus m'appellent.
Leur mort
Me frôle et me dépeigne mais
elle m'épargne
encore

Inédits

ARTHUR NAVELLOU

Ménestrel sans frontières

Un homme nu pendu à son balcon hurlait
Handicapé à vie je serai handicapé à vie
Il allait sauter sous l'œil des passants
Je courais mon fils dans les bras
Je souhaitais éviter de voir
La vision que j'ai imaginée cent fois

Je réfléchis mieux en faisant le ménage
C'est sale et mal rangé chez moi
Je voulais partager la lumière
C'est la nuit et j'ai froid
Je n'ai plus le temps d'apprendre
L'infini m'intéresse moins

Dans le wagon-bar
Des clandestins étaient réunis
Par la police aux frontières
Essayant de les interroger
J'ai dû attendre la prochaine gare
Pour que ce monde descende
Et enfin me prendre un café

Les coupures d'électricité me calment
Voir une mauvaise herbe traverser la pierre
Me remplit d'espoir
Je suis de ceux qui aiment les vestiges
La poésie après l'homme

Nous devons tout perdre
C'est mathématique
Pour compter et savoir
La valeur de ce qui reste
Nous devons approcher la fin
Pour se retourner
Et réaliser

On ne dit plus adieu
Personne n'y croit
On vit trop longtemps
Pour la dernière fois

Je rêve de partir un matin
De m'arrêter manger près d'une rivière
Et de marcher encore jusqu'au soir
Pour chanter dans un salon
L'histoire de mon pays disparu
Je rêve de devenir ménestrel
Ombre d'ombre d'ombre
Pour conter et disparaître
Des bribes de choses vues
Des souvenirs si courts
Qu'ils donnent faim

Je me rêve sans frontière
Sans pays même apparent
Polyglotte et magicien
Même si je n'apprends rien
Je me rêve d'éphémère
Un nuage vu d'un train
Couvant l'orage qui vient

As-tu dans ton cœur
La place pour un poème
Je trace un espace
Que je remplis d'espoir
J'y verse des images
Qui forment un tableau
Les souvenirs s'ajoutent
Infiniment

Nocturnes

Les lumières sont noires et la marée montante
Plus personne ne parle on sirote sans mot
L'heure est à la détente as-tu vu la grande ourse
Quand la nuit de la nuit boit son Amaretto

On avance sans hâte vers la fin des congés
Certains sont bien pressés mais ne le disent pas
On cultive un goût âpre odeur de sainteté
Ce soir je sais que rien ne dépendra de moi

Dans l'obèse néant qui me reste à connaître
Je respire en poussière de sable et de papier
Si je partais d'ici à la nage sans bouée
Je n'aurais qu'à mourir pour un matin renaître

Le manège rejouerait la même chanson
Et les gaufres brûlées auraient le même goût
Et les habitués du marché au poisson
Parleraient un instant d'un noyé sans raison

Gravité

On connaît bien le poids de la mélancolie
Lorsqu'on ne veut plus rien porter même son corps
Entre les bars fumants et le trou de son lit
On continue de peser même quand on dort

On continue c'est ça même les yeux fermés
Car ouvrir maintenant ferait couler trop d'eau
Ému par la pensée d'un enfant fatigué
Par un train qui s'arrête ou le rêve d'un mot

On comprend bien son poids quand les autres nous plaignent
Qu'ils voudraient s'excuser d'être témoins de ça
On ne la sentait pas mais notre amitié saigne
Il faut se retirer et puis pleurer tout bas

On cherche la raison de ce nouvel état
Qui au cœur de l'été fait un vin aigre-doux
Une voix nous rassure et dit : tout passera
Patiemment on soulève ce poids jusqu'au bout

Lumière

C'est l'instant juste avant que le monde s'allume
La conversation file entre un chien et un loup
Tout baigne dans un ciel de cocktail aux agrumes
Comment fut ton été et fut-il à ton goût

Tout le monde est venu sauf ton coiffeur c'est sûr
Il est mort il manquait je crois de savoir-vivre
On n'y voit presque plus la nuit tache les murs
Les amis parlent vite et fort car ils sont ivres

Je les regarde ému c'est comme au cinéma
L'instant où les voix nues s'accordent en musique
Je dis merci à qui me sourit malgré moi
Un instant m'interroge où sont donc les moustiques

La guirlande s'allume et inonde la nuit
Comme des bougies sur un gâteau trop sucré
Le moment se suspend même le chat sourit
J'ai adoré ce flash ma mémoire est tatouée

Inédits

JAMES NOËL

Face à la page blanche

Puisqu'il faut parler de métissage
de la texture du désir se dérobant
de peau et de chagrin
je confesse avec lâcheté
avoir dessiné tes fesses à la craie blanche
sur une ardoise noire
j'ai couché tes courbes
avec du charbon noir
sur une page blanche
et j'ai fumé en boucle
tes pensées au travers
des nuages lourds
dis-toi bien que
j'ai fumé
en boucle
au creux
de tes cheveux
j'ai brisé la ligne du cœur
cassé la main gauche
cassé la main droite
je ne suis qu'un œil en roue libre
dans le chavirement des traces et des couleurs

Volant de lumière

À C.

Ils lâchent des bombes
Cococow boom
Ils lâchent des bombes
Les couilles molles des cloches dingues
Les pointus de la balistique
Les connards à fragmentations

Qu'allons-nous faire
mon amour
à présent que le futur
se trouve
menacé d'anachronisme
Avec ces fous en avant de pointe
qui ne pensent que par têtes de missiles

Les rues sont menacées
Prises de vitesse par l'histoire
Qu'allons-nous faire
À part nous chavirer à deux
Déchienner la gueule ouverte notre existence
À quatre pattes à l'arrière d'une bagnole
Histoire de rouler quand même dans nos artères

La radio crache crache cash
« Ils lâchent des bombes »
Les enfants entendent « des bonbons »

Tout en continuant à jouer
le plus gaiment du monde

Le futur est menacé d'anachronisme
Les rues gardent encore de jolies courbes pour tes hanches
Chavirons-nous à l'arrière d'une bagnole
Histoire de nous mettre en pilote automatique
Brisons nos phares   touchons la nuit
Le cœur est un volant de lumière
Pour des manchots aveugles

Inédits

RENÉ de OBALDIA

Les trois sonnets d'un homme qui devient fou

I

Le soleil tend vers moi sa bouche d'assassin.
Non ! Non ! Je ne veux pas. Le soleil court au crime.
Napoléon ! Napo…léon ton œil m'opprime.
Arrière ! Je suis noir et rouge comme un saint.

Trois lions vêtus de feu s'arrachent dans mon sein.
Rugissez ! Rugissez ! Déchirez mes abîmes.
Un oiseau de couleur prend mon rire pour cime
Et mon enfance dort dans les plis du tocsin.

Dans les airs se pavane un carosse d'évêque.
Le Saint-Esprit me tient un langage d'Aztèque :
Kalilalapuli… Kalilalapuli…

Je ferai dérailler les astres sans mantilles
Je clouerai la douleur sur le bois de mon lit
Trop tard ! Il est trop tard, on a pris la Bastille.

II

Ma tête loin de moi m'appelle avec mes yeux.
Voici qu'un étendard flotte sur mon silence
Les morts, je vois les morts ardents qui se fiancent
Et font rougir leurs os sur mes lèvres en feu.

J'accours, ma tête éclate et c'est le peuple hébreu !
Un nuage de sang enveloppe leurs danses.
Mon cœur flambe au milieu, transpercé d'une lance
Et les morts au néant s'en retournent par deux.

Pitié, car je suis nu devant la moindre phrase.
L'aile d'un ange chu me lacère et m'embrase
Pitié si, pour moi seul, je ne suis plus qu'un cri !

Je tue avec un doigt, avec un cil je tue.
J'éclabousse de sang les âmes des statues.
Neuf cents fois j'ai tué le Seigneur Jésus-Christ.

III

Amis, ouvrez-moi, je n'ai plus de portes.
Ouvrez-moi le lait, ouvrez-moi le pain
Ouvrez-moi le ciel du petit matin
Lorsque mon front pleure aux étoiles mortes.

Jeunes filles bleues, ô douces cohortes
Sur les chemins ronds du très pur amour
Ouvrez-moi vos flancs à même le jour
Que les blancs moutons de vos lèvres sortent !

Oh lala ma tête oh lala lala
Kalilapuli tombeau des lilas
Un monstre surgit qui n'est que moi-même

Non ! Non noir bourreau, arrière ! tu mens.
Noir Napoléon feu sur les blasphèmes.
Hurler dans ton ventre, ô maman. MAMAN !

In *Anthologie des poètes de l'ORTF*, Denoël, 1969.

GEORGES OUCIF

Comme un Pays de Géants

Extraits

5

c'est dans la laideur des contrejours
dans les rives de béton et d'acier souillées
que mon âme revient chercher le chant
comme si la lèpre des jours qui se suivent
le fatras des usines et des pontons de mazout graisseux
avaient plus de prix à mes yeux fatigués
la Meuse dans le trouble de ses eaux est un présentoir
rien peut-être n'est plus émouvant que la misère de ces décors
ce désordre qui trace son encre improbable sur des horizons maussades
quand les tankers et les vraquiers appareillent
vers des ailleurs sans saveur pour moi

8

germe en nous la grande lassitude
l'horizon difforme des rêves défile
un spectacle qui n'en est pas un
c'est tout ce que la terre ici peut offrir aux marins
des riens qui ne méritent pas qu'on ouvre les yeux
parce qu'il n'y a rien sur nos rives
rien à aimer aux bâtisses sans ordre sur les bords plantées
la monotonie des formes galeuses jette au ciel
sa courbure de pubis incongru
les marins quittent ces bords sans regard sans regret

la Meuse lustre le monde obscène
qui n'a qu'amours vides à nous offrir

9

voilà le pays qui nous hante
la terre sombre qui dans le ciel humide se perd
le monde où le jour est sale comme un soir d'automne
les arbres effeuillés se pressent au bord de l'eau
leur encre capillaire dans les yeux des marins se noient
c'est là le lieu qui nous est donné sans qu'on sache par qui
pour vivre les rares amours auxquelles on ne croit plus
si notre cœur est vide
l'espoir qui certains jours y loge
rêve de la Meuse en ses eaux fortes
et la flamme de son éclat qui brille

11

pourquoi revenir au lieu de souffrance
dans l'éclat d'un soir qui sur l'eau se réplique
comme une bouche grande ouverte qui nous offrirait quoi
l'incandescence d'un baiser unique à notre grisaille sublimé
il faut voir au loin quand miroitent les restes du jour
le ciel presque clair et son empreinte désespérée
sur la Meuse silencieuse
aucun endroit sur Terre ne reflète l'âme
la Meuse seule et son ciel portent nos couleurs

12

on ne dira jamais assez la grisaille sur nos têtes
et les murs sales qui nous parquent
la monotonie est le lot qui nous échoit
comme si la vie était une lande pelée

comme si la vie était l'Érèbe peuplé de corps vidés
avec leurs lèvres qui de sang rêvent de s'imprégner
les tankers traversent le monde inconsistant des jours
sans lumière
nos yeux s'ouvrent inutiles sur des négatifs ratés
sur la rive il faut aller sans but et les mains sans rien
la Meuse de nous ne se soucie
nos mains glacées dans son eau implorent le chant
qui à nos cœurs offre la poésie

16

tout le jour et des nuits entières
les barges les tankers les vraquiers
des lettres carrées à leur coque pavoisées
écrivent le cadavre exquis de leur procession
peut-être le monde des berges aux murs de briques sales
n'a pas plus de raison que ces mots qui se mêlent
ces toponymes ces patronymes qui pour nous rien ne signifient
et qu'on ne peut dans le chant ramasser
la Meuse dans ses reflets les brouille
et dans l'éclat de ses eaux change en lumière la défaite du sens

17

comme un pays de géants
où les lois de la nature seraient écrasées
où l'horizon dans sa platitude s'effacerait
où l'homme dans son néant serait frappé de mutisme
il n'y aurait plus d'yeux pour voir
et le marbre brisé des statues hérisserait la Terre
des baraques lointaines à l'abandon
des poutrelles rouillées fichées dans le sol
seraient des fanions à nos rêves accolés

comme un pays de géants
où les forges disparues dans nos rêves seraient grises
où l'acier tordu sur l'horizon dresserait un arc dérisoire
la Meuse seule à ce silence mange la moitié du monde
la Meuse encore pourrait témoigner du chant
qui dans le soir inutile brille en ses derniers reflets

Inédits

MARTIN PAGE

un miroir ne s'achète que cassé
les usines les produisent comme ça
vous pouvez faire toutes les boutiques
les miroirs sont toujours cassés
le boulot est bien fait alors ça ne se voit pas
vous l'accrochez chez vous
et vous y êtes juste moche et décomposé
un miroir ne dit jamais votre pure grandeur et votre majesté
ça blesse
sept ans de malheur mon cul
un miroir est brisé dès le départ
ça coupe le visage et l'âme tout le temps
mais
ce n'est pas sans remède
ça demande du boulot pour le polir et abolir son tranchant
ce sont nos mains et notre esprit frondeur qui vont façonner
la capacité d'un miroir à nous renvoyer
une image juste de nous-même
une image sans cassure sans blessure
toute en magnificence
parce qu'un miroir qui dit autre chose que notre beauté
c'est juste un putain de complot
on se voit mal et le monde conspire à ça
mais ce n'est pas tout
on marche mal aussi
pendant des années j'ai cru marcher sur mes pieds
mais j'avançais sur mes genoux et assez souvent sur mes tibias
tu m'étonnes que je saignais que je souffrais
depuis j'ai appris à me lever et à danser

un jour on le comprend
la douleur ce n'est pas qu'une vengeance du monde contre nous
c'est aussi une éducation
alors pour sauver votre peau vous devez vous révéler une chose
vous n'êtes pas ce truc minimal
plié
lissé
abîmé
reconnaissable
vous n'êtes pas ce qui vous fait du mal
être un mec pour moi
c'était me forcer à jouer un rôle difficile sans le plaisir de la scène
je jouais en coulisse
dans la salle
parmi les sièges
dehors
dans la file d'attente
j'interprétais un caractère
personne ne voyait les efforts
on me frappait on se moquait si je jouais mal
je me punissais aussi
car c'était une règle une loi de leur civilisation
j'en connais qui se tuent à vouloir performer un genre
ils se brisent
pour ne pas déranger la tranquillité policière de ce monde
moi je tombais je me cognais je ne me ressemblais pas
ça m'a mis la puce à l'oreille de ne pas pouvoir faire
la chorégraphie merdique de la norme
mimer des mouvements et des pensées qui ne me correspondaient pas
m'empêchait de me servir de la gravité pour tout simplement
prendre mon élan vivre m'échapper
la gravité n'est pas en cause mon corps n'est pas en cause

ce qui craint
c'est le personnage limité triste écrit à l'avance et imposé
il y a eu les coups les insultes pédale enculé
ce sont souvent les pires ennemis qui voient bien
zéro myopie
ils ont une santé impeccable dès qu'il s'agit d'opprimer
ils captent ce qui les met en danger
ce qu'il leur faut frapper et détruire
ils savent que ce trouble est contre eux contre leur monde
les insultes c'est comme un méchant réveil qui sonne
ça fait dring dring très très fort ça fait saigner
impossible de dormir de vivre de rêver
au moins on le sait ça ne va pas
et un jour on s'accorde cette liberté infinie
on ne porte plus l'uniforme de l'ennemi
on n'est plus ce soldat qui court dans la nuit sous la pluie
pour s'acharner à se planter une baillonnette
dans
son
propre
cœur
la guerre est révélée au grand jour on ne la porte plus en soi
la société est un champ de bataille
j'ai des ennemis un système ennemi
on ne va pas se mentir c'est dur
mais maintenant au moins c'est clair
je suis moi je suis de la non-conformité de genre
ailleurs nonbinaire agenre
et je lutte pour ça pour cet autre je lutte pour nous
pour que tellement de nous différents soient possibles
je suis qui je suis et depuis lors
les miroirs sont réparés

Inédit

JEAN-LUC PARANT

Nous sommes tous des migrants

Extrait

Sans notre corps il n'y aurait plus de frontières. Car les premières frontières commencent tout autour des contours qui délimitent toutes les parties de notre corps. Les premières frontières ce sont nos bras qui se tendent de chaque côté de nous. Ce sont nos yeux qui s'arrêtent aux premiers horizons. Heureusement que nous ne voyons pas tout, que nous ne voyons pas notre visage ni notre dos et que, devant nous et derrière nous, rien ne nous arrête. Nous pouvons partir, notre corps a disparu devant nos yeux pour nous laisser passer et traverser le monde tout autour de nous. Seule notre ombre nous rappelle que nous sommes en nous, enfouis dans notre nuit, et que rien ne pourra jamais nous faire quitter ce corps que nous contenons tout entier et que même le feu et sa lumière ne peuvent traverser.

C'est seulement ce que nous ne voyons pas de nous-mêmes qui nous a rendus libres. C'est seulement ce que nous ne voyons pas et que nous ne verrons jamais. Si l'on voyait tout, tout nous encerclerait, nous nous ferions enfermer par tout ce que nos yeux verraient. Nous ne pourrions pas nous arrêter de faire sans cesse le tour de notre corps que nous verrions tout entier. Nous avons trouvé la liberté parce que, dans un infini, nos yeux ne pourront jamais tout voir et que, ne pouvant jamais tout voir, aucun horizon ne pourra jamais nous limiter. Nous sauterons par-dessus toutes les lignes que délimitent toutes les parties de la terre, nous nous projetterons là où nous ne voyons pas, où nous ne voyons plus, où nous ne pensions jamais pouvoir aller.

L'obscurité qui nous entoure guide nos pas vers la lumière. Sans la nuit nous serions éblouis et nous ne pourrions plus avancer d'un pas. La nuit nous entoure comme elle entoure le soleil, sans quoi nos yeux s'arrêteraient de voir au premier horizon, le soleil serait du feu qui nous brûlerait.

Nous tournons avec la terre qui tourne sous nos pieds et à la fois nous tournons avec la terre qui se déplace tout autour du soleil. Nous tournons avec la terre pour faire naître le jour et la nuit et à la fois nous tournons tout autour du soleil pour faire naître les saisons et les années. Nous sommes entraînés par deux mouvements simultanés qui s'imbriquent l'un dans l'autre pour faire naître le temps qui passe sans laisser aucune trace, et qui effacent toute mémoire : la mémoire de notre origine et celle de notre devenir.

Nous tournons et, en tournant, nous avons tout effacé. Les tours que la terre fait sur elle-même pour faire naître le jour et la nuit ont effacé les tours que la terre fait autour du soleil pour faire naître les années, et les tours que la terre fait tout autour du soleil pour faire naître les années ont effacé les tours que la terre fait sur elle-même pour faire naître le jour et la nuit. Comme si tout s'enchaînait et que les jours et les nuits effaçaient les années, et que les années effaçaient les jours et les nuits. Nous tournons pour effacer les traces du temps qui passe et du temps qui passera afin de pouvoir continuer à vivre sans fin dans un espace sans fin.

Nous tournons parce que nous sommes dans un espace qui est si grand que nous ne pouvons pas ne pas bouger. Nous tournons parce que nous avons tellement de place que nous pouvons même courir les yeux fermés sans nous cogner nulle part ni trébucher. Comme si nous avions été dans la nuit totale et que nous avions pu avancer, nous déplacer, et parcourir des millions et des millions de kilomètres jusqu'à faire naître le jour et la vie, et créer la mort jusqu'à faire tout apparaître et tout disparaître continuellement.

Nous tournons et, en tournant, nous avons tout oublié car l'espace où nous tournons est trop grand pour ne pas tout perdre, et notre cerveau est trop petit pour pouvoir tout contenir. Nous ne saurons jamais d'où nous venons ni où nous allons, à moins que nous nous enfermions dans un tout petit espace pendant une infinité de temps et que nous nous immobilisions pour toujours.

Nos yeux se sont enfoncés dans la nuit pour trouver le jour et pouvoir se projeter en la vue, car nos yeux ont été d'abord fermés avant de pouvoir s'ouvrir. Nos yeux ont été aveugles avant de devenir voyants.

Nous sommes venus de la nuit pour trouver le jour, comme nous retournerons dans la nuit pour trouver une autre lumière. L'espace nocturne qui nous entoure est trop grand pour que nous ne puissions pas en avoir été recouverts avant notre arrivée ici, et en être à nouveau recouverts après notre départ.

Nous venons de la nuit et nous repartirons dans la nuit, c'est pourquoi nous ne nous voyons jamais arriver et nous ne nous voyons jamais partir, nous ne nous voyons jamais de face et nous ne nous voyons jamais de dos. La nuit nous poursuit, nous la portons avec nous, elle nous recouvre sans cesse, même en plein soleil la nuit projette et dessine sur le sol, où nous avançons en plein jour, les contours de notre corps, comme si elle nous rappelait sans cesse sa présence et qu'elle ne nous quittait jamais.

Nous avons tous migré sur la terre et tout autour du soleil parce que nous cherchons la lumière totale, la lumière qui nous séparera de l'obscurité qui nous colle encore à la peau et qui ne peut pas se détacher de nos yeux devant nous. Nous cherchons la lumière totale, la lumière sans nuit car nous sommes encore dans un demi-jour et une demi-nuit. Nous voyons tout à moitié, nous touchons tout à moitié.

Rien n'est tout entier, tout s'est divisé en deux moitiés, le jour n'a pas pu recouvrir entièrement la nuit d'où nous venons. Notre corps ne nous est visible et touchable qu'en partie, comme la terre est sans cesse jour et nuit, sans cesse nuit et jour. Tout s'est coupé en deux. La lumière n'a pas pu manger toute l'obscurité, le soleil est trop loin, son feu s'est fait dévorer par la nuit.

Après être arrivé de la nuit totale, l'homme cherche le jour total. Heureusement, depuis la naissance de l'écriture, ses yeux ont pris le dessus sur tous les autres sens.

Si les yeux ont déjà réussi à réunir, en la vue qu'ils projettent, le toucher et l'intoucher, comme un va-et-vient entre les yeux fermés et les yeux ouverts, entre le proche et le lointain, ils n'ont pas encore réussi à réunir, en même temps qu'ils voient et ne voient pas, l'ouïe, l'odorat et le goût. Ils n'ont pas réussi à entendre, à sentir et à goûter, comme s'ils avaient des mains en la nuit de leurs paupières baissées mais qu'il leur manquait encore des oreilles, un nez et une bouche, en le jour de leurs paupières levées. C'est pourquoi nos yeux peuvent entendre, respirer et manger n'importe quoi. Nous voyons mais nous avons beaucoup de mal à faire la différence entre ce qui est bon et mauvais, ce qui est beau et laid, ce qui sent mauvais et ce qui sent bon. Nous respirons tout ce qui passe devant nos yeux, nous nous asphyxions, nous étouffons, nous entendons tout ce qui hurle et crie dans nos yeux, nous nous assourdissons.

Sans rien toucher, nos yeux touchent tout, c'est ainsi qu'ils ont pu voir le ciel puis découvrir les images et déchiffrer l'écriture. Nos yeux sont d'immenses mains transparentes à travers lesquelles nous voyons tout.

In *Nous sommes tous des migrants*, L'Atelier contemporain, 2019.

SERGE PEY

Passager clandestin

1

Nous avons décidé
que la frontière était
une ficelle
car nous n'avions
qu'un couteau à la poche
pour la couper

La nuit tombait dans notre sac
de limite en limite
et faisait parfois avec une autre ficelle
un nœud qui retenait
des poubelles de lumière
stockées dans la lune

Quand nous nous sommes retournés
le paysage était un miroir fracturé
derrière nous

Pas loin de nous
des arbres
avec de vieux pistolets aux crosses
de chair humaine
nous regardaient attentivement
jouer aux cartes
avec leurs papiers à cigarette
comme s'ils n'avaient plus
de billets de banque à déchirer

Ils pariaient sur la table de jeu
des bébés et des femmes coupées
en deux par les hélicoptères

L'arbre qui gagnait la partie
prenait la ficelle
et s'en servait comme ceinture
pour retenir son pantalon
après avoir pissé
dans la bouche d'une fleur

Le dehors a toujours un autre dehors
qui l'attend séparé par une ficelle

Les mouettes
accrochées au bout des hameçons
comme des cerfs-volants
jouaient à voler
au-dessus des fils
en bombardant les soldats
avec des papillons

2

Depuis la dernière assemblée générale
ils sont devenus fakirs
en décidant que la frontière
était un serpent

Un vieux camarade
nous a dit
que puisque la distance
qui nous séparait du haut de la montagne

était divisible à l'infini
nous n'avions comme solution
que de sauter au-dessus d'elle

Le souterrain que nous avions creusé
enfermait des cerveaux
des sacs de plastique
et des boîtes de carton

L'idéal d'un sentier
est d'être abandonné
au milieu d'une barrière
que nous renversons avec nos pieds

Maintenant que l'assemblée
générale a décidé
que la frontière
était un serpent
ils ont acheté une flûte
pour la faire se dresser
au-dessus du panier des barbelés

Les avions
dansaient dans l'air
et faisaient des nœuds d'oiseau
au-dessus des nuages

Deux mains abandonnées
tressaient la chevelure
d'un parachutiste pendu
dans un arbre

3

Croa Croa
Ce corbeau est un point échappé
de la fin d'une phrase
que n'avions pas pourtant terminée

Croa Croa
je le reconnais
c'est lui qui bouffe mes noix
dans le jardin

À l'intérieur de mes chaussettes
dansent mes pieds vides
comme sur la devanture
d'un magasin de souliers
fait avec des ailes d'oiseaux morts

Je suis devenu un point
où passent tous les points
et même les corbeaux

Je suis une séparation
entre deux hypothèses

Le réel est ce qui précède la philosophie
me dit le Corbeau

Nous sommes des équilibristes
sur un fil tendu entre
deux poubelles

Croa Croa

De chaque côté du fil
deux vides nous attendent
et le ciel vomit ses blancheurs
devant les appareils de photos

Croa Croa
a gueulé le corbeau
même s'il sait
que jamais je ne pointerai mon arme
sur lui

Croa Croa
moi aussi
j'ai répondu
et pourtant il a commencé
à me tirer dessus

Inédit

JEAN PORTANTE

CE QUI DE MOI SE DÉSOSSE
je le sème derrière moi
pour donner à manger
à la mangeuse de chemin

elle mange et mange
et os après os
grandit le désir
de lui tourner la tête

tête tournée tête qui tourne
que se désosse sa prudence
chemin faisant
qu'elle perde la raison
comme je perds mes os

moi devant est-elle derrière
dit-elle encore
comme dans la vieille mythologie
si tu tournes ta tête
je disparais.

LÀ OÙ GÎT MON NOM

en-dessous plutôt
aucune croix
aucun cimetière
rien qu'un alphabet
semant le trouble sous terre
il suffit de le prononcer
et tout s'en va

le souffle soulève
des locomotives de regrets
– mais je vis encore
et je vois

je vis et je vois
la vapeur qui approche
est-ce une procession
travestie comme sait
se déguiser l'alphabet

aucune croix
à perte de vue
je vis et je vois
le nuage qui s'incline
et l'horizon s'incline aussi
et l'arbre tout près prie
quel fruit porte-t-il

porte-t-il mon nom
qui tombe en automne
– mais je vis.

LE REPAS EST SERVI
et tout le monde est là
autour de la table
je compte les visages
il en manque deux
je compte encore
il n'y a plus rien à compter

rien ne compte plus
sauf les noms que je pose
sur le plateau gauche
de la balance
– ils pèsent peu

sur le droit il y a le temps
et je triche
je triche encore
j'alourdis le temps
avec mon pouce
et l'équilibre revient.

LE LIT EST FAIT
et le printemps tire à lui
la couverture
mais ton sommeil est profond
à l'autre bout

ce qui de toi n'est ni d'un côté
ni de l'autre s'agrippe
tant les forces lui manquent
aux fleurs de jadis
brodées sur le tissu
ce sont des roses
le vent n'est pas loin
et tu l'épétales

il t'aime ne t'aime pas
il t'attend
ne t'attend pas
le seuil tu le franchiras
demain peut-être
ou ne le franchiras pas.

Inédits

NATHANAËLLE QUOIREZ

frontière : adversité pugnace
mes doigts à travers elle
ont dépêché le coudrier

baguettes d'ego rompues
restent mes vieux bâtons d'enfance

denier de l'eau rendu
la source m'a dicté

je me convaincs
grandir
au lieu je suis plus lourde
sans pouls territoire est muet

ô terre !

quel sang vous ce cadavre
boue stérile et rasée
épisiotomisée par notre délinquance

irons dans votre trou nous races d'anthropiques
mêlées d'assassinats

ayez nous supplions comme seule pitié pour nous
relief dans votre effort et puis votre indulgence
pour nos défonces parler aux pierres

racines inertes à la section
sans sérieux antonymes
de la matière à regretter

jusqu'au bleu à pourrir la face sans étoile
vous m'entendrez par mon erreur
me croire sans vous illimitée

tout me tait
soleil déflore

erzats de regret
prétention péremptoire
le sort tombe à grand bruit

antérieure est justice
elle précède pour gagner.

*

la nuit blessée
le précédent qui ronge
au pays intangible
jeu d'épitaphes étrange
la vie ne se fait plus
qu'en cairn de cadavres
la marche hurlante grève est en sang.

*

sous la glaie
diaphane et cuite
couche après couche
j'ai souci nue de fantasier mes trompes
l'amour phosphène le couteau me plantait
à votre bourre se fatiguaient mes langues
un chant épidural c'est la glossolalie
par instant le prophète à l'instinct animal

les braises en bouche
en crue bouillantes vagues de larmes
vous grelottiez.

*

me répands rêve de vous
un manque offert désire vous reprendre
vous enjoignez à l'avalanche
déverser le grand froid
ensevelir l'horreur de la chaude et du pire
traditionnelle histoire de la flamme caillée
affligé de vertu mon excès d'impudeur
m'est une violence pure
ma cervelle est girante
ma gaieté est bizarre
mon corps est tout en pleurs d'habiter la détresse.

*

l'orthographe est une mère dans le mitard des mots
humiliée comme on prie son dieu pestiféré
je nomme car c'est venger le trop chagrin d'enfant
l'immortel mis à mort dans l'œil du grand mépris
sans domicile de lettres j'avais pissé partout
nos choix d'identité l'énurésie rebelle
cimetière invisible leurs yeux ont ignoré
j'avais à foutre quoi ?
une tombe au quotidien plus grande que l'aïeul
mutilation au vif et au soudain silex
sépulcre d'invention diverticules honteuses
des phrases par le milieu dans l'ordre tout cassé
l'inquiétude pour le sort l'écriture au bizarre
mon encre a glavioté méchante mécanique

peur promise au berceau éros faible infini
ma mort

n'empêche dieu est venu
on n'enlève pas les cieux.

*

tandis que le fracas de la parole nous plonge
aux abonnées terreur le serment est adulte
l'enfance tourne ses yeux sa pitié au visage

que reste-t-il ?

chemin des servitudes
rêve au matin prend date
sommeil de péninsule humble recoin d'espace
transir ne m'oublie pas
force tarie dans chambre

éteignez-moi au moins
annulez l'injustice.

*

la chair d'audience elle se reprend
si rouge à l'évidence pleurant la peur excellente
nudité moi la femme un os à ma part belle

première nuit se désire
ce que je sais c'est moi errante.

Inédit

ALDO QURESHI

dirty dancing

c'est une route de campagne la nuit dans la voiture
de mes parents.
Les cris qu'elle a poussés, les mots, les reproches
en grande partie justifiés qu'elle vient de lui faire
sont assis à la place de ma mère, à côté de lui.
Quelque chose dans la lumière des phares, un choc,
le cri des freins.
Le bas-côté, les jambes rouges de mon père dans les gaz
d'échappement.
Puis il revient, ouvre la portière et dit Viens voir.
À l'arrière de la voiture il y a un danseur,
le haut du corps aplati, un bras plié dans le mauvais sens.
J'entends mon père dire Il y en a de plus en plus.
L'autre jour j'en ai vu deux faire une crise dans le métro.
D'abord ils commencent à remuer en levant les bras,
ensuite ils se mettent à danser les objets.
Une banquette, le plan du métro, tout ce que tu veux.
Quand ils prennent l'escalator, ils dansent l'escalator.
S'ils voient une vitrine, ils dansent la vitrine,
ils dansent le trottoir, le reflet de la lune dans les flaques.
Si ça les prend au supermarché, ils dansent la caissière,
le caddie, le bruit de la nourriture dans les sacs.
Celui-ci a dû vouloir danser la lumière des phares.
Je retourne m'asseoir sur la banquette,
et mon père reste à côté, dehors, le bras sur la portière,
comme s'il attendait que la nuit monte dans la voiture

le xénomorphe

le cauchemar ne vient pas d'une autre planète,
il n'a pas la forme d'un crabe membraneux caché sous ton lit,
ne se jette pas sur toi, n'emprisonne pas ta tête entre ses pattes,
il ne pond pas ses œufs dans ta gorge.
Il est bien plus doux, plus aimable et subtil.
Il a la forme de ta grand-mère dans sa blouse de La Redoute,
orange et verte, un samedi après-midi dans la cuisine,
occupée à préparer la sauce des pâtes.
Il a la forme de ta grand-mère quand elle prononce le mot juif.
Quand elle dit arabe en arrachant le A avec le R.
Le cauchemar ne sort pas de toi en défonçant ta cage
thoracique,
il s'approche doucement dans la réalité des épluchures
de carottes,
bien plus aimable et aimant qu'un embryon d'alien au sang
acide.
Il se penche doucement sur toi sous la forme de ta grand-mère
quand elle te met sous le nez la photo de Benito Mussolini
et qu'elle dit : c'est un homme comme lui qu'il nous faudrait.
Le cauchemar a et n'a pas la forme de ta grand-mère –
c'est une créature à deux têtes.
L'une prononce des mots qu'on a mis dans sa bouche étant
jeune,
et l'autre a le visage de l'homme qui, lorsqu'elle avait 20 ans,
l'a attirée dans le garage où l'attendaient ses complices.
Des doigts pressés qui arrachent et qui jettent.
Des braguettes qui puent la pisse et des bouches qui ricanent

la distribution des poubelles

le camion s'arrête au pied de l'immeuble
et les éboueurs balancent les poubelles devant la porte.
Dès qu'ils repartent, mon père et moi descendons
en vitesse pour nous emparer des meilleurs sacs.
Quand nous revenons, ma mère a déjà mis le couvert,
et mon père jette les victuailles sur la table.
Ma sœur et moi nous disputons pour avoir la poubelle
avec les déchets organiques,
celle avec du jus,
mais comme c'est lui le plus fort,
et qu'il sait se servir de son gourdin,
c'est mon père qui finit par l'avoir.
Nous devons nous contenter du sac avec le plastique recyclable.
Une fois que tout le monde est servi
nous éventrons les poubelles, et c'est parti pour 2 h de festin.
Au milieu du repas nous nous mettons à ricaner en pensant
aux voisins qui vont devoir se contenter d'aller acheter
du pain à la boulangerie comme des gros ploucs.
Cette bande de ringards,
dit mon père, et nous nous mettons à rire, la bouche pleine :
lui avec des enfants de mouche et du jus sur la langue,
les femelles avec des boules de polystyrène entre les dents,
moi en mâchant le corps d'une Barbie démembrée
par de futurs petits tueurs en série

ajax vitre

elle avait eu si peur
quand il était entré tout à coup dans la chambre
que sa tête était devenue du verre,
une fine enveloppe de verre avec du ciel à l'intérieur.
N'importe qui aurait pu demander le divorce à cause de ça,
mais lui, il était prêt à l'aider, à faire des efforts,
et il lui avait acheté du produit pour les vitres.
Et bien sûr, puisqu'elle avait maintenant du ciel à l'intérieur,
il avait été obligé de le faire lui-même,
de lui laver le visage, de faire lui-même les vitres,
et un jour, il lui avait brisé la tête sans faire exprès.
Elle avait perdu l'équilibre,
sa tête avait tapé contre le rebord de la table,
et elle avait volé en éclats.
Lorsque la tête de sa femme s'était retrouvée par terre,
en mille morceaux,
le visage brisé, le nez les lèvres en mille morceaux,
il avait été chercher la pelle et la balayette.
Il avait balayé les restes du visage pour que le corps –
debout à côté de lui, désorienté,
qui avait du mal à trouver ses repères à présent –,
il avait balayé les bouts de verre pour que le corps
ne se blesse pas les pieds

Inédits

SUZANNE RAULT-BALET

ton front (hier)
entre mes (deux) mains

*

FELICE – tu ne sais pas maman. tu ne sais pas ce que c'est de n'avoir jamais vu de visage jamais. de n'en avoir toujours au plus précis senti que les contours rugueux. de grands morceaux dodus de chair tendue en arcs précipices et puis le vide de l'air. rien qu'une extrême falaise abrupte de peau scrutée de la pulpe du doigt jusqu'aux plus nettes frontières juste avant le grand saut et plus rien. lever la main sa propre main la voir. comment cela ne peut-il rester qu'un détail ? je lève la mienne et c'est encore du noir il n'y a que lorsqu'on la saisit qu'elle prend sens. que lorsque je suis enveloppé dans quelques bras chauds de tendresse que je sais que j'existe alors. parfois je voudrais fort. si fort les ombres et les formes saisir. comprendre de ta voix l'armure. bientôt je disparais je ne connais d'ici aucun être parfait nulle autre créature j'ai dû tout inventer à commencer par toi. même si un jour tu disparais. que les autres te perdent de vue. je saurai moi où venir te chercher. chimère tu déambules dans l'atelier cervelle duquel tu ne sors pas je t'y garde captive y invente en retrait mes plus beaux paysages. de ceux qui n'existent que dans les contes et mes folies nocturnes. la nuit. c'est là que se dresse le décor et sa clarté me sort de mon obscurité. elle s'orne de mes pourpres et de mes bleus turquoise. de mes ocres et mes verts d'eau et de mes anthracites. de mes taupes et mes auburns. mes aquilains. mes blancs lunaires. mes bleus charrette et givré nuit pétrole outre-mer. mes boutons d'or cacao caramel. corail et fauves émeraude. fraise écrasée glycine. gris-perle et indigo. mes ivoires. mes lavandes. mandarines et pervenches. pistaches et rouges anglais. mes rubis sang de bœuf. sépias. topazes et vermillons. mes violets. zinzolins. depuis mon dernier jour je les garde en poème leur écho m'appartient. et le reste des choses : un mur infranchissable. ainsi mes yeux dans les tiens se referment. je m'en remets à toi. à jamais le monde s'éteint en dedans et dehors et j'oublie tout de lui. ici je n'ai plus peur de rien. aucun regret caché dans un coin de mémoire. il me reste tes mains. le contour de ton corps. le parfum de ta nuque. de tes larmes le sel. ce sont là mes couleurs. plus vivantes, plus écarlates encore que du sang sur le ciel.

*

faut-il que nous parlions vous et moi
pour nous entendre ?

7 h 02
qui te retient là où tu restes ?

12 h 22
il y aura toujours quelque part
un train pour un ailleurs
sans moi à l'intérieur

13 h 33
écrire écrire écrire
les mots comme des briques les uns après les autres
puis des murs à construire à démolir encore
et toujours cette chaise vide
me regarde et attend
son histoire

23 h 54
j'irai me réfugier où les montagnes grondent
parsemée au hasard dans les magnétiques ondes
entre ces forteresses qui gardent nos mémoires
ont vu passer les siècles et les nomades en noir
qui marchent leur destin quand on meurt dans la ville
immobile immobiles

04 h 02
vous souvenez-vous comment vous êtes arrivé.e.s jusqu'ici ?

j'ai préparé l'évasion

j'attends tes yeux pour entrer la fenêtre
et te faire irruption
comme la voleuse de nuit

je viens te kidnapper
t'emmener loin des traîtres
et de leurs interdits

je te promets un monde
où il n'y a que nous et beaucoup de chaleur
jamais on n'y recouvrira le feu
on choisira les heures

oublie-là tous tes doutes
laisse leur ta colère

on s'en va loin des fous
de leur masse et du nœud
de leurs petites guerres

tout près du réconfort
mener d'autres combats

une fuite héroïque

on s'en va reconstruire
derrière le pacifique
un paradis perdu
calfeutrés l'un dans l'autre

ensemble on sera solitaires

on ne vivra que d'amour
d'eau fraîche et du bruit
de la mer

Inédits

HORTENSE RAYNAL

pas, à moi pas,

j'ai pas, de langue j'en ai pas,
et j'en ai jamais eu.
c'est la bouche-fumier que j'ai.
pas, le reste
ni les tournesols fanés
pas, à moi pas, à personne

peut-être ou si peut-être
au voisin celui mal réveillé
cuisine-café mais pas, à moi qui
cherche quelqu'un comme enfoui quand même.
le quelqu'un il avance il se plante
il maison il fuite à la fois

aussi oui,
dans un silence amidonné.

et c'est la fleur qui contient toutes les fleurs du monde
sans le savoir près de la grange foin du voisin
dedans, et autour maison, plein de petites vies
qui bourgeonnent dans mon ventre, s'acclimatent et
enfin festoient.

femme-bougeotte, tremblante.
femme-vache, ruminante.

Je suis une bovine abandonnée.

faut y être pour,

On te dit quelqu'un est né mais tout semble mort dans la cour.
seuls gardiens de la scène, les chiens silencieux.
mais tu vas voir.
là, dans paille humide de l'étable,
le petit veau. il te ressemble.

quelqu'un crie. il faut se taire en réponse, il faut.
il faut s'y faire en réponse, il faut.
tu reviens, tu repars, tu reviens, tu repars.
autour du rond, cinq.
deux qui savent, trois qui savent pas.
il faut se taire se taire se taire.
et il faut mourir ; point virgule.
le lierre qui s'attache autour lumière, hedera helix la couleur
jaune de ces fleurs des hauts plateaux. on dit que
les couleurs ne sont vraies qu'au-dessus de mille mètres.

toujours mêmes cabanes de bois sous les lignes à haute tension,
faut y être pour crever ainsi de l'étau de l'inaction.
qui peut l'entendre, qui sait ?
il y a de la lumière sous le plancher regardez,
elle a de l'effet sur nous. la lumière a de l'effet sur
l'humanité. c'est une conquête. la conquête du jour.
à présent c'est une couleur. partie. mais vivante. mais partie.
c'est un mouvement.

c'est le mouvement qu'aurait l'absence si elle bougeait.

et tous les jours mâchoire serrée.
ses yeux fuyants.
sa bouche qui ne sait pas embrasser.

honnêtement, aujourd'hui j'ai

honnêtement, j'en peux plus de tuer des papillons tous les jours.
j'assassine pendant qu'il y a des femmes qu'on dirait des poèmes
qui sont assises dans les cafés très chers de l'avenue
j'ai jamais vu leurs visages.

j'ai l'air de quoi moi.

certainement pas d'une femme qu'on dirait etc.
pas ma forme, pas.
de ce fait, j'ai ensuite voulu acheter la ville entière.
les paysans m'ont dit, oui mais, les marins m'ont dit non.
je suis donc au milieu du port.
avec de la musique trop forte et dans le dos.
mes pieds dépassent, et s'en vont.
honnêtement, aujourd'hui j'ai
vraiment tué trop de papillons, alors je mets
des cailloux dans la brouette de la vie.
il y a des figues et du sexe, du sexe et des figues.
c'est pas faux mais je crois pas que ce soit
l'essentiel. l'essentiel, c'est que
je ne sache pas exactement
si je suis une femme ou un homme
si je suis une femme ou une forme
« tout grand esprit est androgyne »
a dit un jour un grand esprit androgyne.
je sais pas vraiment si je suis un grand esprit
mais je crois pas que ce soit
l'essentiel. l'essentiel, c'est plutôt

La forme de toi elle est grande comment la forme de toi ?
c'est grand comment ta forme de vie ?

même si je n'y,

je vais dans le matin le matin chaud ; j'écrase des insectes ; et je pense à ma mère.

je t'ai demandé ; de m'expliquer ; l'eau qui court derrière un faon mort.

c'est rien ; c'est pas un signe rien ; et il n'y a pas plusieurs mondes.

et moi je ne suis pas plusieurs ; comme je le croyais ; mais je suis belle et bien.

et même si je n'y crois pas ; je l'écris ; et ensuite il est trop tard.

le thym est froid ; les chèvres sont loin ; et les gens viennent là le soir.

harnachés de leur joie ; troglodyte et infaillible ; des pierres autour des yeux.

comme moi j'ai ; des escargots dans la chaussure ; pour les énerver.

la suite ; tu ne m'en as pas parlé ; tu as juste parlé du bouquet.

puis je me suis réveillée ; puis trois bottes de foin ; comme ça.

et tout d'un coup ; ce n'est plus ce rythme ; qu'il faut avoir, c'en est un autre.

un autre. una utre. un aut re. unautre. unautr e. un ature. nu autre. nature.

Inédits

JACQUES REBOTIER

247 animaux de transport et de compagnie

Extraits

L'avion

L'avion roule lentement sur terrain lourd et plat, perché haut sur ses hautes pattes de devant. Il sert communément de transport en commun, effectuant des passages lourds et plats, tournant en tous sens, haut et lent sur ses lentes roues de devant. C'est un moyen de transport empesé, mais fiable (pour de courtes distances). Il peut embarquer jusqu'à cent soixante parasites.
Lorsqu'il trouve une ligne droite, il peut être saisi d'une envie de pousser une pointe et se met à foncer droit devant lui. Comme mon chat. Quelles mouches l'ont piqué ? Il se grise alors de vitesse, échappant à tout contrôle, jusqu'au point de ne plus adhérer au sol.
Si l'on veut garder un avion, il faut éviter de le mettre en contact avec des lignes droites.

Le livre

Le livre est l'animal le plus familier que l'on puisse connaître, rêver, trouver. Les livres sont fidèles, s'ouvrent facilement. Ils volent en compagnie, voir « étagères ». Les livres restent. On achète parfois moins de livres qu'on peut en lire, parfois plus (overbooking). Le livre reste un moyen de transport fulgurant. Le livre reste. Le livre est. On ne peut en dire autant de tout le monde.

In *Quelques animaux de transport & de compagnie*, Harpo &, 2004.

Le batteur

Le batteur aussi glisse, plisse, crisse, pogne, lisse, fritte, fait monter la musique, trotte, rogne, hoche la tête, rince, paresse. Bis. Le batteur aussi glisse, plisse, crisse, pogne, lisse, fritte, fait monter la musique, trotte, rogne, hoche la tête, rince, paresse. On dit aussi : *da capo,* depuis la tête. Paraît qu'il est tom basse, ou medium, ou les trois. Le batteur est ton tom et il est dangereux, les deux. Le batteur c'est sa batterie, qui est en grave danger, abattons notre beurre, abreuvons ses sillons !
Mon batteur est instant, tendu sur futur immédiat, comme un tigre disparu. Mon batteur attend son heure. Mon batteur est heureux.

Le ventilateur

Existe en deux variétés, l'une à trois pales, l'autre à trois pales. La première est le ventilateur sur pied et mouline incessamment le sens de la vie dans le sens de la vie, droite à gauche.
La seconde est la variété de plafond. Vous brassez l'air le jour, lui, la nuit. Bientôt il fait décoller la maison, et de concert, vous votre cerveau, et vous rêvez-voyagez tous deux dans les airs. Sur Air Craft Ventilador, *buen viaje,* un bon concert !

L'horizon

L'horizon est en fuite, de temps, de temps en temps, et puis tout le temps. Nomade sans nom, soleil toujours jamais couchant, il vole contre le temps, et finit par vous dérober le vôtre.
Voyagez donc sur Horizon ! Vous arriverez toujours quelque part.
Mais quand ?

Inédits

FLORENTINE REY

En juin 2022, j'ai rencontré Joachim Du Bellay sur les ruines de son château, en Anjou. Désormais il a pris place en moi et je peux lui donner voix, une voix ventriloque qui nous permet de faire des conversations poétiques entre XVIe et XXIe siècles.
7 heures, installée au bureau – une planche noire sur des tréteaux – pour écrire mon texte. Le soleil rasant révèle la poussière accumulée sur un coin de la table. Bordée par des feuilles en vrac, on dirait une petite plage.

FLORENTINE

Où est la mer Joachim ?

JOACHIM

C'est la table. Une mer noire, avec beaucoup d'objets au fond.

FLORENTINE

On pourrait plonger pour en remonter quelques-uns, par exemple les écouteurs du téléphone.

JOACHIM

C'est une algue. Il faut la faire sécher ou la consommer tout de suite.

FLORENTINE

Au fond de la mer il y a aussi un petit calepin à spirale, tu le vois ?

JOACHIM

Un animal marin. La spirale c'est sa colonne vertébrale. Il nage en ouvrant et fermant ses pages. On l'appelle A-GEN-DA ; le poisson qui distribue les rendez-vous. Tu veux quoi comme rendez-vous ?

FLORENTINE

Un rendez-vous avec la confiance en soi. Et toi ?

JOACHIM

Un rendez-vous avec mon corps.

FLORENTINE

Je peux te dessiner une silhouette si tu veux, comme ça tu pourras imaginer que tu as des contours.

Je prends une feuille, un stylo et dessine une silhouette pour Joachim.

JOACHIM

Et si je n'ai pas assez d'organes pour fonctionner tu pourras m'en donner ?

FLORENTINE

Je peux te donner un rein, un morceau de foie, un poumon…

JOACHIM

Et ton cœur ?

FLORENTINE

Le cœur c'est la pompe, je ne peux pas te donner la pompe. S'il te faut un cœur on te trouvera un cœur.

JOACHIM

Au commencement le cœur était un rond rouge. On lui a crié dessus. L'impact a déformé le rond. Il lui manque un peu de matière. Il voudrait redevenir rond.

FLORENTINE

Il te faudra aussi des glandes. Une bonne thyroïde, un pancréas…

JOACHIM

Thyroïde, Pancréas… On dirait des noms de dinosaures. Tu peux me rappeler la liste des glandes ?

FLORENTINE

L'hypothalamus, l'hypophyse, la thyroïde, les glandes parathyroïdes, les surrénales, le pancréas et pour toi les testicules.

JOACHIM

Et la glande sororale aussi.

FLORENTINE

Ça n'existe pas la glande sororale.

JOACHIM

La glande sororale existe mais vous ne l'avez pas encore située, la médecine n'a pas analysé en totalité la physiologie féminine. Une fois identifiée, la glande sororale servira tout le monde. Les hommes aussi ont une glande sororale mais ils la pensent réservée aux femmes, comme pour leur périnée.

FLORENTINE

Et elle est située où ta glande sororale ?

JOACHIM

Je viens de te le dire : on n'en sait rien. Pour sentir sa présence il faut siffler par la bouche en avalant l'air comme si tu aspirais à travers une paille.

FLORENTINE

Et ça fait quoi ?

JOACHIM

Un léger vertige et une sensation d'extension au bout des doigts, ça confirme que la glande est active.

FLORENTINE

Moi c'est mon estomac que je sens au bout de mes doigts ! C'est l'heure du petit déjeuner Joachim, j'ai faim.

Inédit

ELKE de RIJCKE

Journal

Extraits

Crépuscule du 12 janvier 2022

[corps]

pris dans une bouillie au milieu d'un air saturé je suis exécuté.

et en même temps glissant dans une voiture
en pilote automatique à travers la ville noire d'asphalte.

lieu périmé où boutonner, glauque
que pages, pavé proche
d'anéanti.

suis-je avarie, après-fracture

mais de la fracture ni mémoire, style ressenti.

dissous en cours de lobes, et cours de lobes c'est aujourd'hui
où corps a coulé dans le coq

par chute d'hormones et négligence.

effilé
jusqu'à chimie seule qui
régit.

bractée[1]
constatée sous le bec
sans la moindre incidence sur sa sensibilité,
bilité donc encore ?

non.

fils de poussière et le corps-coulée

frayant un sentier remplit son raidillon de quoi ?

car coquelet contracte sa rate
et souffle vipères.

bientôt je ne serai plus repérable.

1. Botanique, intermédiaire entre la feuille et la fleur souvent membraneux, avec une consistance translucide et coriace, et une couleur cuivrée, argentée ou dorée.

Soir du 12 janvier 2022
[esprit]

amenuisé marais incompréhensiblement aérien
chavire dans le lourdaud

réel-virtuel tente d'en faire une idée.

bombe j'implose à retardement d'une lumière bleue de tunnel.

respire ?
ma radiation d'océan hypothermique agit/n'agit plus.

et en quelques heures résorption de son assiette acide,
m'esclaffe !

jeu d'enfant à l'ombre de ses zones sensibles.

je-vautour rôde amèrement sur ses fibres, charrié
suis-je qui n'a d'autre nom que terreur

et pour l'heure sans promesse d'arrêt.

Nuit du 12 janvier 2022
[âme]

au moment de monter l'escalier, cuisses où jet
de jacuzzi se fait toujours sentir et corps de maman
toujours dauphin.

mais d'un coup, sonnerie : l'arrêté net.

éclabousse énorme sanglot par satellite dans son oreille,

sidérant crachat
déversant ses drageons[2] noir mezcal[3].

tête-de-sa-fille ensommeillée roule par collines
hébétée dans un bled

à rayures déchargées.

céladon[4] irradie les maisons à visage bée.

routes d'une droiture et nocturnes glissent par champs
où les phares

miaulent comme serpents et mollets

ondulent par la vallée longue épine ne sachant où
mènera

ce béton ni combien de kilomètres encore

---

2. Botanique, le drageon est un rejet, une pousse sur racine.

3. Botanique, jus cuit et fermenté des feuilles d'agave (americana), embouteillé avec une larve d'insecte.

4. Coloris et type de céramique, glaçure verte ou bleu-gris translucide permettant d'obtenir la couleur du jade, pierre sacrée en Asie.

Jour du 20 janvier 2022

[corps]

après le booster rien.

puis deux jours d'affilée
plus ouaté que brouillard automnal, striure allongée

prête à glisser dans un trou, priant
le ressuscitement

(reporté).

car aujourd'hui sonne sa colonne vertébrale
amidonnée
le forçant à quitter la salle.

sa température laisse à désirer ou est-ce son tissu

passe-vite suranné

où vagues roulent leur chaude amande mais d'un coup
gras grelottant dans le vent.

à midi tombe sa sensibilité.

sa chair est fichée dans la journée comme hippopotame congelé.

en route vers sa feuillée
se dit chanceux d'avoir été nullement affecté
par qui l'a frappé.

il patine sur le réel. sa surface est plane, son bilan positif.

mais à sonder son poil
repère le climat crépusculaire privé

d'esprit.

de l'âme zéro nouvelles aujourd'hui

Inédits

BLANDINE RINKEL

Nous prenions comme des trains les angoisses passagères
Les jours de grands vertiges, 2022 fantômes
Nous regrettions ensemble l'état du millénaire
Soulignant que rêver est un beau palindrome

Nous ignorions comment affronter notre époque
Ses clichés cathodiques, ses intonations fausses
Ces paysages de mèmes forment une fresque baroque
Et je n'y comprends rien : attrape-moi les reins

À force d'être enfermés, nous devenions débiles
Les humains se changeaient en petits Playmobil
Que l'on cherche à classer en fonction de leurs villes,
De leurs sexes et couleurs, selon des évangiles

On s'observe, on se traque, en entomologistes
En joueurs de poker, et nos visages s'attristent
À chacun ses formules ; dis-moi qui est l'ennemi
Je te dirais ta bulle. Que sais-tu de ma vie ?

Nous regardions les crânes qui frappaient le goudron
Les révoltes des femmes, les effusions de sang
Les soupirs déchaînés en une courbe ascendante
Nous faisaient frissonner – j'étais la moins confiante

Nous goûtions ensemble les anxiétés du soir
Je disais « c'est fini » et tu touchais mon front
Avant de retrouver un calme scandinave
Nous mélangions nos fièvres pour les rendre suaves

Dans un wagon de nuit et de fébrilité
Je t'avais demandé si j'étais vraiment née
Comme si tout ce vacarme n'était qu'un artifice
Et que seule existait la texture de nos fesses

Nous tracions certains jours le point de non-retour
Et nous jugions vaines toutes les présences humaines
L'arrogance des machines déclenchait nos soupirs
De fatigue et d'ennui, nous perdions le désir

Pour vivre avec les yeux, ouverts la nuit le jour
On prenait des pilules, on faisait des détours
L'Europe semblait un mot redécouvert un soir
Dans une partie de Scrabble jouée près d'un abattoir

Nous étions dérisoires, risibles et minuscules
Mais on croyait au rire comme on croit à la lune
Et dans notre impuissance,
Les blagues étaient des chances

Tu m'apprenais comment jouer avec le feu
Comment aimer l'échec, se relever des creux
Nous observions la science, ses méthodes certifiées
Et comptions valider l'hypothèse des baisers

Les robots ridaient, l'espoir rouillait
On doutait peu à peu de la suite des jours
Le monde s'effritait mais nos hanches s'agitaient
Et avec insolence, nous fabriquions l'amour

Inédit

JEAN ROUAUD

« Pour toutes ces créatures, tous les humains
sont des nazis, pour les animaux,
c'est un éternel Treblinka. »
Isaac Bashevis Singer

Frontière de la vie offerte à la mort donnée

Pas eux dit-il
Tandis que monte sur la colline
La marée blanche
Qui va engloutir de son sang l'esplanade du Temple
Pas eux qui sont innocents comme l'agneau
Qui n'ont rien d'autre à se reprocher
Que d'être nés à cette fin
Par laquelle nous allons déverser sur leur dos de laine
La pelote de nos péchés
Nous purifiant dans ce fleuve rougeoyant
De notre peu de considération
Pour le troupeau des humbles
Qui n'est là que comme accoudoir
À nos ferventes prières
Pas eux dit-il
Qui n'ont que leur tête dodelinant entre les épaules
Et un petit râle bêlant qui dit
Êtes-vous bien certain que j'aie si mal agi
Que vous me preniez mon seul bien
Qui est de jouer à sauter par-dessus les miens
Pas eux dit-il

Le Seigneur a confié à Isaïe
Être gavé de ces holocaustes de veaux et d'agneaux
Qui rendent la bouche graisseuse et les pensées impunies
Pas eux dit-il
On immolera en lieu et place un pain azyme
Que je paierai de la dime de mon corps
On déversera dans les ruelles de la ville
L'eau rougie des noces
Que je réglerai de mon sang
Mais pas eux dit-il
Dont le seul tort est d'avoir été élus
Par un comité des peurs
Pas eux
Moi dit le Dieu vegan
Que par mon corps percé
Je retire de vos poitrines
L'envie de mal faire
Gouttant du couteau du sacrifice
Mangez-moi
Que je remplisse d'amour à satiété
Vos panses confites des larmes de vos pareils
En création
Écartelez-moi que j'arrache des épaules
Des plus reculés d'entre vous
Le châle des animaux martyrs
Qu'ils apprennent de ma caresse de mohair
Que de ce moment et une fois pour toutes
L'agneau du monde c'est moi
Qui suis coupable
D'innocence même

Inédit

JACQUES ROUBAUD

je ne cesse pas de tomber
dans une terre qui s'écarte
pour me laisser placer mes os

une terre qui se referme
en entendant venir le vent
cosse d'escargots, de chenilles

le vent s'en vient, le vent s'en va
un jour je fus, maintenant pas

Juin 2022

Un souvenir me submerge
Je ne sais s'il est vrai
Il est d'un bord de mer, je
Serai là, mais je m'en irai

3 juin 2022

Inédits

VALÉRIE ROUZEAU

La petite guêpe vient tous les jours
Boire sa goutte d'eau
À ce qui fut un temps mon cendrier
Au bord de la fenêtre
Elle sait que c'est moi
Je sais que c'est elle
La même qui voyagea
Dans la deux-chevaux de mon grand-père
Depuis Fontenay-aux-Roses avec ma mère enfant
Jusqu'à aujourd'hui quel aujourd'hui dites-moi
Le passé en fumée darde encore.

*

Cru voir Sacha mon gato negro
Mon neko beloved cat of mine
Dans un coin de mon œil fatigant
Beau chat noir qui vit avec moi
Quelque part entre la Commune et l'affaire Dreyfus
C'était mon parapluie
Suspendu tête en bas
Étrange en chauve-souris.

Comme c'est cruel
Chaque jour
On nous dit que la vie belle
S'écroule.

*

Le gars en bleu repeint la porte d'à côté
J'ai vu juste
Au premier coup de pinceau
Un papillon jaillir en jaune
Et s'envoler dans la lumière
Au vert.

Inédits

JAMES SACRÉ

Des objets voyagent sans passeport

Tortues

Je les ai trouvées au marché des antiquaires
Qu'il y avait à Plan Cabanes, tout un espace ouvert
Sur un côté de la rue de Lodève, à Montpellier :
Deux tortues en terre cuite peintes
Comme le sont des poteries berbères,
Chacune remplit bien le creux de la main
Son cou venant s'appuyer sur l'index
Et le pouce trouvant sa place entre les pattes.
Sans doute qu'elles viennent de quelque part au Maroc :
Beaucoup de Maghrébins vivent
Dans ce quartier de Plan Cabanes.
J'aimerais les avoir trouvées
Dans une boutique en pisé du Moyen Atlas
Avant par exemple de traverser l'oued
Pour aller flâner dans Aït-ben-Haddou :
Leurs couleurs sont des gris et marron rouge, comme
La terre des constructions du douar et le gris
des graviers et galets que l'oued a roulés.

Un jour on s'est arrêté sur une petite route
Un peu au sud de Taroudant parce que justement
Une vraie tortue traversait.

Ici, rue de Mourèze, la voisine en a plusieurs dans son jardin.

Tout cela comme si
Une même tortue avait longuement voyagé :
Si la voilà vivante en ces deux figurines de terre cuite là devant tes yeux et donnant
Contentement à ton cœur ?

Encriers

Il y a de gros encriers carrés en verre épais venus
De la Nouvelle-Angleterre ou du Sud-Ouest américain,
Lesquels pourraient servir de presse-papier
(Un objet a-t-il jamais qu'un seul usage bien défini ?)
D'autres, faïence ou terre cuite vernissée, sont marocains
Et plusieurs en porcelaine ou verre enserré de cuivre
Appartenaient à l'oncle Achille
Qui tenait magasin de chaussures, à Bezon, qui fut par la suite rentier dans les Deux-Sèvres.

Avec un encrier tu voyages
Autant qu'avec tous les récits
Qui pourraient prendre forme dans son encre.
Où le voyage emmène
Quelle importance ?

Lumas, mourguettes, petits gris

Regardant ces petits bols de céramique tu pourrais penser
À toute une industrie alimentaire qui se développe au Maroc
Autour des escargots, comme dit l'intitulé d'un site sur la toile :
Héliciculture : une filière qui vaut son pesant d'or.

À Sidi Slimane ce sont peut-être encore des paysans du coin
Qui fournissent les vendeurs de mourguettes *(l'babouche)*
Comme autrefois Jean Lumas fouillait au pied des buissons
Chasse au petit gris pour l'hôtel Bord à Coulonges-sur-l'Autize
Chez Maxime qu'on disait, Maxime Bord venu du Ritz
Et qui s'installe à Coulonges en 1929. Lui et Jean Lumas
Ne sont plus là.

Les petits gris, les mourguettes on les trouve toujours
Au bas des vieux murs, sur les tiges de grandes plantes,
Peut-être qu'à Sidi Slimane il y a
Des Mustafa *l'babouche* qui fournissent encore
Les vendeurs de l'avenue Mohammed V.

Garous

Un champ de *garous*, ça n'était jamais
Qu'une parcelle de quelques ares, à Cougou.
Garou : le mot poitevin pour maïs, à l'automne
Ramassage des épis et les voilà qui sèchent
Pendus dans l'ouverture d'un hangar ou mis

Dans de hautes caisses étroites, en grillage, beaux épis de grains jaunes
Farine, farine pétrie puis du pain
J'en emporte pour l'instituteur c'est dans les années d'après-guerre
Pain de la paix revenue maïs je le retrouve
En petits carrés de presque rien territoire hopi
Avec des prières pour que la pluie.
Un peu plus tard des femmes préparent
Du *piki bread* sur des blocs de pierre polie.
Souvent sur un mur intérieur de maison
Quatre épis, les quatre couleurs du maïs hopi
Tenus tête-bêche ensemble par un lacet de coton.

Courte échelle de ces quatre épis
J'en touche là sur ma table le poli des grains
Comme on touche un porte-bonheur
Pour un paradis qui n'est rien, qu'une histoire
Des grands maïs de l'enfance jusqu'à ces quatre épis trouvés
Dans un geste de prière hopie.

Choses de cuisine en tôle émaillée

Je les ai trouvées pour ainsi dire n'importe où
Aux puces de La Mosson, à l'ancien marché du Plan Cabanes à Montpellier,
Dans une brocante italienne à Galatina,
Et même en remontant la rue des Grèzes, sur le trottoir
Avant de me retrouver rue de Mourèze pour rentrer chez moi.

Ç'aurait tout aussi bien pu
Être au fond d'un trou de carrière vers la borne
Qui sépare la Vendée des Deux-Sèvres, route qui va
Du village de Cougou au bourg de Coulonges-sur-l'Autize,
Ou quelque part dans un séchoir à tabac
Dans l'ouest du Massachusetts ou la Caroline du Sud.

Des objets de partout qui disent
Que l'homme s'en servait, puis les a perdus
En route vers les impasses et culs-de-sac du monde.

Inédits

cisailles

Quelqu'un me dit que ce sont des ciseaux pour tondre les moutons :
Deux lames que sans doute un forgeron du coin a fabriquées
À partir par exemple d'un vieux fer de mulet. C'est au Maroc.
La partie tranchante des lames
Est légèrement creuse
Et se termine à l'autre extrémité en tige recourbée sur elle-même permettant de passer quatre doigts dans l'anneau ainsi formé.
On suppose un pouce bien solide
Pour actionner, passé dans l'autre boucle,
Les ciseaux dans l'épaisseur de la toison.
Comme un rivet de métal maintient les deux lames ensemble.
Un court taquet à la base d'une l'empêche de venir
se coller à l'autre tout en permettant aux deux tranchants
De se rencontrer sur toute leur longueur.

De légers dessins, simples ou doubles chevrons, sont gravés sur la ferronnerie.

L'outil semble tout banal et même grossièrement fabriqué
Mais on ne peut qu'être admirativement surpris
De constater son efficacité et l'élégance de ses irrégularités.

Un outil de berger marocain
Que j'imagine aussi bien
Dans les mains d'un paysan vendéen.

Bergers, paysans on n'en voit plus beaucoup
Ni de cisailles pour tondre les moutons.

In revue *Mot à maux*, n° 21, 2022.

ANNA de SANDRE

Rejoindre l'Autan

Ils foulaient des bassins
De marne et de mollasse
Éclatés de ravines
Capturaient des ondines
Au partage de Naurouze
Promettant que là-bas
Elles seraient des épouses
Les plus jeunes construisaient
À la chair de leur voix
Un abri dans les marais
En tirelant « Burdigala »
Les cousettes bâtissaient
Une autre route de la soie
En rapiéçant des nids-de-poule
Les vieillards roulottaient
Des messages dans les arches
De ponts de sel
Les âmes défuntes
Se shangaïaient dans l'air iodé
Pour féconder la terre des vignes

Les femmes secouraient des arlots
À la Porte de la Monnaie
Les enfants à vélo
Enfilaient les sabots
Du cheval de Montaigne
En sautant des dos d'âne

Les bébés survivants
Suçotaient des cannelés
Et les chiens reniflaient
Des baudanes au mitan
De Sainte-Catherine

Moi je sabotais des rivets
Sous le ventre des fardiers
Pour retourner à Bordeaux
Exulter au bord d'A.

Le saut-de-loup

Je rentrais à la brune en traversant l'Astarac
avec mon gilet jaune sur le tableau de bord.
La nuit me dévorait dans une mastication infinie,
quand une buse qui me guettait
a quitté son talus d'un puissant battement d'ailes
pour frôler exprès le haut de mon pare-brise,
puis a suivi son trajet.
J'ai su alors qu'elle avait trouvé mon cadeau :
une portée de chatons que j'avais offerts à la Sauvagine,
histoire de remettre les compteurs à zéro
au sujet de mes rapines parmi ses lapins
et ses poissons.
Cela m'a fait penser
dans la montée sinueuse entre Laveraët et Saint-Christaud,
à une phrase du poète David Kirby
qui dit à peu près ceci :
« Le loup-garou lui aussi est une sorte de figure christique :
il bave pour nos péchés. »
Je suis tombée sur son recueil
au moment où je nettoyais un ou deux coins de mon existence
pour faire de la place à une nouvelle vie
– j'en ai trouvé une en promo
qui ne me va pas trop, mais si je ne la prends pas,
je ne me sentirai pas le droit
d'aller gueuler en jaune canari tantôt avec les autres
devant une raffinerie ou un péage.
Le bouquin traînait là
avec une tête de vache normande sur sa couverture.
Sous son museau, il était écrit *Le Haha*

mais si on lui enlève un h, on pense de suite à la Norvège
et à ses airs de Take on Me.
Sauf que le gars Kirby est né à Bâton-Rouge,
alors du coup ça ne le fait pas.
Or, il se fait que j'ai trouvé une nouvelle maison
derrière laquelle il y a un saut-de-loup
– l'autre nom du haha, justement,
un fossé pour toute clôture qui laisse entrer l'horizon
mais qui dissuade les cons de me rendre visite
pour voir une écrivaine
et tout son toutim rimailler dans son jus.
J'y ai vu un signe, moi, à cette coïncidence,
et même si ce n'est pas assez
(il faut mille cinq cents signes espaces compris
pour faire une page),
j'ai noté ce signe dans un carnet que j'ai refermé ensuite
pour l'oublier près du recueil de Kirby,
en espérant qu'ils me fassent une portée.

Inédits

ÉRIC SARNER

« De grands et beaux murs… »

Notes pour un projet de documentaire

Les murs ont réapparu. Plus surpuissants, plus redoutables que jamais dans notre XXIe siècle. Béton, acier, sable, fil de fer barbelé, miradors. Barrières de séparation. Au long de la dernière décennie seulement, des États ont dressé près de 10 000 kilomètres de murs sur quatre continents différents. Les murs chevauchent l'histoire des empires, des royaumes et des États à travers les siècles. Le renouveau des murs vient après la Seconde Guerre mondiale, lorsqu'il s'agit de diviser le monde en deux blocs idéologiques, communisme contre capitalisme. Berlin en devient le symbole, de 1961 à 1989, et, aujourd'hui encore, l'appellation générique « le Mur » vaut pour celui qui, outre la ville allemande, divisa le monde en deux camps. Il ne reste aujourd'hui qu'une frontière barricadée politiquement assimilable à la guerre froide, entre les deux Corée, qui fait des fortifications et des barbelés coréens, dressés en 1953, le plus ancien « mur ». Le mur de Berlin, comme le rideau de fer communiste en général et la clôture coréenne, ont par ailleurs pour particularité d'être les seules barrières de l'Histoire destinées à empêcher les gens de sortir, et non d'entrer.

L'époque est à la construction, les murs sont à la mode. Murs, clôtures et barricades diverses : la nouvelle réalité créée par la mondialisation a entraîné, depuis une vingtaine d'années, une multiplication des clôtures. La construction de murs apparaît comme une réaction aux ponts engendrés par cette mondialisation. Le mur est la réaffirmation par les États de leur souveraineté et de leurs frontières.

*

Après une hausse du nombre de murs à partir de 1945 – nous en étions à une quinzaine à la chute du mur de Berlin –, le phénomène s'est généralisé au tournant des années 2000, raconte Anne-Élisabeth Vallet (Université de Montréal). *Même s'il y a eu une accélération à partir de 2003 en réaction au 11-Septembre, cela se mettait déjà en place avant 2001, et la raison profonde est plutôt la mondialisation. Le mur est la réponse immédiate des politiques à l'impression des gens d'une perte de contrôle des territoires, des flux, des valeurs. Le mur est une opération de relations publiques. Le projet a acquis à ce moment-là une forme d'admissibilité sociale : les gens étaient devenus prêts à voir des murs se construire.*

*

HUIT EXEMPLES, HUIT LIEUX, HUIT MURS

* États-Unis / Mexique

Au cours de sa campagne électorale de 2016, Donald Trump a fait la promesse d'un « grand et beau mur » entre les États-Unis d'Amérique et le Mexique. Il n'a pu tenir, à ce jour, qu'en partie sa promesse.
La barrière États-Unis / Mexique, ou la grande muraille, est une séparation discontinue érigée par les États-Unis sur leur territoire, le long de leur frontière avec le Mexique. Le « mur » vise à empêcher l'immigration illégale ainsi que le trafic de drogue.
Coût pour chaque section de mur : autour de 500 000 dollars.
Les prototypes devaient atteindre entre 5,50 et 9 mètres de hauteur.

* Maroc / Sahara occidental

Barrière de sable installée vers 1980. Fil de fer barbelé et mines. Le Maroc revendique la partie occidentale du Sahara, tandis que l'Algérie aide les Sahraouis.
Il s'agit du mur le plus long et le plus ancien. Il court au long des frontières du Maroc, de l'Algérie et de la Mauritanie.
Près de Tindouf (Algérie), de nombreux camps de réfugiés sahraouis sont installés dans un décor désertique particulièrement âpre.

* Inde / Bangladesh

De ciment et fil barbelé, ce mur a été construit à partir de 1986. Il est toujours en construction et est prévu sur 4 000 kilomètres.
Delhi veut éviter l'immigration illégale et limiter l'infiltration de terroristes. Dacca parle d'hégémonie indienne.
Familles et communautés séparées par les miradors, les projecteurs et de redoutables gardes-frontières. Plus de mille personnes y ont perdu la vie en quinze ans.

* São Paulo (Brésil)

C'est un mur entre riches et pauvres.
Alphaville, à quelques kilomètres de São Paulo, est le plus ancien et important complexe d'habitation sécurisé.
Construit en 1978 pour une élite voulant échapper à la violence et au stress de la grande métropole, Alphaville a fait des petits jusqu'à devenir une franchise : une vingtaine de complexes du même genre se sont développés dans diverses autres villes du pays, accompagnés de toutes les infrastructures nécessaires.

Quelques 70 000 résidents vivent à l'abri, derrière 70 kilomètres de murs (béton, barrières électrifiées, avec un millier de gardes de sécurité).

* Belfast, Irlande du Nord

Depuis 1969, les communautés ouvrières protestante et catholique vivent séparées par des murs de brique, de béton ou d'acier, sur des segments variant de quelques centaines de mètres à 5 kilomètres, et atteignant jusqu'à 4 mètres de hauteur.
Ces clôtures sont nommées « Murs de la paix ».

* Melilla-Ceuta

Barrière de fil barbelé équipée de capteurs électroniques. Elle marque la séparation entre le royaume du Maroc et l'enclave espagnole de Ceuta.
Installée depuis 1993, elle n'a cessé d'être techniquement perfectionnée depuis et vise à empêcher l'immigration illégale venue d'Afrique du Nord ou d'Afrique noire.

* Israël / Palestine

C'est en 2002 qu'Israël a entrepris la construction de son mur en Cisjordanie. Il était destiné à empêcher l'incursion de militants palestiniens. Ce mur, toujours en cours de réalisation, sera long de 730 km une fois terminé. Le mur sera pour 85 % en Cisjordanie.
La terminologie diffère selon les parties : pour les Israéliens, il s'agit d'une « barrière anti-terroriste », d'une « clôture de sécurité » ; pour les Palestiniens, il s'agit du « mur de l'apartheid », du « mur de la ségrégation », du « mur de la honte » ;

quant à la Cour internationale de Justice, elle parle dès juillet 2004 du « mur de séparation ».
La construction du mur a pour conséquence l'annexion des terres palestiniennes, notamment des pâturages et des terres de culture (oliviers, citronniers, orangers) : la barrière annexe environ 12 % des terres agricoles palestiniennes, riches en réserve d'eau et en puits. En outre, 45 % des terres cultivables palestiniennes se trouvent de l'autre côté de la barrière, les Palestiniens devant demander l'autorisation à Israël de s'y rendre pour y travailler.

* Corée du Nord / Corée du Sud

Le « mur » existe depuis 1953 sur la zone démilitarisée (DMZ) entre les deux États. Il s'étend sur 250 kilomètres parcourus de barrières renforcées et de postes d'observation pour empêcher tout passage dans un sens ou dans l'autre.
Environ 2 millions de soldats au total sont massés de part et d'autre.

*

« Un mur est toujours un révélateur de son époque, note le journaliste Rémy Ourdan (Le Monde) *et en dit davantage sur celui qui le construit que sur celui qui est supposé ne pas le franchir. Dans un monde écartelé entre, d'un côté, la progression de la mondialisation et, de l'autre côté, des replis identitaires, l'envie de se barricader semble l'emporter de plus en plus souvent. Un mur est avant tout un signe de peur. Au-delà des guerres et des tensions entre pays, au-delà de l'affirmation des frontières et de la nécessité d'un passeport ou d'un visa, le mur est devenu le symbole de la confrontation entre le voyageur mondialisé, exilé forcé ou migrant volontaire, et l'État forteresse. La question est de savoir lequel des deux est l'emmuré. »*

Inédit

EUGÈNE SAVITZKAYA

Confins wallons

Limitée par l'Escaut, délimitée par le Geer, truffée de charbon, conchiée de coke, côchée par le fameux coq fringant à crête rouge qui bat le tempo des rattachistes, creusée par les rivières qui affluent à la Meuse, encoche taillée dans le temps et les rides de la vieille terre pleine de confusion, de remugles et d'explosions. C'est comme un souvenir ou le fragment d'un souvenir qu'un voyageur ponce comme un galet dans sa besace.

Le bijou des bijoux, gentes gens, le torque d'or, bonnes gens, doit rentrer au pays, au pays wallon. C'est qu'il contient l'âme de fer et de silice plaquée de feuille d'or avec tête de bélier têtu issant de S opposés. Celui-là, qu'il revienne au trou dans le mur d'enceinte du château effondré, à sa tombe tourmentée par la géodésie et les danses infernales sur le couvercle de la marmite près d'exploser, du territoire qui s'étend sans s'étirer. Vive le statère d'or, la monnaie de l'Europe sans front !

Par les cornouilles du bois de broc, l'humeur des filles d'ici est chaude, attirante et fort amoureuse ! Les femmes de ce côté-ci de la ligne imaginaire et hypnotique jusqu'à devenir visible comme le trait de craie blanche qui obsède le poulet russe sur le chemin de la folie. Les filles d'ici jurent et boivent comme les hommes et les jeunes gens sont sans cesse à manier les cartes ou les dés, à parcourir les estaminets, passant de Wallonie en France et de France en Wallonie sans trop tenir compte de la ligne obsédante du fameux trait de craie blanche que suit le poulet obsédé au petit crâne délicat.

Ce pays, enclos de lignes tracées au cordeau et au fil d'arpenteur, produit, dans un phrasé d'une élégance toute française, une langue patinée luxueuse que fredonnent les jacinthes bleues des bois du Mont de l'Enclu. Non content de produire des clous et des épées, de fondre bombardes et bombardons, ce pays fabrique des fusils d'assaut réputés sur tous les fronts, comme en d'autres pays on s'est spécialisé dans la culture des asperges et des melons ou dans la confection de fromages au goût très fort. Le rut, s'est surtout beaucoup de bramées, affirme un spécialiste des mammifères évolués qu'une simple barrière offusque.

Inédits

JEAN-PIERRE SIMÉON

Sans frontières fixes

Bienheureux les fleuves
qui n'ont pas de frontières
et bienheureux les vents
qui sautent les murailles :
ils sont du pays où ils respirent

Bienheureuse la nuit
que partout on accueille
comme une amie de toujours
et bienheureux le chêne
qui partage son hasard
avec le tremble et l'églantier

Ah faites-moi un homme
comme une rivière
comme un vent comme un arbre
jouissant du droit du ciel

citoyen du songe
où son regard de pose

Racistes

Voilà ce qu'ils disent :
l'anémone est plus intelligente que la rose
le sable est plus beau que le chat
et la pierre a toujours été
supérieure au potiron

Ils reprochent au noir
d'être plus noir que le blanc
comme on reprocherait au feu
d'être plus chaud que la neige
et au miel d'être plus sucré
que la vague

Et s'ils ont peur de leur ombre
c'est qu'ils se doutent un peu
que haïr l'étranger
c'est avoir peur de soi

Sans frontières fixes, Cheyne, 2001.

PIERRE SOLETTI

à mon grand-oncle Francisco Fito & à ses Pyrénées
qu'il a franchies en 1947 pour rester libre ;
à mes grands-parents Adèle & Pedro Murcia ;
à tous les réfugiés.

J'ai plié les montagnes en quatre
roulé les rivières et les ruisseaux
tous nos baisers secrets
sous les cèdres et les sycomores
embarqué chaque brin d'herbes
chaque saison disparue

J'ai emporté toutes les montagnes avec moi
j'ai plié chaque sommet
dans un mouchoir de neige
recourbé chaque pic chaque cime
remisé chaque sentier
d'entre les arbres et les rocs

J'ai emmené les montagnes en moi
rembobiné ma langue
rangé mes pas sous scellé
pour qu'ils ne rebroussent pas chemin
j'ai pris mon courage à deux mains

Je ne reviendrai pas
sur les toits de chez moi
voir loin au jour le jour

Je suis sans souliers
j'ai perdu les pédales
les manettes les leviers
je vais à pied loin de tout
je garde le goût de mes montagnes

Des traces de pneus sur la mer

– Je ne sais pas dessiner –

Je ne sais pas dessiner la mer par-dessus bord
Je ne sais pas dessiner ton visage à la virgule près
Je ne sais pas dessiner le vent dans tes cheveux
Je ne sais pas dessiner l'espoir dans ses moindres recoins
ce mauvais sang dans le train du quotidien
des figures à la ramasse
Je ne sais pas dessiner la voile du bateau qui rentre au port
Je ne sais pas dessiner non plus le port qui rentre
dans la voile d'un bateau qui s'en va
Je ne sais pas dessiner la cible dans ton dos
Je ne sais pas dessiner la nuit dans son sommeil
ce qui remue dessous la cosse
qui démange
Je ne sais pas dessiner ce qui ne colle plus au matin
Je ne sais pas dessiner la gueule de bois sur la table
de multiplications d'une journée sans pain
les flux et reflux que ton sang suscite en moi
je ne sais pas dessiner l'air de rien
une mine de pas grand-chose
Je ne sais pas dessiner l'heure de ta condamnation
à gravir le jardin des délices ou des supplices
Je ne saurais pas risquer moins gros qu'il ne faudra
Je ne sais pas mourir
Je ne sais pas dessiner les longues files d'attente
de ceux qui n'auront rien au bout
Je ne sais pas dessiner le réel et son contraire
Je ne sais pas dessiner le poids des libellules
dans un carnet de croquis
Je ne sais pas dessiner ton destin
entre les mains froissées du hasard

Je ne sais pas dessiner l'abc de tes grains
qu'il faudra remettre dans l'ordre en sortant
Je ne sais pas dessiner la fanfare de nos silences
Je ne sais pas dessiner les trous du mois de mai
dans le calendrier des pompiers
Je ne sais pas dessiner la désinvolture des nuages
Je ne sais pas dessiner les notes fantômes
les heures bleues
les bruits blancs
les idées noires
Je ne sais pas dessiner l'exil
l'amer des solitudes
à boire
Je ne sais pas dessiner les cent pas de l'impatience
Je ne sais pas dessiner des demains pour aujourd'hui
Je ne sais pas dessiner les revers
les rebords
les remords
les rancœurs
Je ne sais pas dessiner les poussières d'étoiles sous le tapis
Je ne sais pas dessiner les milliards de calculs savants
pour en arriver là
Je ne sais pas dessiner l'ombre de ton absence
Je ne sais pas dessiner l'infinie beauté des graffitis
de Bilal Berreni aka Zoo Project
Je ne sais pas dessiner la mélancolie d'un visage inexpliqué
Je ne sais pas dessiner l'électricité d'une fête foraine
dans l'œil ébloui de l'enfance
Je ne sais pas dessiner les contours de ta langue étrangère
ni ses milieux ni ses travers
Je ne sais pas dessiner les journées traversées de doutes
Je ne sais pas dessiner l'horizon quand tu t'assois dessus
Je ne sais pas dessiner des traces de pneus sur la mer

ni les coutures d'une mappemonde entre les deux hémi-
sphères
Je ne sais pas dessiner l'oubli
Je ne sais pas dessiner nos pas de danse
au-dessus d'un volcan d'allumettes
Je ne sais pas dessiner les retrouvailles
pour celui qui a perdu sa route en allant à l'école un matin
et se retrouve devant les ruines de la maison de ses dix ans
Je ne sais pas dessiner quand tu t'en vas
Je ne sais pas dessiner un humain par seconde
Je ne sais pas dessiner les chemins qui mènent à Rome
et ceux qui n'y mènent pas
Je ne sais pas dessiner ce qui a perduré
après la pluie
Je ne sais pas dessiner les longs moments
Je ne sais pas dessiner tout court
Je ne sais pas dessiner
les morceaux de vie qu'on ramasse
à la petite cuillère
les valises qu'on entasse
les limites qu'on devine
les falaises les ravines
le pas d'une femme dans le vide
Je ne sais pas dessiner les averses qu'on rembobine
Je ne sais pas découper le chemin suivant les pointillés
Je ne sais pas dessiner

Inédits

JEAN-LUC STEINMETZ

Les pieds devant.
C'est ainsi qu'il est placé
si l'on prend du recul   ainsi qu'il
pourrait les lancer contre une vitre imaginaire
et crever l'abcès d'exister
dont ne subsistent qu'un millier de mots
de conversation courante, bons pour échanger
les erreurs et les moyennes voluptés.
Et donnant des coups dans la vitre
(la plaque de l'air qui est une vitre
invisible)
faire le trou par où passer
pour enfin…
                        à la rencontre
bris d'extra-monde.
Alors tout le corps suivra.

Ne croyez pas à l'inerte, à l'ineptie de la fin.
Épargnés du néant nous le sommes.
Cela, tendrement, un homme l'affirme
à 14 h 54 de l'après-midi
quand il poursuit le fil du ruban
complète la tapisserie
ou chante la litanie.
Il présente à qui survient le livre
l'ordre des choses, les conséquences,
l'odyssée vers la Cimmérie
et désigne son peu de bagages :
une cruche faite avec un crâne
un bâton d'alisier.

Inédits

MAUD THIRIA

Dans le dessouvenir

tu es à la frontière d'un monde
dans l'estran étrangère
à pieds fendus sur pierres tranchantes
tu es un être de rivage de clivage
entre deux eaux
sur pierres chantantes
aimant le perdant des fortes marées
basses dans l'indice montant
les trésors se découvrent à tes flancs
fossiles en creux des strates
aux cavités des falaises
terres noires marneuses
t'enlisant dans le sillon poreux
t'évaporant dans le sillage nuageux
tu es un être de valleuse
à dévorer
des yeux toute ta peau
la beauté des roches qui tombent
à dévaler
des mains sous tes mots
les écorchures de la matière

tu es à la frontière d'un monde
qui s'éteint et d'un autre qui dort
la pierre de l'avant et de l'après toi
te le chante à chaque pas
des galets aux roches écroulées

par pans entiers
c'est
tout
un
monde
qui
s'effondre
et toi minuscule
au milieu de
ce qui restera ou pas
à pas
ventre à roche
les ongles accrochés aux parois
tu franchis les caps
traverses les anses et les portes
membres déployés affranchis
tu déchiffres les cartes
sur les collines cabossées où fougères et bruyères
te rappellent la luxuriance d'hier

tu es la frontière infranchie
tu es le mystère indompté
à regarder de près ce qui s'éteint
de la beauté des pierres vivantes
à la lumière presque morte
des lucioles du rayon vert
fata morgana montant des eaux du rêve
à guetter
les raretés d'un monde perdu
les éclosions d'un devenir abîmé
avec et parmi
les recueilleurs d'aujourd'hui
face au front de mer
sur le cordon du littoral
qui t'aspire autant qu'il t'étreint
tu vas de l'avant vers le
disparaissant
dans le dessouvenir
tu ramasses entasses ressasses
une collection de pierres
une collection de mots
traces d'un musée du silence
dont tu détiens encore la clé

Inédit

MILA TISSERANT

1.

La nuit cousue à la poitrine, je traversais de vastes plaines. C'était une ville emplie d'haleines, où les Hommes se mangent les yeux. Il était tard et je marchais, les poings creusés par l'automne. C'était une nuit précipitée, semblable à une cathédrale d'ennui. Il y avait ce vieux bossu qui allumait sa cigarette. Il avait les yeux boursouflés d'où coulaient des injures bleues. On aurait dit deux encriers.

*

Je n'étais pas née
Mon corps attendait
L'espèce de friction gutturale
Le cri structural
Ce qui devait advenir.

2.

Il fallait que je trébuche dans mon temps.

Il fallait que je butte contre les mots, que je cogne la langue en moi-même et que je sois dans mon temps. De quoi défier la mort et sortir de mon corps. Vint le premier élan, cercueil du langage, fait d'avortements. Je fis tordre mes dents et coudre mes paupières. Pour ne rien manquer de ce démembrement. Puis je m'enquis : Insurgés des corps machiniques, créatures nues et prosaïques, rampez. De cette langue épouvantablement voûtée surgirent d'anciennes prières. Les mots me prirent à la gorge et se précipitèrent. J'étais nue désormais, j'avais la bouche amère. Je tremblais, j'étais bègue, la parole m'en tombait. Renversé, le langage de l'utilitaire. J'articulais au dehors une langue meurtrière. Celle du bégaiement. Il fallait que mon corps soit exactement dans le lieu et l'instant. En un lieu brûlant. Et lorsque ce dernier tombait d'épuisement, c'étaient d'autres corps, d'autres états de moi, qui lui succédaient. J'ouvrais de nouvelles brèches. J'y désossais les mots pour les faire matière. Que ce champ de force rugisse de ma chair. Heurter une syllabe, la faire prisonnière, jouer de sa colère puis la libérer. Ruée au dehors. Chute stationnaire. Elle se dresse soudain, comme télescopée vers un temps qui n'est pas. Ce temps est comme un corps qu'on aurait creusé. Il cherche l'extrême limite, cherche à s'avancer. S'avancer jusqu'au lieu où il ne peut pas être. Alors l'accident : une langue imprudente qui se jette dans le temps.

3.

Maintenant nous avons tué tous les saints et nous creusons nos dos
Ma mère creusait son dos pour ravaler les larmes des dieux
Comment crois-tu que les bêtes vivent
Elles creusent leurs dos toujours plus elles arquent leurs sexes et c'est ainsi qu'elles prennent corps dans les choses
C'est ainsi que leurs morts s'indignent en troupeau
C'est ainsi que Palmyre fut bombardée
Et nous songeons dociles, abâtardis par la montée du modernisme
Que les trompettes sont aux abois
Que les anges de la mort y ont jeté leurs corps
En vérité nous avons donné nos mythes en pâture à des hyènes
Vois le banquet de mort
Que nous avons dressé.

4.

J'ai envie de m'étendre devant la cathédrale
Un jour un homme m'a dit que si tu t'allongeais en bas d'une cathédrale la nuit, elle te tombait dessus.
J'ai envie de sentir les mains de milliers d'hommes cabossées et noueuses cogner la pierre
J'ai envie de
Sentir leur hargne je veux
Comprendre
Ce que c'est l'amour révolutionnaire
Voir jaillir le grand incendie
Celui qu'attisent les poètes les chamans ceux qui savent manier la langue
Elle m'a dit
Je croyais qu'en prison tous étaient sourds à la langue
Alors j'ai répondu
Si tous l'avaient été, je serais mort aujourd'hui
On ne survit pas sans la langue, un homme sans mot et un homme mourant
Puis elle m'a demandé
Qu'est-il devenu celui qui maniait la langue ?
Du bout des lèvres j'ai soufflé
Il est mort là-bas, les murs l'ont englouti
Il est mort petit à petit
Les mots se sont retirés de lui
Les gardiens ont dépecé son prénom
Il n'était plus qu'un homme qui rumine
Qui attendait d'avoir fait son temps
De sa voix toute fumeuse elle me demande son nom
David. Je réponds
Il travaillait dans la manufacture d'orgues
C'était un poète fou et vigoureux
Il écrivait ? sa question se perd dans ses yeux embués

Mais à nouveau ma voix trébuche et lui répond
Il était analphabète
Mais ses mains parlaient la langue des cathédrales
Celle qui tient nos cités
Celle des forgerons et des menuisiers

5.

Je voulais que tu ailles à la rencontre de mes mots
Mais ça ne s'est pas fait
On dit que c'est la mère qui transmet la judéité à l'enfant
Je ne crois plus ce que les gens disent

Peut-être que je ne l'ai pas voulu assez fort
Peut-être que tu n'as pas entendu
J'ai encore quelques cendres accrochées à ma peau
On n'éteint jamais vraiment un incendie

Ce soir je porte le cilice
J'ai les poches pleines de cendres
Je ne me repens de rien
Il faut bien un Dieu pour acheter sa propre paix

Je suis sorti de prison
Citadin du rien
La peau nue le cœur dévêtu
J'ai marché à contre-cendres

Inédits

GÉRARD TITUS-CARMEL

12 pièces rapportées des lisières

[25.03.22] Au plus loin de soi
la mer s'assombrit de ciel
dans l'ailleurs mouvant

[07.04.22] Ici s'ouvre un vide
où la langue s'élucide
dans ses manquements

[31.05.22] D'un coup tout s'embue
l'estran le ciel le lointain
n'ont plus de distance

[10.06.22] Derrière les yeux
comme tenu loin des vitres –
tout l'ailleurs du monde

[20.06.22] Lancer un galet
au-delà de l'horizon
ne suffira pas

[21.06.22] La haie dépassée
il semble que l'inconnu
n'ait plus de frontière

[22.06.22] J'allonge le pas –
toujours passer la frontière
me rend élastique

[25.06.22] Noirs chevaux de frise
barbelant au point de croix
les lèvres du ciel

[01.07.22] Il est difficile
les yeux clos de reconnaître
le chemin des morts

[08.07.22] Perdu dans ton corps
pourquoi te chercher en vain
dans un autre ailleurs ?

[19.07.22] Le plus délicat
sera de traîner ton ombre
de l'autre côté

[12.08.22] Souffle d'or le vent
qui enjambe l'horizon
et couche les mots !

Inédits

MILÈNE TOURNIER

Nos trois anglais étant tout à fait insuffisants,
Les deux dames d'Ukraine ont sorti Google Translate de leur téléphone
Pour apprendre que les bénévoles de la Red Cross
Ne sont pas à la gare Saint-Lazare mais à celle de l'Est
Et c'était beau que même avec le petit micro sous le menton comme bouton d'or et beurre,
On se regarde intensément – plus encore peut-être que sans la translation outillée.

*

C'était l'heure, d'entre jour et soir, où nos ombres sont devant nous, comme une famille nombreuse.
Nos ombres, nos nus noirs.

*

Château Rouge vif.
Maman j'étais ton pidgin
Comme ces petites langues d'anglais et bric et broc,
Qu'on parle au marché, pour le commode du business,
J'allais devenir ta créole :
Une naissance sera passée dans la langue
Les trois mois couvés bouclant les neuf –
La transaction désormais tout à fait profonde et maternelle.

*

Le clochard, ventre tout rivé contre la grille d'aération, seulement sa plante de pied tournée vers nous, comme un quartier de pomme.
La dame toute voilée a passé sa paume le long des herbes de petites pampas qui dépassaient, sèches douces, de la jardinière publique.
Et moi ma peau la moins sensuelle du monde.

*

Ne fais pas tant confiance à la mort.
Ne te fie pas à la mort pour qu'elle aimante ta vie. Ne lui donne pas à elle les rênes.
Ne compte pas sur la mort des autres pour clôturer ton amour, et pas sur la mort pour que tes proches aient vécu.
Regarde s'adosser le manche de la cuillère à la tasse. Tu n'es pas le manche mais la tasse et si quelqu'un s'adosse, c'est la mort qui en toi un moment trouvera perchoir ou logis, mais vis sans l'inviter, comme on ignore telle boutique tous les jours dans la rue qui jouxte pourtant notre porte, et si effectivement une possibilité serait que, n'y étant jamais entré, chaque jour on y puisse entrer, et ainsi dire « je n'y étais jamais entré », précisément on ignore non seulement la boutique mais désormais aussi la phrase que l'on pourrait et devrait dire, comme un jour on apprend que chacun doit mourir, et l'on n'y entre pas, et c'est y entrant que l'on aurait perdu du temps, à ne pas y être entré, car enfin si l'on y entre et y trouve l'immense secret, « pourquoi ne pas y être entré avant ? » sera la seule et l'inutile supplique, et ainsi vaut-il mieux ne pas y entrer et s'en tenir à cette habitude obtuse, de passer devant, et chaque jour refuser le hasard qui nous la met sous les yeux.

Évite la mort, celle que le hasard chaque jour met devant tes yeux, mais tu vois, aujourd'hui encore tu n'as rien vu, tant mieux.

*

Matin. C'est Pentecôte. Les poules paissent au-dessus de leurs œufs. Pentecôte après Pâques. Les fêtes des mois chauds après la Toussaint des cimetières et Noël sous neige.
Assise-longée sur le canapé dont, vivant seule, je me sers comme d'une chaise longue.
Par le ventre cent roulis, de café au lait et angoisse. La vie.
Ma tasse trois fois vide à côté. L'estomac bouffi, et le soleil derrière le rideau qui doit être déjà haut.
J'ai dans le front et le nez des sensations juste au début de maladie d'enfance, et rester à l'intérieur.
« Le jour de la Pentecôte, ils étaient tous ensemble dans le même lieu. Tout à coup il vint du ciel un bruit comme celui d'un vent impétueux, et il remplit toute la maison où ils étaient assis. Des langues, semblables à des langues de feu, leur apparurent, séparées les unes des autres, et se posèrent sur chacun d'eux. Et ils furent tous remplis du Saint-Esprit, et se mirent à parler en d'autres langues, selon que l'Esprit leur donnait de s'exprimer. »
Moi aussi, je suis assise dans un même lieu. Et mon front n'a pas de langue encore. Nulle effusion et, pour Saint-Esprit, que les manteaux qui pendent les uns sur les autres et beaucoup trop pour leur patère.
Tout le ciel est dehors.
Le soleil peut-être viendra forçant rideau comme un violeur, cet après-midi.
Dans la maison où l'on est assis.

*

Les morts sont ceux qui se sauvent de la terre.
Les morts sont des riverains qui déménagent.
Les morts sont des grands fauves.
Les vivants sont les maçons à mains nues des tombes des morts.
Les vivants sont ceux qui vont visiter les morts, comme on sonne chez quelqu'un juste pour l'embrasser.
Les vivants sont ceux qui font des repas en famille de vivants.
Les morts sont ceux qui meurent, les vivants ceux qui pleurent.
Les vivants sont ceux qui prient un Christ au beau visage d'Apache.
Les vivants ont une ombre et les morts une âme.
Les morts reposent et renaissent, et les vivants mourront.
Les vivants ont leurs cheveux emmêlés et les morts n'ont plus à faire leurs lacets.

*

Là bas,
Les cimetières sont dans la ville
A dit mon père et
J'ai eu une chose au ventre d'angoisse comme
On nous décrit un raz-de-marée.

Inédits

ÉMILIE TURMEL

Au Pic de l'Aurore

en surplomb une maison
un coin de maison en bois rond derrière
un boisé dont on ne voit que
les troncs dressés
dans la pente de terre sèche
ridée de racines et criblée de rocailles

une maison en bois
rond
l'œil de la montagne
encore humide de rosée

tout comme moi elle les observe
les protège en clôture du monde

deux corps affalés au bord d'un sentier
qu'efface la pente sèche
deux têtes l'une affairée l'autre indolente
se regardent pour se lire

assise en amazone Suzanne
esquisse les traits de ce regard
qu'elle connaît aussi bien que le sentier
dévalant la pente du cœur aux cuisses

Alberto la sonde du fond de son siège
il plonge dans sa femme aspiré par son mystère

il la voit le voir

il est double
dans le bois et sur la grande page blanche
qu'elle travaille légère

il est triple
le bois la feuille et la photographie

il pose pour Suzanne
et pour Lida qu'on ne voit pas
tapie dans cette intimité
ouverte tout à coup pour elle

le cliché fenêtre leurs vies
d'où renaît le temps dans lequel
ils ont fui amants et Lida disparaît
derrière son instrument

deux femmes donc capturent l'homme
lui rendent son visage

trois à présent car j'ose
franchir le seuil

et m'approchant des racines
je trébuche

au bord du sentier
s'effaçant à mesure sous les rides
mon désir se calquant au leur
je rêve de m'agenouiller tranquille
pour vivre le dessin et la roche

et la photo et les arbres et
la maison dans cette montagne
que je voudrais toujours plus haute

j'hésite avant d'entrer

je les regarde se regarder
se garder là dans le mystère de la photo

je ne vois pas Lida qui voit Alberto
qui la voit aussi et voit sa femme Suzanne
le regardant à peine

mais lui
lui nous voit toutes

et moi
moi je les dessine qui se dessinent

et nous nous laissons bercer
chavirer de lumière muséale
et les tableaux
s'emballent en milliers de taches
toupies léchées d'huile
déliant les couleurs du ciel
et ça tourne et retourne
tout à l'intérieur
leurs désirs et le mien
billot de bois flotté
petite échouerie blanche
dans une vague travaillée d'ocres
joues violacées
et encore des jaunes et des bleus

et encore encore des gris
et des noirs appuyés
contre le mur du jour

car le pivot est bien là
immobile
au pic de l'aurore
celui de la photographie
celui de leur idylle

une larme soudain de ne pas les connaître
ils la sèchent d'un baiser

Inédit

LAURA VAZQUEZ

La vitesse tentant de détruire tout obstacle à la manifestation de la vérité

t'as capté tes yeux sont à la fois
pour et contre l'ordre naturel
tu ne crois pas
une lumière inexplicable

on restera face-à-face quelques semaines
toi et moi si tu veux
sans raison si tu ne veux pas je meurs

et je te parlerai à fond
je te parlerai de mon cousin martyre
mon cousin martyre se coupait les yeux
ce qui conduit à la mort

et j'ai connu une morte qui vivait couchée
car comment vivrait-elle
je ne l'embrassais pas

tu peux compter sur moi la mort dégoûte
et je prouve ma vie car j'ai connu une femme
en dehors de son corps
dans ma mémoire

dans ma mémoire le visage d'une personne
se place
sur le corps d'une autre
le corps d'une autre
sur un autre visage

une pièce d'une maison
se déplace dans une autre maison

j'aime
n'importe comment car je suis pauvre j'ai peur

le vrai le vent les vies
sa mère ses morts

au secours
il y a une ombre sous mes yeux
chaque partie
du corps de la personne
absorbe la personne sans comprendre la plupart du temps
dieu est oublié
dieu est torturé et cela fait
le sang est affamé
versons du sang sur une chose et le sang prend
car le sang
veut coller il veut rentrer le sang s'affale
bâtard il s'aime et sauve

un petit cône de cristal dans la main d'un nourrisson
un œuf seul
au milieu d'une forêt
une larme est sortie de cet œuf
c'est faux
parfois ma bouche est occupée
la vitesse donnera

le don t'entourera
mais nuis
la nuisance t'entoure

voici les objets qui t'entourent et qui t'entoureront au moment
de ta mort si tu meurs à l'instant ramasse
les rames entourent et bruis le bruit t'enferme et
la coquille humaine pour souffre et pour jouis ou cri voici
le cri

mettez un bébé dans une boîte pour qu'il ne pousse pas
il poussera

si nous faisons une demande assez précise
le coiffeur nous taillera peut-être les yeux
puis le coiffeur nous taillera la bouche
peut-être
le coiffeur acceptera de tailler nos veines

le sucre fond dans la mer le sucre pourrait
fondre dans ma main
je pourrais fondre
dans ma propre main c'est-à-dire
ma main pourrait fondre dans ma main

le bras le bras et tout le reste
des choses personne ne peut croire
l'histoire d'un avion qui s'écrase sur un avion
et cet avion s'écrase
une lame fine comme un rire
dans un sourire
je faisais la guerre dans une pièce

je dors naturellement
je range mon corps dans le silence
le sommeil retire une surface le tour des os l'intérieur des os
la moelle

sur d'autres surfaces au réveil
les personnes du rêve disparaissent mais je tenais
quelque chose dans mes mains j'avais cette
dimension

une joie immense et terrestre
la brume le sec l'humide
comment savoir dans quelle direction nous allons
il faut que nous soyons noyés toujours il me semble

Inédit

ANDRÉ VELTER

Ellipse noire

Et l'Univers, qui dans son large tour
Voit courir tant de Mers et fleurir tant de Terres,
Sans sçavoir où tomber, tombera quelque jour.
François Maynard, *Ode à Alcipe*

L'or du Grand Dehors nous serait-il interdit –
fortune sans avoir
qui pariait sur notre peau et nos os,
éclat dilapidé de la promesse fauve
qui jusqu'ici nous inventait
un départ en ressac d'insouciances neuves,
avec ce sel des rives évanouies
aux quatre coins de la terre :
rien que ce rien
qui nous vouait au plus que tout
d'une allégresse à vivre
corps éperdu, âme enchantée,
désir à fleur de royaume
et désirade par doux cyclone d'insomnie,
au seuil d'une route ravivée,

c'était une secousse de vieilles épopées,
un éveil de pierres de soleil
qui déblayait le terrain au-delà du possible,
et le présent rendait grâce à une sorte
d'impératif conditionnel
où l'ordre que l'on se donnait
avait un goût de présage un peu fol,

désormais c'est au dedans que ça nomadise,
aube sous le plexus solaire,
horizon à la verticale des lombaires et des cervicales,
avec cette obsession quasi sacrificielle
de garder le haut
en haut,
quitte à étourdir toujours plus d'absences
et de ciels,
quitte à trafiquer plus de cantilènes
et de songes,
jusqu'à moduler ce que j'entends rejoindre
de ce côté-ci et de l'autre,

car je vais par migrations sonores
qui montent du talon à la nuque,
cambrées entre honneur et guitare,
comme sur ce ponton d'Algeciras
où une houle imprévisible
rythmait un jubilant flottement de mémoire
en mémoire
de Paco de Lucía,

ainsi ne cède ni ne relègue,
même si tout arrive hors délais
dans la course que je m'assigne
seul,
même si je porte à mon compte
les utopies en perdition
et ce destin qui échappe
à la ligne de partage des cendres,

il y a peu c'était puissant à ne pas croire
dans le toboggan des lumières,
                                        et ce n'est plus
qu'une poignée d'étincelles qui pensent à revers,
qui chassent par réflexe ce qui désespère
avec la foi d'un entêté
charbonnier de son propre sang,

aucune prière évidemment,
aucun lamento en vue du dernier souffle,
juste une objection manifeste
au pacte grégaire que tous ont signé,

ma force d'évasion reste vive,
elle brûle et s'accorde
à ce qui pourrait être immuable
dans le décompte des nouvelles amnésies,
elle active l'énergie désinvolte
qui se dépense sans lésiner
en lieu et place
de la part maudite des rituels tenaces,

je sens par toute ma complexion atomique et friable
que la loi cosmique mène grand train,
que ce jeu-là est à son comble
et qu'il devient plutôt brave de miser
sur l'ellipse noire de Némésis,
sur ce charroi de turbulences
qui trace autant qu'il détruit
l'ultime frontière du sans-retour,

                                        le vacillement,

la Voie de ce qui n'est
ni à prévoir ni à prédire.

Inédit

Némésis, étoile hypothétique, invisible, qui perturberait le *Nuage d'Oort* tous les 26 millions d'années et déchaînerait de gigantesques catastrophes à proximité de notre soleil.

JEAN-PIERRE VERHEGGEN

Vive le Douanier Rousseau !

Frontières ? Dites plutôt strictes limites, confins,
murs comme à Berlin, bornes surveillées par
des bornés et des « Cibère », chiens d'enfer,
désormais plus que jamais ultra « cybérisés » !
Comment voulez-vous qu'un poète puisse faire
copain-copain avec leurs douaniers ? Avec
ces anti-migrants déclarés, arpenteurs s'il le faut
de falaises abruptes à leur recherche, vide-valises
innocentes et retourne-poches sans le sou,
gabelous méchants loups, chercheurs de poux
et autres petites bêtes, gardes des seaux et bacs
à sable infantiles, pinailleurs sans relâche, chafouins
dubitatifs, suspicieux, ombrageux, chipoti-chipota !

Que voulez-vous qu'un poète leur déclare qui ne soit
pas à leurs yeux suspect ? Une élégie, un madrigal,
ou pour se fiche de leur poire, un hiatus – un hiatus
en été devenant « on y a toussé en hiver » s'entend ! –
ou s'écrier sous leurs yeux ahuris, un « aède au secours » !

Ou mieux encore entonner en créole, ils n'en
« créoleront »
pas leurs oreilles, un vibrant : Vive le Douanier Rousseau !

Inédit

LAURENCE VIELLE

mur / mur / dressé toujours / mur tendu / tendu vers ciel / mur / toujours plus haut toujours plus dur / mur de Babel mur univoque aux arêtes qui tranchent le ciel / mur ô mur / mur de toile mur de pierre mur de plâtre ou de craie / mur ô mur de paille de bois de tuiles / mur de papier mur de plastic mur de tôle / ô mur mur entre ça et ça entre là et là / mur entre toi et toi entre toi et moi / mur pour se blottir / toi et moi toi et toi toi toi et toi et toi contre mur / mur mur dressé toujours / mur qui abrite mur qui protège / mur qui sépare mur qui cache / mur de la honte mur des pleurs mur du son mur ô mur / mur de l'Atlantique / mur de Constantinople et de Jérusalem / mur de Berlin mur de Palestine et de Chine / mur mur ô mur / mur de pisse de baises et de brèches mur de flics / mur ô mur / murmure des fédérés et des infédérés / murmures des prisonniers des prieurs des fermiers généraux / murmures des fragiles et des aliénés des malades et des noyés mer mur de la honte / mur défensif et de séparation mur d'eau des vagues scélérates / mur des graffitis ô mur mur de toutes les pensées de toutes les libertés / mur qui cadre et qui arrête / mur qui libère tous les oiseaux du monde quand tu y dessines les lignes de ta quête / mur ô mur / mur mur gravé mur sali mur des pourritures et des mousses / mur des épines et des fleurs / mur des murs des murs et des murs / mur des plantes grimpantes / mur des visages perdus / mur des exécutions / mur ô mur / je te dessine ô mur / je te suis mur / je me dresse mur / je m'effondre mur / mur mur des tombes / mur des bombes de toutes les destructions qu'on relève toujours / mur des propriétés et des identités / mur des viols mur mur ô mur / mur de beauté / je te parle mur / je t'affiche je t'élargis je dénoue ta surface j'enlise tes arêtes je te dévoile mur / j'habite ta matière j'organe ta chair / je te tague te déplie te déplisse te déplace et te froisse / je t'ouvre mur vers cela vers cela et cela / mur de ronces mur de ruines mur de débâcles / mur des trahisons murs des disparitions / mur ô mur / mur des soubassements / mur sans assise / mur qui épouse les accidents du sol / mur ô mur / je te fragile je te démembre je te charpie je te rogne et te cogne je te ronge mur / je te panse te lambeaux et te chair je te peau te défrontière et te poussières je te cabane mur ô mur / je te planche te branche et t'illégal / je t'sdf te précarise je te tente te toile et te friche / mur ô mur / mur d'accueil mur d'écueil mur des papillons épinglés / mur d'asile mur de repos mur de marbre mur de terre brique des révolutions mur de toutes les matières / mur de barbelés mur de cage je te grave mur / mur d'initiales et de langues mur de tous les espoirs / mur ô mur / mur des failles et des crevasses mur des plafonds et mur des cathédrales / mur ô mur / je te salue je te prie t'en prie et je te remercie / je t'envole te silence te détale et te muraille / je te main pied poing je te ventre je t'éventre te lacère t'ongle et te griffe te cartonne t'effiloche te brindille et te souffle je t'espace te labyrinthe je t'entaille et t'entraille / mur de balles mur de boule et d'escale je te joue te déjoue / mur ô mur / mur à nids mur à pêches mur à roses / mur d'appui mur porteur / mur de pluie mur de livres / mur de cordes et d'accords / mur à mur mur à mort mur amour / à mur / à mort / amour / mur mur amour

Inédit

LUDOVIC VILLARD

Tramadol

Un comprimé d'opiacé,
Un décontractant musculaire,
Des capsules de codéine
Et en cas de trop fortes douleurs
Un cachet de Valium

J'ai l'estomac qui convulse,
Des pyroclastes rougeoyants
Prêts à me remonter des tréfonds
Et qui grésillent au-dedans
Avec fureur

Il faudrait pouvoir vomir
Mais alors les contractions
Réveilleraient les muscles dorsaux
Qui écraseraient les disques
Ainsi que la moelle grise

Affliction, accablement,
Seul entre quatre murs,
Semaines sans grâce ni pitié,
Sans perspectives ni apaisement
Ni envie

Je dors peu, je lis peu,
Je ne pense qu'aux vagues
De feu et de chaux vive
Qui lèchent mon nerf rouge
Avec acharnement

Ma jambe gauche et mon mollet
Sont parcourus de pointes aiguisées
Dont la froidure d'airain antique
Répercute fièvres et frissons
        En mon cerveau las

Derrière la fenêtre le vide,
Les cinq étages canuts
Qui me séparent du monde
Et de ses festivités de rires
        Et de corps valides

Je m'administre ma thérapeutique :
Dalmore 18 ans, beaucoup de Messiaen,
Des films de Chantal Akerman,
D'autres de Jean-Pierre Melville,
        Certains Kurosawa

J'écris peu, textes médiocres,
Lyrisme exaspéré par la solitude,
Besoins de griffures empoisonnées,
De sexe et de regards tenus,
        Même méprisants

La douche brûlante soulage,
Quelques minutes de gagnées,
Et l'infirmière qui sonne,
Qui ne restera que le temps
        D'enfoncer une aiguille

Assigné sans délai à résidence
Par mes propres vertèbres,
C'est la trahison du corps
Et la frontière familière
        Du foyer

J'ai recouvert les murs d'images,
Multiplié les percées vers le lointain,
Paysages flamants (Bruegel surtout),
Affiches de cinéma, poèmes,
        Un portrait de Zappa

Ma mère passe souvent,
Les amis un peu moins,
Une voisine me monte des plats
Mais il faut dire que chacun déjà
        Surnage comme il le peut

Levé vers les cinq heures
J'absorbe du café soluble
Le front collé à la vitre
En attendant que l'aube
        Rafistole sa prothèse

Mais rien n'arrive jamais,
Et tout ce qu'il y a à voir en face
C'est une femme qui fume,
Un vieillard qui parle seul
        En slip taché

La routine s'enracine là
Et ankylose les perceptions
Mais plus certainement les idées,
Et plus rien ne semble vouloir
        Se construire

Seuls demeurent les élancements,
Le désespoir carcéral en équilibre
Sur le promontoire épineux et fragile
De la vertèbre S1 que l'anatomiste
        Nomme sacrée

Me revient un mot de Gourmont,
Un mot simple qui m'obsède,
S'élevant des brumes du Tramadol :
« Mes paroles sont les paroles
        Tues de mon corps. »

L'horloge ne m'importe plus,
J'ouvre un sachet de café
Et verse l'eau fumante dessus,
La seringue pénétrant mon ventre
        Bleu et jaune

Une nouvelle nuit s'avance,
Je trace une encoche sur le papier
Comme chaque soir depuis…,
Puis je m'allonge doucement sur le lit
        Et saisi la télécommande

Inédit

THOMAS VINAU

Un couloir et une tarte tatin

Ce matin en courant
sous une petite pluie de décembre
qui ne cessa de déposer sur mes lunettes
une couverture douce et fraîche
entre le monde et moi
(y'a du brouillon aujourd'hui
m'a dit mon fils de six ans)
je songeais à la création
notre place dans l'univers
la vie à la mort
et aux tartes tatin

bref je songeais à moi

c'est-à-dire qu'un jour quelque part
après un temps infini
d'accumulation et de concordance
la tarte au pomme exista

et puis un autre jour
autre part
quelque chose d'autre
qui ne fut ni tout à fait de l'ordre du hasard
ni tout à fait de celui de la nécessité
mais plutôt que je situerais
vers une erreur compatible
un bonhomme se planta
trébucha

rata sa recette
et faisant avec
inventa la tarte tatin

et cet autre autre
pas dégueu ma foi
prit sa place dans la ronde
s'intégra dans la grande danse des choses
jusqu'à sa prochaine disparition

ainsi la vie
au sens biologique du terme
serait la tarte aux pommes
et nous
trébuchage harmonieux
serions les tartes tatins de l'univers

Après tout
pourquoi vouloir être autre chose
qu'un goût
dans la bouche du temps
chacun de trouver
sa place de sucre et de hasard
entre les trous noirs
de ces immenses dents

Un drôle de domaine
une drôle de maison
une drôle de cuisine
un goût de tarte tatin
dans la bouche du temps

Effluves qui habitent
nous traversons
et sommes traversés
minuscules témoins
d'ici et maintenant
aussi primordiaux
et anecdotiques
qu'un arrière-goût
de feu de pomme
et de sucre
une pâte par terre
ramassée destinée
aux oubliettes
une odeur
prête à disparaître

Dans cette histoire
tirée par les papilles
chacun est libre de décider
ce qu'il serait
le four le fruit le feu
la poubelle la table la fenêtre
la crème fraîche

Moi j'ai opté pour le couloir
entre l'entrée et la sortie
près de la cuisine
et de la salle à manger
ce couloir
qu'un vent d'avril traverse
chargé de poussière
de lumière
de parfum

de sueur d'enfant
d'ailes d'insectes
de larmes
de jurons
ou de rires

Un couloir

traversé traversant
qui se laisse traverser
et prend note

Je n'ai pas trouvé
d'autre place
que celle-ci
un couloir
traversé traversant
qui se laisse abîmer
qui se laisse traverser
et prend des notes

On dit que fut retrouvé
inscrit sur les ruines
de Pompéi

In Cruce Figaris

(Va te faire crucifier)
un graffiti antique
l'insulte peut-être
d'un jeune insolent
ou d'une fille en colère

d'un enfant récalcitrant
ou d'un espiègle vieillard

c'est écrit à présent
sur les murs
de mon couloir

J'espère
que passera aussi
placidement
de temps en temps
dans ce couloir
une abeille solitaire

Abeille caillou
Abeille cotonnière
Abeille coucou
Abeille découpeuse
Abeille à face jaune
Abeille loup
Abeille noire d'Afrique
Abeille naine
Abeille des sables
Abeille à orchidée
Abeille russe
Abeille plâtrière
Abeille tisserande
Abeille perce-bois
Abeille tapissière
Abeille tueuse
Abeille vraie

« Les abeilles solitaires
ne produisent pas de miel.
Certaines espèces
sont des rubicoles
au sens strict
qui habitent les ronces »

Être un couloir
traversé d'effluve
de tarte tatin
barré de l'or poussiéreux
d'un rayon
qui éclaire une insulte antique

sur laquelle
une abeille solitaire
égarée
viendrait se reposer

est-ce trop demander ?

(y'a du brouillon aujourd'hui)

Inédit

PIERRE VINCLAIR

que m'a dit Bernard
de l'enfance tendre
en amont d'un blanc
formé dans les temps
offerts au Stalag ?
à l'issue desquels
il revint plus mince
sans doute plus pauvre
plus fort et plus seul —
sa première femme
s'étant remariée ?

son enfance prise,
bretonne, en des rets
causaux invisibles
les sciences sociales
diraient quelque chose
de gens similaires
statistiquement
sans porter lumière
aux vies singulières
la vie de Bernard

de plus en plus vaste
ne nous restera
bientôt qu'un désert
à recouvrir tout
de souvenirs blancs
comme un continent
de déchets plastiques
dont ne nous parviennent
couleurs délavées
bouteille à la mer
que les étiquettes

moins qu'un souvenir :
ce qui a eu lieu
dans l'espace d'entre
les mots, le silence
des vers : sur la ligne,
frontière, tranchée
balafrant sa vie
de jeune Français —
ce qui a été
sans être transmis
cela nous regarde ?

c'était un autre homme
non pas ce grand-père
qui nous accueillait
lors de nos vacances
la glycine pourpre
et son semainier
de pilules plein
à craquer lundi
comme un sablier
dimanche soir vide

rien n'est entaché
par cette distance
croissante : aux archives
tout a disparu
tout est protégé
libéré, Bernard
échappe aux discours
voulant le saisir
s'accrochant au nom
comme à un sésame

cicatrice forme :
on a retrouvé
des petits cahiers
datant de Quarante
dans lesquels Bernard
notait, secrétaire
(cellule stalag
du parti soc dem —
la SFIO)

dans le froid d'hiver
du front écroulé
de la Maginot
ils imaginèrent
quelle société
sur leur lit de fer
une école juste
la commune archive
de son écriture
le monde d'après

sur les couches dures
les gémissements
ont tous disparu —
rêvant, spéculant

ou de parallèles
les séries causales
pourraient bifurquer
sans perdre courage
viendraient se croiser

j'ai envisagé
(comme je l'ai fait
avec les carnets
ornithologiques
de mon père) ouvrir
ces cahiers, que volent
pattes de ce vieil
herbier oiseaux mouches
qui bourdonneraient
l'ode à mon grand-père

malgré les archives
malgré les fétiches

souffler son haleine
sur ces documents
les mélangerait
je n'ouvrirai rien
Bernard est absent
de l'encre tracée
les pages roussies

les frontières qui —
Pologne, Allemagne
n'ont plus le visage
des années quarante —
déplacent les hommes

lit tumultueux
d'étrange rivière
charriant les corps

secrets enterrés
et fidélités
la guerre est finie

Bernard est nommé
directeur d'écoles
de huit ans l'aîné
lorsque Marguerite
entre dans sa vie
jeune institutrice

sur une photo
on le voit en blouse

mon oncle et mon père
attablés — huit ans —
ils regardent fiers
l'appareil-photo

l'avenir présent
le tapis roulant

Bernard des 60's
un peu protestant
dans son athéisme
son attachement
à la loi morale
de la République
en règle de fer —
l'idée que j'en ai —
range tout, le temps,
des subtilités

je pourrais quérir
auprès de mon père

souvenirs et notes

mais trop d'anecdotes
brouillerait la ligne
qu'en ma vie incarne
claire droite idée
digne de Bernard

sous le ciel épais
la chapelle en pierre
dure aimablement
après le décès
du dernier croyant
sauf un vitrallier
travaille humblement

les couleurs, ardentes
avant de passer

que disent les plombs
retenant les verres ?
ce qui tient, sépare —

entre nous se dresse
(aussi bien avec
nos mères) la ligne
qu'on ne franchit pas
sachant mais aimant

Bernard au jardin
face au tour de France

pendant l'échappée
(Laurent Jalabert
pourra-t-il gagner ?)
me donnant un livre

nous jouons aux boules

le soir à onze heures
le soleil d'été
fait des galipettes
roulant sur le ciel
dans un pyjama
violet de nuages
un enfant heureux

près de son grand-père

en vélo, montant
au grenier, tondant
l'herbe, descendant
à la cave, ouvrant
les volets, Bernard
Marguerite aimaient
cette vie commune
qui n'était qu'à eux

quand les muscles fondent

lorsque tout s'effondre

le corps ne suit plus
Marguerite a peur
après l'accident
cardiovasculaire
et perd la mémoire

elle aurait cent ans

et lui cent huit ans

le temps tue le temps
nous laissant un nom
quelques souvenirs
l'amour sans objet

près de Marguerite

au milieu d'un peuple

mélangé au Tout

Bernard a sauté

la dernière ligne

Inédit

STÉPHANIE VOVOR

À mes sœurs

C'est pour les filles dont le trait d'eye-liner est mieux tracé que l'avenir,

Celles qui sont déjà ratées avant d'avoir mis un pied en grande section de maternelle,

Celles qui n'ont pas su rectifier le tir et ne prononceront jamais de grands discours
lors d'une remise de diplômes comme quoi elles sont le pur produit de la méritocratie et bla-bla-bla,

Celles qui ont la flemme,

Les paresseuses du fond de la classe qu'on n'a pas envie de se coltiner parce qu'elles ralentissent le groupe,

Celles qui refusent de faire un stage de 80 heures/semaine car leur but dans la vie c'est pas « avoir une résidence secondaire et peut-être une autre après »,

Celles qui ont mal et à qui on répond qu'elles se plaignent trop, qu'il serait bon d'arrêter de s'écouter,

que « ça va bien se passer »,

Celles qu'on interpelle dans la rue pour leur ordonner
de sourire parce que c'est plus joli,

Celles qui se disent souvent qu'un truc colle pas,

qu'elles sont éveillées au sein d'un rêve qui n'est pas le leur,

Celles qui parfois sont tout comme sidérées dans leurs têtes,
ont le corps qui se fige,
restent pétrifiées dans leur lit
et murmurent des prières pour ne pas en arriver au point de s'uriner dessus,

Celles noyées émotionnellement,

Celles chez qui la peur a tout inondé, au point qu'elles ne se sentent plus capables de penser,
encore moins d'écrire,

Celles qui déconnent à bloc,

Celles qu'on traite de candidates au viol dans la rue,

Celles qui ont la cervelle rongée de haine,

Celles qui matent des films d'épouvante chaque soir pour tenter d'oublier que le plus souvent
l'horreur est à l'intérieur de la maison,

Celles qui ne peuvent pas affronter le monde sans cachetons,

Toutes celles qui sont un brasier.

Candycrash

Goutte jaune Corne rouge Cube vert Rond bleu
Ovale orange
Crush

Augmentation de la jauge de frustration

Crush

Incontinence mentale

Crush

Engrangement de points de latence

Goutte jaune Corne rouge Cube vert Rond bleu
Ovale orange

Au sud de nulle part
J'ai jeté ma cognition
Pour jouer à Candy Crush

Je suis déconnectée à mon téléphone, complètement déconnectée
Deux mille huit cent quatre-vingt-dix niveaux de béance inlassablement se succèdent
J'intervertis les éléments pour aligner les bonbons et

Crush

Ils s'effondrent

Peut-être suis-je issue d'une défaillance

Tout s'effrite et s'annule dans un infini recommencement,
les paliers enfantent des étapes et sans relâche je cours,
hamster dans sa roue
il n'y a plus de début manifeste existe-t-il une amorce
si rien jamais ne se déploie, s'il n'y a aucun enjeu

Votre jauge de vies est pleine ! Tapez ici pour continuer
votre Saga

Au lieu d'être dans la vie véritable

Je me suis candycrashée au sud de nulle part

C'est tout gluten ici, il n'y a pas de retour en arrière

Qui pense à toi dans Candy Crush ?

Goutte jaune Corne rouge Cube vert Rond bleu

Qui pense dans Candy Crush ?

Ovale orange

Parfois je ne pouvais pas somnoler

J'avais pour habitude de regarder chaque soir les actualités bien absurdes de France et du monde, enfin surtout de France, et ça me calmait, ça me faisait comme une berceuse. Mais petit à petit est arrivée comme une infime résistance, je me suis mise à ne plus entendre les notes mais les syllabes, progressivement les sons se sont changés en mots. Avant je me souviens ça faisait batoufsh gukqano jpm kpriespta crij puis c'est devenu mais pourquoi dqfeq ne taxent-ils pas md kérosène, pudh sont eux dzf prennent l'avion il est impératif de compenser ces hausses pour les plus modestes ; je faisais des efforts pour repousser ces discours que je n'avais pas, mais alors vraiment pas, demandés, mais il y eut soudain beaucoup de orange sur les chaînes, des tas de nuances fascinantes et terribles, des flammes jaillissantes qui se sont transformées en incendies puis en voitures, panneaux, grilles, façades brûlées, j'ai ensuite reconnu Paris et l'Arc de triomphe avec dessus tout un tas d'écritures et les voix disaient : c'est indécent / ils profanent / ils s'approprient les symboles / ils s'emparent de l'époque / ils installent du désordre

ils sont la poussière sous le tapis

ils sont le doigt dans le pot de confiture

ils sont le Destop renversé sur le carrelage

ils sont les corps qui remontent à la surface

ils sont la rumeur qui s'immisce dans les os

ils sont si familiers qu'ils en deviennent étranges

ils sont la lassitude à ciel ouvert

ils sont les mondes oniriques ruminant des souvenirs

ils sont les batailles inégales et insensées

ils sont les lumineuses déclinaisons de nos échecs

ils sont ceux qui se trompent peut-être mais n'ont pas tort

ils sont le soulagement des cœurs dans les terminaisons nerveuses

ils sont moins poétiques que dans les romans

ils sont la littérature dans l'estomac

ils sont la seconde d'une intensité folle

ils sont la possibilité d'une éventuelle'

Inédits

MARIE-HÉLÈNE VOYER

Les Allumettières

je suis une histoire trop misérable pour être racontée
Michaël Trahan, *La Raison des fleurs*

Nous étions phalènes vivantes
perdues dans les brumes du siècle
nos joies et nos ombres se confondaient
dans les heures bègues
des machines et des fabriques

nous étions droites et besogneuses
malgré les quintes et les toux
les émanations de phosphore
et les combustions accidentelles

nos mains de pénitentes
constellées de brûlures
valsaient leur valse de mains
insoucieuses du mal qui nous rongeait déjà

Entre chien et loup nous sortions chantantes
congédiant l'usine de nos pas vifs

quelque chose de phosphorescent
rôdait dans nos souffles
auréolait nos visages
de lueurs irréelles
nous étions lumineuses dans la nuit noire

comme des Vierges surprises
par leur propre apparition

Tout a commencé
par un élancement diffus
nos sourires assiégés
par un sort imprécis

peut-être nos dents malades,
avons-nous pensé
entre les douleurs pulsantes

bientôt les fièvres, les aphtes
les sangs étranges,
les muqueuses à vif, les chairs pourrissantes

quand nos visages se sont affaissés
comme des fruits rongés
nos mères ont fermé les volets,
retenu entre leurs mains et leurs sanglots
le désastre de nos mâchoires

les médecins ont parlé de nécrose naissante
aux grands patrons
venus voir de leur propre yeux
la grâce impitoyable
de nos faces tordues

charitables ils ont planté
des rosiers sauvages
dans nos têtes béantes
puis enterrées nos corps avec l'affaire
tout autour de l'usine

On nous appelait les incandescentes, les lumineuses,
les petites filles aux allumettes
nous sommes femmes d'une même douleur
filles d'une clarté confisquée

nous sommes feues les défigurées
Alzire, Jeanne, Rose-Ange,
Marie, Georgina, Thérèse,
Delphis, Léonie, Rosemonde,
Lucienne, Simone, Laura
Germaine, Marcelle, Stella,
Violette, Adrienne, Rose-Anne,
Berthe, Carmen, Désolance,
Eugénie, Anastasie,
Madeleine et Malvina

et tant d'autres encore
dissimulant sous le crêpe noir de la pudeur
et les voilettes de l'oubli
l'image brodée de notre souffrance

Inédits

ANTOINE WAUTERS

De la chose et de son usage

Extrait

(…)

comme si plus rien ne se fixait en moi
ni douleur ni plaisir ni joie
comme si je n'avais plus d'intérieur
de centre de foyer
songes-tu en tremblant de peur
à l'idée de manquer un truc qui se produirait
ailleurs que là où tu te trouves, d'être hors du coup,
ou qu'autre chose se passe en ton absence

et jetant sur *elle* sur la *chose* des regards
compulsifs à intervalles dangereusement proches,
toutes les 3 minutes environ,
pour constater que rien ne se passe jamais
vraiment en ton absence, rien de significatif,
et pourtant ne parvenant à t'*en* passer
et ne cessant de revenir à *elle*

et pensant à présent à Yasmine
et à quand remonte la dernière fois
où tu l'as touchée,
ou qu'elle t'a touché, ou que vous vous êtes touchés,
puis enlacés, et de même la dernière fois
où tu as ri d'une joie profonde
sans penser à rien, qu'être là avec elle,
suspendu et heureux

tu le sais ? non ? peu importe
sacrifiant à la *chose* non seulement ce que
tu as mais ce que tu n'as pas : tant et tant
d'instants que tu passeras non pas
dans les forêts ou dans les bras de Yasmine,
mais dans cet état de transe, hypnotisé par *elle*
et – *tu as trois nouveaux amis et deux demandes*
de nouveaux amis – hypnotisé par *elle* et
ses brillances exquises et les petits clics
qu'*elle* émet au contact de tes doigts jouant
poétiquement à la surface de ton écran-clavier

la sortant de ta poche pour *la* regarder *la*
caresser, sans que tu donnes aucunement
l'impression d'*y* songer d'*y* penser,
c'est-à-dire non pas comme si *elle* était une
invention récente, mais comme si *elle* avait
toujours fait partie de toi de ta vie

passé
présent
avenir

la sortant ressortant de la poche de ton jeans
sans t'en rendre compte, afin de prendre en
photo tout et n'importe quoi

cette cathédrale, par exemple, que tu crois
visiter mais dont tu ne vises que l'un ou
l'autre détail sans prendre la peine de t'arrêter
ou ta propre nudité dans la baignoire
de ta grand-mère
ou ce dessert, ce bubble tea à 6 balles

que tu sirotes dans une rue du monde
mais sans savoir quelle rue
et encore moins quel monde

photographiant, voilà, tout et n'importe quoi
comme un furieux,
les morceaux
recouvrant les morceaux en s'entassant pour,
constates-tu, reformer non pas d'unité et
encore moins de continuum,
mais toujours plus de vide et un vertige
qui te laisse constamment à la marge
des choses

sonné,
perdu,
malade et à bout de souffle
dans ce qui ressemble fort à une danse
de Saint-Guy

comme si le monde en son ensemble
t'était devenu insupportable
que le modèle original ne te suffisait plus
et qu'il n'y avait pour te distraire que
ces bris ces morceaux, que tu photographies-
manges à la vitesse de la lumière depuis
que plus rien ne te tient longtemps au corps

et, touchant ta *chose*, à nouveau te voici,
pensant que c'est ta détresse ta peine que
tu caresses ainsi – car pour en être là il faut bien
que l'essentiel soit loupé, ou que quelque chose
manque, pas vrai ?

Inédit

REPÈRES BIBLIOGRAPHIQUES

La très grande majorité des textes figurant dans cette anthologie sont inédits. Nous remercions vivement les auteurs de nous les avoir confiés. Ils en conservent bien sûr l'entier copyright. On trouvera ci-dessous les références bibliographiques des autres textes. Un grand merci aux éditeurs et revues qui nous ont autorisé leur publication.

Jacques Darras
« Zurich XXXIV » in *Van Eyck et les rivières dont la Maye*, Le Castor Astral, 2019.

Michel Deguy
« L'Ordonnance » (publié dans la revue *Critique*, « N'était Deguy », n° 887, 2021) et « Ballade des mourants » (publié une première fois en 2018 par les éditions La Robe noire) sont tirés de *La Commaison*, Poèmes (2016-2021), postface de Martin Rueff, L'extrême contemporain, 2022.

Denise Desautels
« Ulysse vieillissante II », première série de fragments, a été publiée dans la revue *MuseMedusa*, en 2021, sous le titre « Ulysse vieillissante ».

Ariane Dreyfus
Cet ensemble de textes est issu du livre à paraître *Le Double été* (Le Castor Astral). Il s'inspire du film de Mikhaël Hers *Ce sentiment de l'été*, avec Anders Danielsen Lie.
« La ligne meurt et ne cesse pas comme si elle regardait encore » est d'Aïgui, « Dessinant longuement », revue *Europe*, mars 2007, n° 935, p. 286.

Michelle Grangaud
« Éloge de la variante » est extrait de « Formes de l'anagramme » in *La Bibliothèque Oulipienne,* vol. 6, Le Castor Astral, 2003. Texte en hommage à Bernard Cerquiglini.

Anise Koltz
In *Chants de refus I et II,* éditions Phi, 1993 et 1995.

Sophie Loizeau
« Le seuil des forêts » est une version revue en août 2022 du texte paru dans *Roman de diane,* Rehaut, 2013.

Anna Milani
Textes extraits de *Géographies de steppes et de lisières,* préface d'Albane Gellé, collection « Grise », Cheyne éditeur, 2022.

René de Obaldia
« Les trois sonnets d'un homme qui devient fou » est tiré de *Anthologie des poètes de l'ORTF,* Marcel Sauvage et Daniel Sauvage, Denoël, 1969.

Jean-Luc Parant
Texte extrait de *Nous sommes tous des migrants* (L'Atelier contemporain, 2019), poème en prose au long cours, avec des dessins de Mark Brusse.

Aldo Qureshi
Le poème « Le Xénomorphe » a été publié sous un autre titre et dans une version différente dans le recueil *Made in Eden,* aux éditions Atelier de l'agneau (2018).
Le poème « Ajax vitre » figure sous une autre version dans le recueil *Le Roi de la sueur* publié en 2021 aux éditions Atelier de l'agneau.

Jacques Rebotier
Les deux premiers poèmes de la suite « 247 animaux de transport et de compagnie » ont été publiés dans *Quelques animaux de trans-*

port & de compagnie, Harpo &, 2004, les trois derniers sont inédits.

James Sacré
« Cisailles », in revue *Mots à maux*, n° 21, 2022.

Émilie Turmel
Dialogue avec une photographie noir et blanc de l'artiste gaspésienne Suzanne Guité dessinant son mari l'artiste Alberto Tommi, prise par la photographe new-yorkaise Lida Moser au Pic de l'Aurore, à Percé, en 1950.
Bibliothèque et Archives nationales du Québec (BAnQ), Fonds Lida Moser (03Q, P728, S1, D1, P13-28).

Marie-Hélène Voyer
Les allumettières œuvraient à la fabrication d'allumettes pour la compagnie E. B. Eddy, à Hull, au Québec, au tout début du XXe siècle. Elles fabriquaient l'immense majorité des allumettes vendues au Canada. Ces femmes se voyaient exposées au phosphore blanc, qui provoquait la nécrose maxillaire et leur défiguration. Ces ouvrières sont à l'origine du premier syndicat ouvrier féminin au Canada.

REMERCIEMENTS

Jean-Yves Reuzeau remercie personnellement

Tom Audamaye
Thierry Beauchamp
Emmanuelle et Thierry Boizet (éditions Finitude)
Alexandre Bord (L'Iconopop)
Mylène Bouchard (La Peuplade)
Yves Boudier (Marché de la Poésie de Paris)
Olivier Chaudenson (Maison de la Poésie Paris / Scène littéraire)
Alphonse Clarou (L'extrême contemporain)
Julien Delorme (La Peuplade)
François-Marie Deyrolle (L'Atelier contemporain)
Hélène Durdilly (Rehauts)
Françoise Favretto (Atelier de l'Agneau)
Frédéric Forte
Galerie Didier Devillez (Bruxelles)
Luis Gauthier (Interforum)
Vincent Gimeno-Pons (Marché de la Poésie de Paris)
Marion Grody
Roland Kayser (Éditions PHI)
Guillaume Lecaplain *(Libération)*
Kristell Loquet
Monique Moreau
Pierre Mréjen (Harpo &)
Sophie Nauleau et l'équipe du Printemps des Poètes
Elsa Pallot (Cheyne)
Frédérique Paty
Éric Poindron
Bernard Pozier (Écrits des Forges)
Clément Ramos
Benoît Reiss (Cheyne)
Frédérique Romain (Gallimard)
Guy Rouquet (Atelier Imaginaire)
Martin Rueff
Emmanuelle Santini
Claude Vercey (revue *Décharge* / collection « Polder »)
Patrick Verschueren (Les Carnets du Dessert de Lune)

Et bien sûr tous les auteurs présents dans ce livre
qui lui ont amicalement confié des textes inédits.

NOTICES BIOGRAPHIQUES

Dominique ANÉ, dit Dominique A, est né en 1968. Auteur, compositeur, interprète, il est une figure incontournable de la chanson française. Il a notamment collaboré avec Alain Bashung, Étienne Daho et Jane Birkin. Son plus récent album a pour titre *Le Monde réel* (Cinq 7). Il est également l'auteur de plusieurs récits dont *Y revenir* (Stock), *Regarder l'océan* (Stock) et *Ma vie en morceaux* (Flammarion). Son premier recueil de poèmes, *Le Présent impossible*, a paru en 2022 à L'Iconopop.

Anna AYANOGLOU est née à Pithiviers en 1985. Elle grandit à Paris, ville qui s'ajoute à la mosaïque improbable de ses origines – vendéenne, crétoise, grecque d'Asie mineure et polonaise. Son premier recueil, *Le Fil des traversées* (Gallimard, prix Apollinaire Découverte et Prix Révélation de poésie de la SGDL) se fait l'écho de trois années vécues en Lituanie et en Estonie. Son second recueil, *Sensations du combat*, est également paru chez Gallimard. Elle réside à Bruxelles, où elle écrit, enseigne, et anime l'émission de radio « Et la poésie, alors ? »

Adeline BALDACCHINO est née à Rilleux-le-Pape (Rhône) en 1982. Magistrate à la Cour des comptes, elle est également essayiste, romancière et poète. Elle est l'auteure d'essais consacrés à Max-Pol Fouchet, Raoul Vaneigem (Michalon), Fernando Pessoa (Libertalia) et Diogène de Sinope (Autrement), ainsi que de *La Ferme des énarques* (Michalon) et *Michel Onfray ou l'Intuition du monde* (Le Passeur). Son roman *Celui qui disait non* est paru chez Fayard. Ses livres de poésie sont édités par Les Venterniers, Rhubarbe, Les Hommes sans épaules et L'Ail aux ours.

Olivier BARBARANT est né à Bar-sur-Aube en 1966. L'essentiel de ses livres a paru aux éditions Champ Vallon. L'anthologie *Odes dérisoires et autres poèmes* est éditée dans la collection *Poésie* / Gallimard. Il a reçu le prix Tristan-Tzara, le prix Mallarmé et le prix Apollinaire. En prose comme en vers (*Un grand instant*), il ne s'agit jamais que de poésie, soit d'un effort plus ou moins réussi pour parler d'une voix juste, qui rende compte d'une expérience sensible en l'arrachant aux discours tenus sur elle, aux représentations formatées, pour en respecter la singularité.

Linda Maria BAROS est née à Bucarest en 1981. Poète, traductrice et éditrice, elle vit à Paris. Elle est notamment l'auteure de *La Maison en lames de rasoir* (Cheyne) et *La Nageuse désossée* (Le Castor Astral). Lauréate du prix de la Vocation et du prix Apollinaire, elle a également reçu le Grand Prix de Poésie de la SGDL, le Prix international francophone du Festival de la poésie de Montréal et le prix Rimbaud de la Maison de Poésie de Paris. Directrice des éditions La Traductière et du Poésie Poetry Paris / Festival franco-anglais de poésie. Rédactrice en chef de la revue *La Traductière*. Énorme griffe en argent à la main droite.

BARTABAS est né à Boulogne-Billancourt en 1957. Écuyer, metteur en scène, scénographe et réalisateur, il a fondé le Théâtre équestre Zingaro à Aubervilliers et créé l'Académie du spectacle équestre de Versailles. Il est l'auteur de *D'un cheval l'autre* et de *Les Cantiques du corbeau* (Gallimard), des visions, des chants d'inspiration chamanique qui évoquent les débuts du monde. André Velter et Ernest Pignon-Ernest lui ont consacré le livre *Zingaro suite équestre et autres poèmes pour Bartabas* (Gallimard). Bartabas déclare : « Aujourd'hui, la vraie pertinence c'est d'amener les gens à la poésie, à la douceur et à la sensibilité de l'âme humaine. »

Franz BARTELT est né aux Andelys (Eure) en 1949. Il arrive dès l'âge de 4 ans dans la région d'Arthur Rimbaud. Romancier, nouvelliste, poète, dramaturge et feuilletoniste, il a reçu le prix de l'Humour noir, le prix des Hussards, le prix Mystère de la critique et le Goncourt de la nouvelle. Auteur d'une trentaine de romans dont *Les Bottes rouges, Le Jardin du Bossu, Le Fémur de Rimbaud* (Gallimard), *Les Nœuds* (Le Dilettante), *Je ne sais pas parler* (Finitude), *Hôtel du Grand Cerf* (Seuil), de recueils de nouvelles et de poésie.

Rim BATTAL est née à Casablanca en 1987. Elle vit et travaille en France depuis 2013. Formée au journalisme à Rabat, elle propose un nouveau modèle de femme, d'amour et de corps politique à travers la poésie, la performance et les arts visuels. Elle est notamment l'auteur de *Vingt poèmes et des poussières*, *Latex* et *Transport commun* (LansKine), ainsi que de *L'Eau du bain* (Supernova), *Les Quatrains de l'All inclusive* et *Mine de rien* (Le Castor Astral). Rim Battal lit et performe ses textes régulièrement au Bordel de la Poésie et alterne ainsi entre la lecture intime, en tête-à-tête, et les lectures publiques. Elle a reçu le prix CoPo.

Tahar BEN JELLOUN est né à Fès (Maroc) en 1947. Son premier texte, un poème, a été publié en 1968 dans la revue *Souffles*. En 1971, suite à l'arabisation de l'enseignement de la philosophie au Maroc, il part pour la France. Peintre et romancier, il est lauréat du prix Goncourt pour son roman *La Nuit sacrée* (Seuil). Il écrit aussi des ouvrages pédagogiques dont *Le Racisme expliqué à ma fille* (Seuil). Parmi ses livres de poésie : *Le Discours du chameau* suivi de *Jénine et autres poèmes*, *Douleur et lumière du monde* précédé de *Que la blessure se ferme* (*Poésie* / Gallimard) et *La Remontée des cendres* suivi de *Non identifié* (Points / Poésie).

Claudine BERTRAND est née à Montréal (Québec) en 1948. Auteure d'une trentaine de livres, elle a reçu le Prix des écrivains francophones d'Amérique, le prix Tristan-Tzara et le prix Robert-Ganzo. Fondatrice de la revue *Arcade* qu'elle a dirigée pendant 25 ans, elle a donné voix à la parole des femmes. Principales parutions : *Fleurs d'orage* (postface de Lionel Ray) et *Émoi Afrique(s)* (éditions Henry), *Au large du Sénégal* (Vincent Rougier), *Rêves de paysage* (Dumerchez), *Tomber le jour* (Le Noroît), *Autour de l'obscur* (postface de Marie-Claire Bancquart) et *Au milieu de la pénombre* (L'Hexagone).

Zéno BIANU, né à Paris en 1950, fut l'un des signataires du *Manifeste électrique* qui secoua la poésie des années 1970. Il compose une œuvre dense et multiforme qui interroge l'écriture, le jazz, le théâtre et l'Orient. Chez Gallimard, il a publié *Infiniment proche*, *Le désespoir n'existe pas*, *Prendre feu* (avec André Velter), *D'un univers funambule*, *Petit éloge du bleu*, *Pierrot solaire*. Le Castor Astral a fait paraître une tétralogie musicale : *Chet Baker (déploration)*, *Jimi*

Hendrix (aimantation), John Coltrane (méditation), Visions de Bob Dylan, ainsi que *Satori Express, Bleu fauve* et (avec Yves Buin) *Santana de toutes les étoiles.* Il a reçu le prix Robert-Ganzo pour l'ensemble de son œuvre.

Carole BIJOU est née à Rochefort-sur-Mer en 1986. Ses textes sont publiés dans diverses revues et anthologies. Elle écrit, cherche, enseigne, partage. Elle a produit l'émission « La poésie débouche » (Radio Canut, Lyon) entre 2016 et 2020. Son premier livre, *Ventres,* est publié aux éditions LansKine.

Camille BLOOMFIELD est née à Bruxelles en 1982. Franco-anglaise, elle travaille la poésie en ligne, en performance, sur les scènes slam, par la recherche ou par la traduction (H. D. Thoreau, P. Valduga…). Co-fondatrice du collectif de traduction créative Outranspo, elle est aussi membre de l'Oplepo, l'Oulipo italien. Ses poèmes sont publiés en revues (*L'Intranquille, Remue.net, Mudlark, Biblioteca Oplepiana…*) et en anthologies. Elle dirige aux Venterniers la collection « Les Gens connectés » où elle a signé, avec Béatrice Bloomfield, *Les gens qui datent.*

Alexandre BONNET-TERRILE est né à Paris en 1999. Un certain nombre de ses poèmes ont été publiés en revues (*Recours au Poème, Poésie première, Lichen, Les Hommes sans épaules, Place de la Sorbonne,* etc.). Son premier recueil, *Les Numérotés*, a paru au Castor Astral. Très remarqué, ce livre d'un auteur de 17 ans a obtenu le prix Découverte Apollinaire et le prix Fondazione Primoli (Rome). Il a été suivi de *Via Boston*, préfacé par Olivier Barbarant, et de *Et l'origine s'y refuse* (Le Castor Astral).

Alain BORER est né à Luxeuil en 1949. Spécialiste d'Arthur Rimbaud *(Rimbaud en Abyssinie, Rimbaud l'heure de la fuite, L'Œuvre-vie)*, romancier (*Koba*, Seuil, prix Joseph-Kessel) et dramaturge (*Icare*, Seuil), essayiste et critique d'art, écrivain-voyageur (*Le Ciel & la carte, Carnet de voyage dans les mers du Sud à bord de La Boudeuse*, Seuil). Alain Borer est en quête de ce qu'il appelle le *noème*. Il s'est engagé dans la défense de la langue française autant que dans son illustration avec *De quel amour blessée, réflexions sur* *la langue française* (Gallimard). Il a reçu le prix Édouard-Glissant pour l'ensemble de son œuvre.

Nicole BROSSARD est née à Montréal (Québec) en 1943. Poète, romancière et essayiste, traduite en de nombreuses langues, elle est l'auteure d'une quarantaine de livres dont *D'aube et de civilisation – poèmes choisis, 1965-2007* (Typo), *Lointaines* (Caractères), *Piano blanc* (L'Hexagone), *Ardeur* (Phi / Mazette), *Vertige de l'avant-scène* (Écrits des Forges) et *Temps qui installe les miroirs* (Le Noroît). Elle compte parmi les chefs de file d'une génération qui a renouvelé la poésie québécoise dans les années 1970. Elle a également publié *Musée de l'os et de l'eau* (Le Castor Astral). Elle a reçu de nombreuses distinctions dont le prix Benjamin-Fondane.

Loréna BUR est née à Nouméa (Nouvelle-Calédonie) en 1998. Son fruit préféré est le corossol. Poète et conteuse, elle a publié dans diverses revues en France et au Québec, et a participé au recueil collectif *Yeux de biche* (Éditions Guillotta). Elle est l'auteure de *J'ai un trou dans le cœur de la taille d'une brousse* (10 pages au carré) et *Le Charisme du crabe mou* (Pavillons).

Tom BURON est né à Évry en 1992. Poète et nouvelliste, il a publié dans de nombreuses revues et anthologies francophones et anglophones. Il est l'auteur de *Le Blues du 21ᵉ Siècle & autres poèmes*, *Nostaljukebox* (préfacé par le poète beat californien Jack Hirschman) et *Nadirs*, tous trois parus aux éditions Maelström, ainsi que de *Marquis minuit* (Le Castor Astral). Son travail est intimement lié à la musique, notamment au jazz, et il a souvent présenté ses textes sur scène, accompagné par des musiciens de différents horizons.

Laure CAMBAU est née à Paris en 1959. Pianiste, elle accompagne des chanteurs lyriques et participe à des lectures poétiques avec improvisation musicale. Elle a reçu le prix Poncetton de la SGDL. Elle a notamment publié *L'Homme dans la baignoire*, *Et le pourboire des anges ?* et *Lettres au Voyou céleste* (L'Amandier), ainsi que *Le Couteau dans l'étreinte* (Phi), *Ma peau ne protège que vous* et *Les Yeux de la mouche* (Le Castor Astral), *La Fille peinte en bleu*

(Écrits des Forges / Caractères), *Le Manteau rapiécé* (Unicité) et *Grand Motel du Biotope* (Apic).

William CLIFF est né à Gembloux (Belgique) en 1940. Poète publié dès 1973 par Gallimard, il a reçu de multiples prix, dont le Grand Prix de poésie de la SGDL, le prix Roger-Kowalski, le Grand Prix de poésie de l'Académie française et le Goncourt de la poésie. Il est notamment l'auteur de *Marcher au charbon*, *Fête nationale*, *Écrasez-le*, *Immense existence* et *America* suivi de *En Orient* (Gallimard), *Amour perdu* et *Au nord de Mogador* (Le Dilettante), ainsi que de *Épopées*, *Matières fermées* et *Le Temps* suivi de *Notre-Dame* (La Table Ronde).

François de CORNIÈRE est né à Caen en 1950. Il a animé pendant trente ans dans sa ville natale les fameuses « Rencontres pour lire ». Il milite pour une poésie ouverte sur le quotidien, la vie réelle. Il a reçu les prix RTL-Poésie 1, Georges-Limbour et Apollinaire. Il est l'auteur de *C'était quand ?*, *Tout cela* et *Tout doit disparaître* (Le Dé bleu). Le Castor Astral a entre autres publié *Mais où sont ces photos ?*, *Boulevard de l'Océan*, *La Surface de séparation*, *Ces moments-là* (poèmes 1980-2010), *Nageur du petit matin, Ça tient à quoi ?*, *Quelque chose de ce qui se passe* et *Les Façons d'être.*

Cécile COULON est née à Clermont-Ferrand en 1990. Elle est lauréate du prix Mauvais genres, du prix du Meilleur roman des lecteurs Points, du Prix des libraires et du Prix littéraire *Le Monde*. Elle est notamment l'auteure de romans dont *Le Cœur du Pélican* et *Trois saisons d'orage* (Viviane Hamy), et de *Une bête au paradis* et *Seule en sa demeure* (L'Iconoclaste). Ainsi que de trois livres de poésie, *Les Ronces*, pour lequel elle a reçu le prix Apollinaire et le prix SGDL Révélation de poésie, *Noir volcan* et *En l'absence du capitaine* (Le Castor Astral).

CharlÉlie COUTURE est né à Nancy en 1956. Artiste « multiste », il est chanteur, compositeur, peintre, écrivain, graphiste et photographe. Il a enregistré une vingtaine d'albums dont *Poèmes Rock*, *Lafayette*, *Même pas sommeil*, *Trésors cachés et perles rares* et *Quelques essentielles,* ainsi que des bandes originales de films (*Tchao Pantin*,

Toy Story, etc.). Il a donné plus de 1 500 concerts. Il est notamment l'auteur de *Solo Boys & Girls* (Seghers), *La Mécanique du ciel* (Le Castor Astral), *New York Memories* (Le Cherche Midi) et *Des éclairs de lune* (Le Passeur). Sa biographie *CharlÉlie Couture, poète rock* (L'Archipel) est signée par David Desvérité.

Seyhmus DAGTEKIN est né à Harun (village dans les montagnes du Kurdistan) en 1964. Né au français à l'âge de 22 ans, il arrive en France en 1987. Lauréat du Prix international de poésie francophone Yvan-Goll, du prix Théophile-Gautier de l'Académie française, du prix Benjamin-Fondane et du prix Mallarmé. Le Castor Astral a publié une douzaine de ses livres dont *Juste un pont sans feu, Élégies pour ma mère, À l'ouest des ombres* et *De la bête et de la nuit.* Il est également l'auteur du manifeste poétique *Sortir de l'abîme* et du roman *À la source, la nuit* (Robert Laffont, réédition Le Castor Astral).

Benoît D'AFRIQUE est né aux Gonaïves (Haïti) en 1997. Poète et photographe, animateur d'ateliers d'écriture, il vit à Paris. Il a remporté le Prix international de Poésie en liberté pour son texte « Ma Mort » et a été finaliste du prix Léopold-Sédar-Senghor. Nomade, rêveur incompris, très tôt il éprouve l'abandon paternel (« Ma mère est mon père »). Il a créé la revue littéraire et artistique *Débridé*, dans le but de faire émerger les jeunes voix de la littérature contemporaine, de casser les codes et de donner la chance à ceux qui le méritent.

Jean D'AMÉRIQUE (Jean Civilus) est né à Côte-de-Fer (Haïti) en 1994. Il a reçu le Prix de poésie de la Vocation, le prix Apollinaire-Découverte et le prix Heredia de l'Académie française. Il dirige le festival Transe Poétique et la revue *Davertige*. Il écrit pour le théâtre, *Rhapsodie rouge* et *Cathédrale des cochons* (Éditions Théâtrales). Il est notamment l'auteur de *Petite fleur du ghetto* (Atelier Jeudi soir, puis Maelström), *Nul chemin dans la peau que saignante étreinte, Atelier du silence*, *Rhapsodie rouge* et *Rachida debout* (Cheyne éditeur), ainsi que du roman *Soleil à coudre* (Actes Sud).

Jacques DARRAS est né à Bernay-en-Ponthieu (Somme) en 1939. Il a fondé la revue et les éditions In'hui. Il compose depuis 1988 un poème en plusieurs chants sur une rivière côtière de la Manche, *La Maye*. On lui doit également de nombreuses traductions de l'anglais (Whitman, Lowry, Blake, etc.). Il a reçu le prix Apollinaire et le Grand Prix de poésie de l'Académie française. Dernières parutions : *L'Indiscipline de l'eau* (*Poésie* / Gallimard), *Van Eyck et les rivières, La Maye réfléchit, Le Chœur maritime de la Maye* et *Épique !* (In'hui / Le Castor Astral).

Ludovic DEGROOTE est né à Hazebrouck en 1958. Il vit près de Lille. Son écriture traverse les espaces formels comme les géographies intérieures. Lauréat du prix des Découvreurs, il est notamment l'auteur de *Pensées des morts* (Tarabuste), *69 vies de mon père, Un petit viol / Un autre petit viol* et *Monologue* (Champ Vallon), *La Digue, Barque bleue, josé tomás, zambèze,* et *Si décousu* (Éditions Unes).

Michel DEGUY (1930-2022). Poète, philosophe, traducteur (Paul Celan) et essayiste, il a participé aux revues *Critique* et *Les Temps modernes*. Il a présidé le Collège international de philosophie et la Maison des écrivains. Il a fondé la revue *Po&sie* (Belin). Il a reçu le prix Max-Jacob, le prix Mallarmé, le Grand Prix national de la poésie, le Grand Prix de poésie de la SGDL, le Grand Prix de poésie de l'Académie française et le Goncourt de la poésie. Dans la collection *Poésie* / Gallimard, trois tomes anthologiques lui sont consacrés. Livre posthume, *La Commaison*, postface de Martin Rueff (L'extrême contemporain).

Pauline DELABROY-ALLARD est née à Paris en 1988. Romancière et cinéaste (*Voyage en mère inconnue*), elle a reçu le prix du roman des étudiants France Culture-Télérama et le prix des Libraires de Nancy. Elle participe à la revue *En attendant Nadeau*. Elle est l'auteure d'albums jeunesse chez Thierry Magnier, de *La Littérature expliquée aux matheux* (Edigo), des romans *Ça raconte Sarah* (Éditions de Minuit) et *Qui sait* (Gallimard), ainsi que du recueil *Maison-tanière* (L'Iconopop).

Patrice DELBOURG est né à Paris en 1949. Romancier, essayiste et chroniqueur, il fut l'un des « papous » de l'émission de France Culture « Des Papous dans la tête ». Il est l'auteur d'une cinquantaine d'ouvrages dont *Les Désemparés* (Le Castor Astral) et *Les Jongleurs de mots* (Écriture). Lauréat des prix Max-Jacob et Apollinaire. Le Castor Astral a notamment publié *Longtemps j'ai cru mon père immortel, Solitudes en terrasse* et *La Banlieue des choses*. Il est également l'auteur de *Toboggans* (L'Athanor), *Génériques* (Belfond) et *L'Ampleur du désastre* (Le Cherche Midi).

Denise DESAUTELS est née à Montréal en 1945. Son travail est marqué par sa conscience d'être une femme qui écrit, ainsi que par sa passion pour les autres arts. Auteure d'une quarantaine d'ouvrages, elle a reçu le prix Athanase-David, le prix européen de littérature francophone Jean-Arp et le prix Apollinaire. Ses derniers titres : *Disparaître,* avec onze œuvres de Sylvie Cotton (L'herbe qui tremble / Le Noroît) ; *L'Angle noir de la joie* suivi de *D'où surgit parfois un bras d'horizon* (*Poésie* / Gallimard). Elle est membre de l'Académie des lettres du Québec et de l'Ordre du Canada.

Cyril DION est né à Poissy en 1978. Écrivain, réalisateur, poète et militant écologiste, il est le co-fondateur avec Pierre Rabhi du mouvement Colibris, et a aussi cofondé la revue *Kaizen*. Il a coréalisé avec Mélanie Laurent le film *Demain,* César du meilleur film documentaire, puis les films *Après demain* et *Animal*. Il est notamment l'auteur de *Imago* (prix Méditerranée), *Demain, un nouveau monde en marche*, *Petit manuel de résistance contemporaine* et *À l'orée du danger* (Actes Sud), ainsi que du recueil de poèmes *Assis sur le fil* (La Table Ronde).

Kim DORÉ est née à Montréal en 1978. Elle détient un diplôme de maîtrise en Études littéraires de l'Université du Québec à Montréal, où elle s'est intéressée aux rapports entre la science et la littérature. Elle a publié son premier recueil à l'âge de 20 ans. Autrice de quatre recueils de poésie, *La Dérive des méduses*, *Le Rayonnement des corps noirs* (prix Émile-Nelligan), *Maniérisme le diable* et *In vivo*, elle est à la barre des éditions Poètes de brousse depuis une vingtaine d'années. Ces éditions se consacrent à la poésie et à la fiction.

Ariane DREYFUS est née au Raincy (Seine-Saint-Denis) en 1958. Anime des ateliers d'écriture. A reçu le prix des Découvreurs. Le Castor Astral a publié *Iris, c'est votre bleu*, *Nous nous attendons* et *Sophie ou la vie élastique*. Elle est l'auteure de plusieurs livres dans la collection « Poésie / Flammarion », ainsi que de *La lampe allumée si souvent dans l'ombre* (Corti), *Comme si c'était hier* (Tarabuste) et *Nous nous attendons* suivi d'*Iris, c'est votre bleu* (*Poésie* / Gallimard). Matthieu Gosztola lui a consacré un ouvrage aux éditions des Vanneaux.

Alain DUAULT est né en 1949 à Paris. Poète, romancier, essayiste, animateur de radio et de télévision spécialisé dans la musique classique et l'opéra, il est éditorialiste à *Classica*, directeur artistique de *Viva l'opéra* dans les cinémas UGC. Son œuvre poétique est récompensée par le Grand Prix de poésie de l'Académie française, le prix Omar-Khayyam, le prix Alain-Bosquet et le prix Mallarmé. Principaux recueils : *Où vont nos nuits perdues*, *L'Effarant intérieur des ombres*, *Les Sept Prénoms du vent* et *Car la douceur de vivre est périssable* (Gallimard). Il est également l'auteur du *Dictionnaire amoureux de l'opéra* (Plon).

Joanna DUNIS est née en 1983 à Massy (Essonne), ville qu'elle ne connaît pas. Française de l'étranger depuis l'enfance, elle a grandi dans un ailleurs, se plongeant dans le monde post-soviétique avant d'arriver au monde grec. Autrice de films documentaires et de livres dans l'édition voyage. En 2015, elle réalise notamment *Utopie russe* avec Léa Todorov, un documentaire sur les jeunes militants d'Édouard Limonov, poète russe devenu figure politique radicale. *Topologies, Contes d'Athènes* (Le Castor Astral) est son premier recueil de poèmes.

Marie ÉTIENNE est née à Menton en 1948. Elle a travaillé avec Antoine Vitez, puis à *La Quinzaine littéraire* de Maurice Nadeau, devenue la revue en ligne *En attendant Nadeau*. Autrice d'une trentaine de livres, elle aborde tous les genres : poésie (prix Mallarmé et prix de l'Académie française), récit, roman, chronique, essai et critique littéraire. Sa poésie est traduite en anglais par Marilyn Hacker. Quelques titres : *Le Livre des recels* (Flammarion), *Antoine*

Vitez & la poésie (Le Castor Astral), *L'Inaccessible est toujours bleu* (Hermann) et *Sommeil de l'ange* (In'hui / Le Castor Astral).

Étienne FAURE, né en 1960, vit et travaille à Paris. Il est notamment l'auteur de *Vol en V* (Gallimard), *Et puis prendre l'air*, poèmes en prose (Gallimard), *Tête en bas*, poèmes (Gallimard, prix Max-Jacob) et *Ciné-plage* (Champ Vallon). La revue *Phœnix* lui a consacré un dossier, ainsi que *Contre-allées*. Rédaction de notes critiques dans le *Cahier Critique de Poésie, Poezibao, Europe, La Revue des revues* et *Phœnix*.

Christian GARCIN est né à Marseille en 1959. Traducteur d'Edgar Allan Poe, Herman Melville, Doon Arbus, Otis Kidwell Burger, David Kirby, Robert Bly et e. e. cummings. Il est l'auteur de romans chez Gallimard, Champ Vallon, Verdier, Stock et Actes Sud, parmi lesquels *Des femmes disparaissent, Les Oiseaux morts de l'Amérique* et *Le Bon, la Brute et le Renard*. Auteur de recueils de nouvelles dont *Vidas* (Gallimard), *Vies volées* (Folio), *Entrer dans des maisons inconnues* (Finitude) et *Une odyssée pour Denver* (Champ Vallon). Ses poèmes sont publiés par L'Escampette et Finitude.

Albane GELLÉ est née à Guérande en 1971. Elle se déplace un peu partout pour diverses rencontres autour de la poésie. Elle a publié une trentaine de livres dont *Souffler sur le vent* (La Dragonne), *Je, cheval* (Jacques Brémond), *Poisson dans l'eau* (Carnets du Dessert de Lune), *Nos abris* (Esperluète), *Bougé(e)* (Seuil), *Je te nous aime, Si je suis de ce monde, Eau* et *L'Au-delà de nos âges* (Cheyne), ainsi que de *Cher animal* (La Rumeur libre) et *Équilibriste de passage* (Le Castor Astral). Elle a reçu le prix des Découvreurs. Côté cheval, elle a créé chez elle (à Chênehutte, près de Saumur) une petite structure poético-équestre.

Jean-Louis GIOVANNONI est né à Paris en 1950. Il a été assistant social en psychiatrie pendant plus de trente-cinq ans. Il crée en 1977, avec Raphaële George (Ghislaine Amon), la revue *Les Cahiers du double* qu'ils codirigent jusqu'en 1981. Il a été aussi membre du comité de rédaction de la revue *Le Nouveau Recueil*. Il est lauréat du prix Georges-Perros. Les éditions Unes ont notamment publié

Garder le mort, Issue de retour, Les mots sont des vêtements endormis, L'air cicatrise vite et *Le Visage volé, poésies complètes 1981-1991*, ainsi que *Au présent de tous les temps*, correspondance croisée avec Bernard Noël.

Guy GOFFETTE est né frontalier à Jamoigne (Belgique) en 1947. Né côté belge, il vit et travaille à Paris. Lecteur chez Gallimard. Poète et romancier (*Une enfance lingère, Géronimo a mal au dos*, etc.), il a reçu le Grand Prix de poésie de l'Académie française pour l'ensemble de son œuvre, ainsi que le prix Mallarmé, le prix Max-Jacob et le Goncourt de la poésie. Il est notamment l'auteur de *Éloge pour une cuisine de province, Le Pêcheur d'eau, Petits riens pour jours absolus, Un manteau de fortune* et *Pain perdu* (Gallimard).

Michelle GRANGAUD, née à Alger en 1941, est décédée en 2022. Elle aimait à dire qu'elle était née en Anagramme, pays où toutes les lettres sont égales. Et c'est en virtuose de la poésie anagrammatique qu'elle se fait connaître en 1987. Elle devient membre de l'Oulipo en 1995, participe au comité de rédaction de la revue *Action poétique* et préside la commission Poésie du CNL. L'essentiel de son œuvre est publiée aux éditions P.O.L : *Memento-fragments, Stations, Geste, Jours le jour, État civil, Poèmes fondus, Souvenirs de ma vie collective, Calendrier des poètes, Calendrier des fêtes nationales, Les Temps traversés.*

Pierre GUÉNARD est né à Laval en 1987. Il est le leader du groupe Radio Elvis avec lequel il publie les EP *Juste avant la ruée* et *Les Moissons*, ainsi que l'album *Les Conquêtes*. Le succès du disque lui vaut de décrocher une Victoire de la musique en 2017. Le second album, *Ces garçons-là*, paraît en 2018. Les ballades oniriques du groupe sont portées par les textes poétiques de Pierre Guénard, qui tire son inspiration de figures littéraires comme Antoine de Saint-Exupéry, Jack London ou John Fante. Romancier, Pierre Guénard est l'auteur de *Zéro gloire* (Flammarion).

Eugénie HERSANT-PRÉVERT est née à Nantes en 1994. Elle est circassienne – équilibriste sur les mains et danseuse. Elle a co-créé la compagnie du Long Raccourci après ses trois années de formation au CRAC de Lille. Son travail, toujours empreint de sensibilité, navigue autour du mouvement poétique, de sa mise en mots et des rencontres artistiques hybrides (jonglerie, musique, vidéo, interview). Peu à peu, elle fait entrer ses textes sur scène avec elle.

Simon JOHANNIN est né à Mazalet (Tarn) en 1993. Il vit à Marseille. Romancier et poète, il a reçu le Prix littéraire de la Vocation. Il a été influencé par les écrivains Jean Genet, Albert Cossery et Emmanuel Bove. Il est notamment l'auteur de *L'Immobile* (Décades éditions), *L'Été des charognes, Nino dans la nuit*, avec Capucine Johannin, *Nous sommes maintenant nos êtres chers* et *La Dernière saison du monde* (Allia).

Maud JOIRET est née à Bruxelles en 1986. Elle a travaillé à la Maison des Auteurs de Bruxelles pour diverses missions d'animation, de communication et de gestion. Poète et performeuse, elle a écrit des textes pour Passa Porta (Maison internationale des littératures à Bruxelles), les sites Poète National et Boustro, et la revue *Le Journal des Poètes. Cobalt* (Tétras Lyre), son premier livre, a été récompensé par le Prix de la première œuvre de la Fédération Wallonie-Bruxelles. Elle est également l'auteure de *Jerk* (L'Arbre de Diane).

Charles JULIET est né à Jujurieux (Ain) en 1934. Romancier (*L'Année de l'éveil,* Grand Prix des lectrices de *Elle*), il a publié plusieurs tomes de son *Journal* (P.O.L), dont *Le Jour baisse – Journal X* (2009-2012). Le Castor Astral a publié sa biographie signée Anne Lauricella, *Charles Juliet, d'où venu ?* En poésie, il est l'auteur de *Affûts, À voix basse, L'Opulence de la nuit* et *Moisson* (P.O.L), ainsi que de *Pour plus de lumière*, anthologie personnelle 1990-2012 (*Poésie* / Gallimard). Il a reçu le Goncourt de la poésie et le Grand Prix de l'Académie française pour l'ensemble de son œuvre.

Maïss Alrim KARFOUL est née à Tartous en 1985, au sud-ouest de la Syrie. Poétesse et traductrice résidant en France depuis 2011. Son implication locale a commencé dans le cadre d'ateliers d'écriture à la Cave Poésie de Toulouse. Elle a publié un recueil bilingue français-arabe, *Vague mont ciseaux* (Plaine Page). Parmi ses publications en arabe, *Quand on a aidé la guerre pour qu'elle traverse* (Attakwin, Damas). Le recueil d'essais *Ni ailes, ni tombes : Chronique d'une poétesse qui fait le droit* est à paraître dans le cadre d'une bourse d'écriture (Arab Fund for Arts and Culture).

KENT (né Hervé Despesse) est né à Lyon en 1957. Fondateur du groupe Starshooter, né dans l'explosion punk en 1977. Également connu sous les noms de plume Kent Hutchinson puis Kent Cokenstock, il est auteur de bandes dessinées (aux Humanoïdes Associés, chez Futuropolis, Actes Sud et Seuil-Delcourt) et de chansons dont « Juste quelqu'un de bien » pour Enzo Enzo, Victoire de la musique. Il a enregistré une vingtaine d'albums dont *Scherzando* (At(h)ome) en 2022. Romancier ou essayiste, il est l'auteur de *Vibrato* (JC Lattès), *Dans la tête d'un chanteur* (Le Castor Astral) et *Peine perdue* (Le Dilettante).

Vénus KHOURY-GHATA est née à Bcharré (Liban) en 1937. Elle s'installe à Paris en 1972. Elle a reçu le Grand Prix de poésie de l'Académie française, le Grand Prix de poésie de la SGDL, le Goncourt de la poésie, le prix Apollinaire et le prix Mallarmé. Ses romans ont été publiés par les éditions Belfond, Flammarion, Actes Sud et au Mercure de France. Livres de poésie les plus récents : *Orties* (Al Manar), *Les Obscursis*, *Ouvrons les arbres*, *Le Livre des suppliques* et *Éloignez-vous de ma fenêtre* (Mercure de France), ainsi que *Les mots étaient des loups*, poèmes choisis (*Poésie* / Gallimard).

Anise KOLTZ est née à Eich (Luxembourg) en 1928. Elle écrit en trois langues dont le français. Elle a fondé les Biennales de Mondorf, où se rencontraient des poètes de tous les pays. Elle a reçu le prix Apollinaire et le prix Mallarmé, ainsi que le Goncourt de la poésie. Elle est l'auteure d'une vingtaine de livres dont *Le Cirque du soleil* (Seghers), *La terre monte* (Belfond), *Le paradis brûle* (La Différence), *L'Avaleur de feu* (Phi), *Pressée de vivre* (Arfuyen), ainsi que de *Somnambule du jour* (*Poésie* / Gallimard).

Abdellatif LAÂBI est né à Fès (Maroc) en 1942. Il fonde en 1966 la revue *Souffles* qui a subverti le champ culturel au Maghreb. Son combat pour la liberté lui a valu d'être longtemps emprisonné au Maroc. Depuis 1985, il vit principalement en France. Il a reçu le Goncourt de la poésie et le Grand Prix de la francophonie. Il est notamment l'auteur du *Principe d'incertitude* (La Différence), *L'Espoir à l'arraché*, *Presque riens, La Fuite vers Samarkand* et *La poésie est invincible* (Le Castor Astral), ainsi que de *L'Arbre à poèmes* (*Poésie* / Gallimard). Il a entre autres traduit les poètes Ashraf Fayad, Mahmoud Darwich et Issa Makhlouf.

Mélanie LEBLANC est née à Rouen en 1980. Elle a publié *Des falaises* chez Cheyne éditeur, *Éphéméride* (livre-CD), *Des étoiles filantes, Quand mon cœur, Les gens qui osent* (avec Magali Dulain) et *Le Manifeste du nous* aux Venterniers, *Presque je vole* et la traduction de poèmes de Karen Dalton chez Littérature Mineure, ainsi que *Le Labyrinthe des jours* (Le Castor Astral). Elle a réalisé des livres pauvres avec l'artiste Samuel Buckman. Elle donne des lectures publiques, parfois musicales, et propose des ateliers d'écriture.

Yves LECLAIR est né à Martigné-Briand (Maine-et-Loire) en 1954. Il a publié aux éditions du Mercure de France (*L'Or du commun, Bouts du monde, Prendre l'air*), de La Table Ronde (*Manuel de contemplation en montagne, Bâtons de randonnées*) et Gallimard (*Orient intime, Cours s'il pleut, L'Autre vie*). Il a traduit des troubadours occitans. Il a reçu le Prix de poésie de l'Académie littéraire de Bretagne et des Pays de la Loire, ainsi que le prix Alain-Bosquet. Derniers recueils parus : *La Petite route du col* et *Miniatures* (L'Étoile des limites).

Yvon LE MEN est né à Tréguier (Côtes d'Armor) en 1953. Depuis *Vie* (1974), écrire et dire sont ses métiers. En 1997, il ouvre un espace dédié à la poésie au festival Étonnants Voyageurs de Saint-Malo. Ses poèmes sont traduits dans une vingtaine de langues. Il est notamment l'auteur de *Aux Marches de Bretagne* (Dialogues), *Le Jardin des tempêtes* (Flammarion), *Un cri fendu en mille, Le Poids d'un nuage, Les Mains de ma mère, La Baie vitrée* et *Les Épiphaniques* (Bruno Doucey), *Les Rumeurs de Babel* et *Tirer la langue* (La Passe du vent), ainsi que de *À perte de ciel* (Bayard). Il a reçu le Goncourt de la poésie.

Hervé LE TELLIER est né à Paris en 1957. Membre de l'Oulipo, il est complice des « Papous dans la tête » sur France Culture. Mathématicien de formation, il est docteur en linguistique et spécialiste des écritures à contraintes. Il est notamment l'auteur de *Zindien, Les Opossums célèbres* (avec Xavier Gorce), *Esthétique de l'Oulipo, La Chapelle Sextine, Encyclopædia inutilis, Les amnésiques n'ont rien vécu d'inoubliable* et *Joconde jusqu'à 100 et plus si affinités* (Le Castor Astral), *Les gens qui comptent*, avec Étienne Lécroart (Les Venterniers), *Toutes les familles heureuses* (JC Lattès) et *L'Anomalie* (Gallimard), roman pour lequel il a reçu le prix Goncourt.

Sandra LILLO est née à Nantes en 1973. Elle se fait remarquer par Valérie Rouzeau qui préface son plus récent livre : « J'ai découvert la poésie de Sandra Lillo sur son mur Facebook, une révélation ! Non seulement elle surprend toujours, mais elle enchanterait un bloc de béton armé... Je suis devenue addict. » Elle est notamment l'auteure de *Les bancs des parcs sont vides en mars* et *Le silence coule sous les branches* (La Centaurée), *On a rien ramené de là-bas* (Éditions du Petit Flou) et *Les bonbons pleurent* (Le Castor Astral).

Sophie LOIZEAU est née à Versailles en 1970. Son univers est marqué par la présence d'une nature qui fraye avec le fantastique et le mythologique, avec le désir et la sexualité. Sa trilogie autour du mythe de Diane tente une féminisation radicale. Elle a reçu le prix Georges-Perros, le prix François-Coppée, le prix Yvan-Goll et le Grand Prix Vénus Khoury-Ghata. Elle est notamment l'auteure de *La Nue-bête bouc* (Comp'Act), *La Femme lit* et *Caudal* (Flammarion), *Le Roman de Diane* (Rehauts), *Les Loups* (Corti), *Ma maîtresse forme* et *Féerie* (Champ Vallon), ainsi que de *Les Épines rouges* (Le Castor Astral).

Lisette LOMBÉ est née à Namur (Belgique) en 1978. Grande figure de la scène slam en Belgique, cette Belge-Congolaise a été nommée Citoyenne d'honneur de la ville de Liège pour ses engagements militants en faveur de toutes les minorités. Elle a cofondé L-SLAM, collectif de poétesses, multiculturel et intergénérationnel. Elle est notamment l'auteure de *Black Words* et *Venus Poetica*

(L'Arbre à Paroles), de *Tenir* et *On ne s'excuse de rien* (Maelström), ainsi que de *Brûler, brûler, brûler* (L'Iconopop).

Bruno MABILLE est né en 1961 à Nancy. Après avoir longtemps vécu en région parisienne où il fut Secrétaire Général du groupe Gallimard, il réside maintenant à Grignan dans la Drôme. Il a reçu le prix Louise-Labé pour *À celle qui s'avance* (Gallimard). Il est également l'auteur de *Hypnoses* (éditions des Trois platanes), *Claire-voie, L'Impossible distance, L'Amour sauf* et *Entre la plus lointaine étoile et nous* (éditions Caractères).

Victor MALZAC est né en 1997 à Châtenay-Malabry. Il a reçu le prix de la Vocation. Il est notamment l'auteur de *Respire* (La Crypte), ainsi que de *Dans l'herbe* et *Vacance* (Cheyne). Spécialiste de Tristan Corbière, il anime les revues *Point de chute* et *L'Écharde.*

Guillaume MARIE est né à Coutances en 1979. Journaliste à Paris, fondateur du collectif Pou, il est poète seul (*Exposition de reptiles vivants*, LansKine) ou à plusieurs (*La Mort Victor*, avec Samuel Deshayes, éd. Pou). *Les Watères du château*, son premier roman, a paru aux éditions Bouclard.

Jean-Michel MAULPOIX est né à Montbéliard en 1952. Il est notamment l'auteur de *L'Écrivain imaginaire, Pas sur la neige, L'Hirondelle rouge, Le Jour venu* et *Rue des fleurs* (Le Mercure de France). *Une histoire de bleu*, préfacé par Antoine Emaz, est paru dans la collection « *Poésie* / Gallimard ». Il a publié des études critiques sur Henri Michaux, Jacques Réda, Rainer Maria Rilke, Paul Celan et René Char. Son œuvre se réclame volontiers d'un « lyrisme critique ». Jean-Michel Maulpoix dirige la revue électronique *Le Nouveau Recueil.* Il a reçu les prix Max-Jacob et Roger-Kowalski, ainsi que le Goncourt de la poésie.

Anna MILANI est née en Italie en 1975. Elle s'installe en 2004 à Montpellier. Elle travaille en tant que formatrice en langue italienne et anime des activités autour de la lecture, l'écriture et les langues étrangères au sein de l'association qu'elle a créée. Elle est l'auteure de *Incantation pour nous toutes* (éditions Isabelle Sauvage) et de

Géographies de steppes et de lisières, préface d'Albane Gellé (Cheyne éditeur).

Marie MODIANO est née à Paris en 1978. Elle a composé les albums *I'm not a Rose* et *Outland* (Naïve), *Ram on a Flag, Espérance mathématique* et *Pauvre chanson* (Nest & Sound). L'album *Songs From the Other Side* a été réalisé avec Peter von Poehl. Elle a publié le recueil *28 Paradis, 28 Enfers* (« Le Cabinet des lettrés » / Gallimard), les romans *Upsilon Scorpii* et *Mur de nuages* (« L'Arbalète » / Gallimard), ainsi que *Lointain* (« Collection Blanche » / Gallimard). Avec Peter von Poehl et Jason Glasser, elle a conçu le spectacle *Sur les chemins de Patti Smith.*

Antoine MOUTON est né à Feurs (Loire) en 1981. En 2003, il envoie un texte à Richard Morgiève, qui le transmet à Olivier Brun (La Dragonne), qui décide de le publier. Ce sera *Au nord tes parents*, prix des Apprentis et lycéens de la région PACA. D'autres livres suivront, poèmes, nouvelles ou romans : *Le Metteur en scène polonais* & *Imitation de la vie* & *Toto perpendiculaire au monde* (Christian Bourgois), *Chômage monstre & Les Chevals morts* (La Contre-Allée). *Poser Problème,* chez ce même éditeur, a obtenu le prix CoPo de la Maison de Poésie Normandie.

Anne MULPAS est née à Reims en 1974. Elle est poète et artiste performeuse. Entre métissage et hybridation, son œuvre explore les « voix de l'imaginaire » et multiplie les formes et collaborations : recueils de poésie, livres d'artiste, lectures sur scène, performances, poèmes sonores et vidéos. Elle est notamment l'auteure de *Les Pattes frêles du désir* (Tarabuste), avec des œuvres de Jean-Luc Parant, d'*Icare* (Mac Val Paris), avec Eva Wellesz, d'*Écophanies* (Tarabuste) et de *Méduse Machair et autres langues bêtes* (D'ores et déjà). Elle a créé le site laboratoire Œtopia.txt.

Carole NAGGAR est née en 1951 au Caire dans une famille de Juifs égyptiens expulsée comme d'autres par Nasser. Elle s'établit alors à Paris. Historienne de la photographie, elle a participé aux revues *Exit* et *L'Intranquille.* Elle a publié des mémoires (*Égypte Retour, Récits instantanés*), un récit historique (*Le Rouge du sable*), une fiction (*Tereska et son photographe*) et plusieurs recueils dont *En blanc, Night Light, Corps, Ukiyo-e, Voyage à Kyoto* et *Haiku de nuit.* Son recueil *Exils* (Décharge / Gros Textes) a été finaliste du prix Apollinaire-Découverte.

Arthur NAVELLOU est né à Chartres en 1987. Musicien, chanteur, comédien et poète, il a notamment été repéré au sein du groupe de musique Catastrophe. Son premier livre, *J'envisage l'impossible*, a paru à L'Iconopop.

James NOËL est né à Hinche (Haïti) en 1978. Il écrit en créole et en français. Il a reçu le Prix littéraire des Caraïbes et le Prix international de littérature à Berlin. Ancien pensionnaire de la Villa Médicis, il est notamment l'auteur de *Kana Sutra* (Vents d'ailleurs), *Des poings chauffés à blanc* (éditions Bruno Doucey), *Belle merveille* (Zulma), *Brexit et la migration des murs* (Au diable Vauvert), *Le Pyromane adolescent*, suivi de *Le Sang visible du vitrier* (Points / Seuil). Il a coordonné une anthologie de poésie haïtienne chez le même éditeur et co-dirige la revue *IntranQu'îlités* avec Pascale Monnin.

René de OBALDIA (1918-2022), dramaturge, romancier et poète, membre doyen de l'Académie française. Ses textes sont presque tous empreints d'humour fantastique et de fantaisie. Grand Prix de l'humour noir, prix Marcel-Proust, prix Novembre. Molière d'honneur et Molière du meilleur auteur. Il est notamment l'auteur de *Fugue à Waterloo* (Julliard), *Innocentines* et *Exobiographie* (Grasset). Son œuvre théâtrale (*Genousie, Du vent dans les branches de sassafras, Les Bons Bourgeois,* etc.) est réunie en huit volumes chez Grasset.

Georges OUCIF est né à Draguignan en 1960. Il a vécu au Sénégal, au Nicaragua et dans l'Atlas marocain. Il vit désormais à Paris. Il est l'auteur de *Les Usines* (Polder) et *Le Rêve de la pieuvre* (Christophe Chomant). Il a aussi publié avec le peintre Antonin Salsmann le livre *Inventaires* (Galerie Talmart), une traduction de *La Guerre des Gaules* de Jules César (Gallimard) et avec Abdellah Khallouk le recueil *Contes berbères N'tifa du Maroc* (Publisud). Il a aussi réalisé un documentaire sur Marie Darrieussecq et expose ses photos.

Martin PAGE est né à Paris en 1975. Illustrateur, éditeur et essayiste (*Manuel d'écriture et de survie*, Seuil ; *Les animaux ne sont pas comestibles*, Robert Laffont ; *Au-delà de la pénétration*, Le Nouvel Attila), il est romancier (Le Dilettante et L'Olivier), poète (*Un accident entre le monde et moi*, chez Bruno Doucey) et auteur pour la jeunesse (L'École des loisirs, les éditions du Rouergue et Gallimard). Il écrit des préfaces et des textes critiques sur Oscar Wilde, Balzac, Karl Kraus, Chesterton et Lenny Bruce. Ses livres sont traduits dans une quinzaine de pays.

Jean-Luc PARANT (1944-2022). Artiste conceptuel, sculpteur, graveur, dessinateur et poète, il a travaillé sur tout ce qui touche aux sphérités. Fabricant de textes sur les yeux mais aussi de boules de cire, de terre cuite ou de papier, ses œuvres sont exposées entre autres par la Fondation Maeght, le Centre Georges-Pompidou et le Musée d'art moderne de la ville de Paris. Il est l'auteur de nombreux livres parus chez Christian Bourgois, Fata Morgana, Lettres vives, La Différence, José Corti, Al Dante, Les Presses du réel, etc. Il publiait depuis 1975 la somptueuse revue *Le Bout des Bordes,* journal de bord de sa vie, de son œuvre et de ses rencontres.

Serge PEY est né à Toulouse en 1950. Enfant de la guerre civile espagnole et de l'immigration. Créateur de situations, il expérimente dans toutes ses formes l'espace oral de la poésie. Il a reçu le Grand Prix SGDL de la Poésie et le prix Apollinaire. Il est notamment l'auteur de *Poésie-Action* et *Poèmes pour apprendre à lacer ses souliers* (Le Castor Astral), *Ahuc* et *Le Carnaval des poètes* (Flammarion), *Mathématique générale de l'infini* (*Poésie* / Gallimard), *Venger les mots* (Bruno Doucey) et *Flamenco : Les Souliers de La Joselito* (Les Fondeurs de briques / Dernier Télégramme).

Jean PORTANTE est né à Differdange (Luxembourg) en 1950. Auteur d'une quarantaine de livres : poésie, romans, essais. Traducteur de Juan Gelman, Jerome Rothenberg, Ulrike Draesner, Elisa Biagini, Juan Arabia, etc. Le Castor Astral a publié ses recueils *La Cendre des mots, Le Travail du poumon, La Réinvention de l'oubli* et *Après le tremblement.* Les éditions Phi ses recueils *Ex-odes, Ouvert fermé, Effaçonner, L'Arbre de la disparition, Hexaméron, La Tristesse* *cosmique* et *Jadis je disait*. Il a reçu le prix Mallarmé et le prix Benjamin-Fondane.

Nathanaëlle QUOIREZ est née en 1992 à Digne-les-Bains. Elle vit à Marseille. Poète et comédienne, elle propose des ateliers d'écriture-théâtre dans lesquels elle cherche à faire émerger la matière poétique enfouie en chacun ou chacune. Elle est l'auteure de *Kaïros*, préface de Milène Tournier, Polder.

Aldo QURESHI, né en 1975 en région parisienne, vit en Bretagne. Il a collaboré à différentes revues (*L'Intranquille, TXT, Arlu*). Il est notamment l'auteur de *Made in Eden, La Nuit de la graisse* et *Le Roi de la sueur* (Atelier de l'agneau), ainsi que de *Barnabas* (éditions Vanloo). Aldo Qureshi apprend ses poèmes par cœur et pratique la performance de sang-froid.

Suzanne RAULT-BALET est née à Sèvres (Hauts-de-Seine) en 1993. Artiste, comédienne, photographe et poète, elle a fait de l'errance son mode de vie et la source de son inspiration. Elle a notamment joué dans *Judith Hotel*, court métrage de Charlotte Le Bon projeté au Festival de Cannes. Son premier livre, mêlant poèmes et photographies, *Des frelons dans le cœur*, a paru à L'Iconopop.

Hortense RAYNAL est née en 1993 à Rodez. Elle a vécu sa jeunesse dans l'Espalionnais rural. Diplômé de l'École Normale Supérieure de Paris. Poétesse, comédienne et performeuse, elle invente des formes scéniques à sa poésie en plus de la faire découvrir par le biais d'enregistrements sonores et de plusieurs revues. Elle est notamment l'auteure de *Ruralités*, préface de Marie-Hélène Lafon (Les Carnets du Dessert de Lune). Ce livre a reçu le Prix de la Fondation Antoine et Marie-Hélène Labbé pour le premier recueil.

Jacques REBOTIER est né en 1947. Poète, compositeur, metteur en scène, performeur, il a reçu le prix des Découvreurs et le Grand Prix Poésie Sacem. Il appartient à la folle famille de dislocateurs de mots, de sons et de cerveaux. Ses spectacles ont entre autres été créés à la Chartreuse de Villeneuve-lès-Avignon, la Comédie-Française, le Théâtre des Amandiers et le Théâtre national de Chaillot. Il est l'auteur de *Description de l'omme* (Verticales), *Les Trois Jours de* *la queue du dragon* (Actes Sud / Papiers), de *Litaniques* et *Le Dos de la langue* (L'Arbalète / Gallimard).

Florentine REY est née à Saint-Étienne en 1975. Poète et performeuse, elle a choisi de vivre au plus près d'une liberté têtue et nomade. Ses textes font la part belle à l'imaginaire et à la fantaisie. Elle a publié deux romans aux éditions Michalon, un roman graphique aux éditions Des ronds dans l'O (prix Olympe-de-Gouges), trois recueils aux éditions Gros Textes, ainsi que *Le bûcher sera doux* (La Rumeur libre), *L'Année du pied-de-biche* et *Pampilles* (Le Castor Astral). Elle propose également des ateliers d'écriture.

Elke de RIJCKE est née à Gand en 1965. Elle vit à Bruxelles. Elle a traduit Kees Ouwens. Sa poésie articule des déclinaisons du désir et de l'identité féminine dans des environnements hétérotopiques qui virent souvent à la dystopie. Elle a publié *L'Expérience poétique dans l'œuvre d'André du Bouchet* (La Lettre volée), *troubles. 120 précisions. expériences* (Tarabuste), *gouttes ! lacets, pieds presque proliférants sous soleil de poche* (Le Cormier), *Västerås.* DARK PASSAGE. *Journal d'une désémancipation* (Le Cormier), *Quarantaine* (Tarabuste) et *Juin sur Avril* (LansKine).

Blandine RINKEL est née à Rezé (Loire-Atlantique) en 1991. Elle est écrivaine, journaliste et musicienne (au sein du groupe Catastrophe). Elle est notamment l'auteure de *L'Abandon des prétentions, Le Nom secret des choses* et *Vers la violence* (Fayard, prix Méduse).

Jean ROUAUD est né à Campbon (Loire-Atlantique) en 1952. Il a reçu le prix Goncourt pour son premier roman, *Les Champs d'honneur* (Minuit). Il est également l'auteur de *Des hommes illustres* et *Sur la scène comme au ciel* (Minuit), *Comment gagner sa vie honnêtement* et *Une façon de chanter* (Gallimard), *Un peu la guerre, Être un écrivain, Kiosque* et *Qui terre a, guerre a* (Grasset). Parmi ses autres livres : *Misère du roman, La Splendeur escamotée de frère cheval* et *L'Avenir des simples* (Grasset), *L'Invention de l'auteur, L'Imitation du bonheur* et *La Femme promise* (Gallimard).

Jacques ROUBAUD est né à Caluire-et-Cuire (Rhône) en 1932. Poète, mathématicien et traducteur. Coopté par Raymond

Queneau, il est membre de l'OuLiPo depuis 1966. Selon lui, « un poème est un objet artistique de langue à quatre dimensions : pour la page (c'est-à-dire pour l'œil), pour l'oreille (ce que nous entendons), pour la voix (ce que nous prononçons) et pour une vision intérieure ». Il a reçu le Grand Prix national de poésie, le Grand Prix de poésie de l'Académie française et le Goncourt de la poésie. Il est notamment l'auteur de *Trente et un au cube, Quelque chose noir* et *Je suis un crabe ponctuel* (Gallimard).

Valérie ROUZEAU est née en 1967 en Bourgogne. Elle vit à Nevers. Lit, écrit et traduit, notamment Sylvia Plath, Ted Hughes, William Carlos Williams, Stephen Romer, Pascale Petit, Hollie McNish. Elle a reçu le prix Apollinaire et le prix Robert-Ganzo. Son recueil *Télescopages* a été coédité par le Musée des Confluences de Lyon et les éditions Invenit. Les éditions La Table Ronde ont réédité en poche ses livres *Pas revoir* (publié au dé bleu en 1999) et *Va où* (publié au Temps qu'il fait en 2002), ainsi que récemment *Quand je me deux*, tous avec en couverture la merveille d'oiseaux de Jochen Gerner. La Table Ronde a par ailleurs publié *Vrouz, Sens averse* et *Éphéméride*.

James SACRÉ est né à Cougou (Vendée) en 1939. Professeur de littérature française aux États-Unis (Massachusetts) de 1965 à 2000. Il a reçu les prix Apollinaire, Max-Jacob, Roger-Kowalski et Théophile-Gautier. Il est notamment l'auteur de *Cœur élégie rouge* (Seuil), *Brousaille de prose et de vers* (Obsidiane), *Une fin d'après-midi à Marrakech* (André Dimanche), *Une rencontre continuée* (Le Castor Astral), *Affaires d'écriture* (Tarabuste) et *Figures qui bougent un peu et autres poèmes* (*Poésie* / Gallimard). Il a cosigné avec Antoine Emaz le livre *Sans place et Je s'en va* (Méridianes).

Anna de SANDRE est née à Clermont-Ferrand en 1934. Elle vit en Occitanie dans un patchwork de matières sauvages où le jaune pousse comme du chiendent. Écrivaine et libraire, ses albums jeunesse sont publiés sous son nom ou celui d'Anne Pym aux éditions Gallimard et à L'École des Loisirs / Pastel. Ses livres de poésie *Mordre la neige* et *Un régal d'herbes mouillées* sont publiés par les éditions Les Carnets du Dessert de Lune. Elle est l'auteure du recueil de nouvelles *Le Parapluie rouge* (In8 Éditions) et du roman *Villebasse* (La Manufacture de livres).

Éric SARNER est né à Alger en 1943. Il vit à Marseille. Il est notamment l'auteur de *Solitude des mots* (Tarabuste), *Et comme emportés, on demeure* (Dumerchez), *Éblouissements de Chet Baker* (La Passe du vent), *22 figures au passage* (Les Venterniers), *Ballade de Frankie* et *Cœur chronique,* préface de Michel Deguy, prix Max-Jacob (Le Castor Astral), ainsi que de *Sugar et autres poèmes* (*Poésie* / Gallimard), préfacé par Jacques Darras. Il a signé une vingtaine de films dont *Sénac, Jean, Algérien, poète, Route 66 – un rêve américain* et *Le Ravissement de Palmyre*, un ciné-poème autoproduit.

Eugène SAVITZKAYA est né à Saint-Nicolas-lez-Liège en 1955. Il vit en Belgique. Une quinzaine de ses livres ont paru aux éditions de Minuit. Ses autres ouvrages ont été publiés par l'Atelier de l'Agneau, les éditions Seghers, Christian Bourgois, Le Temps qu'il fait, Flohic, Yellow Now, etc. La Galerie Didier Devillez expose ses dessins, ses peintures et autres objets visuels et tactiles. Derniers livres parus : *Ode au paillasson* (Le Cadran ligné) et *Au pays des poules aux œufs d'or* (Minuit).

Jean-Pierre SIMÉON est né à Paris en 1950. Après avoir été directeur artistique du Printemps des Poètes pendant seize ans, il dirige la collection *Poésie* / Gallimard. Il a obtenu les prix Antonin-Artaud, Apollinaire et Max-Jacob, ainsi que le Goncourt de la poésie et le Grand Prix de poésie de l'Académie française. Il est l'auteur de nombreux livres chez Cheyne éditeur dont *Le Sentiment du monde, La nuit respire* et *Politique de la beauté*. Il est également l'auteur de *La poésie sauvera le monde* et *Les Yeux ouverts* (Le Passeur), ainsi que de *Levez-vous du tombeau* et *Une théorie de l'amour* (Gallimard).

Pierre SOLETTI est né dans le plein midi de la France en 1971. Poète, artiste de rue, dessinateur et éditeur, il sculpte des copeaux de mots pour la scène. Ses écrits et écarts graphiques débordent régulièrement des murs de musées ou de divers lieux plus ou moins consacrés à l'art. Il est notamment l'auteur de *Tu me diras le vent* (Le Petit Flou), *Encorps vivant* (livre-CD, Dernier Télégramme), *Le Silence, ses rebords* (La Passe du vent), *Poste restante* (Maelström), *Quand le vent chante*, *Je dirais que j'ai raté le train* et *J'aurais voulu t'écrire un poème* (Les Carnets du Dessert de Lune).

Jean-Luc STEINMETZ est né à Tours en 1940. Il a reçu le Grand Prix de Poésie de la SGDL et le prix Paul-Verlaine de l'Académie française. Le Castor Astral a publié plusieurs de ses recueils dont *Vies en vues*, *Suites et fins*, *28 ares de vivre* et *Vers l'apocalypse*. Il est l'auteur de biographies et d'essais consacrés à Arthur Rimbaud (Tallandier), Philippe Jaccottet (Seghers), Stéphane Mallarmé, Pétrus Borel et Tristan Corbière (Fayard). Marc Kober lui a consacré un livre aux éditions des Vanneaux, dans la collection « Présence de la poésie ».

Maud THIRIA est née à Paris en 1973. Elle est notamment l'auteure de *Mesure au vide* et *Blockhaus* (Æncrages & Co), ainsi que de *Falaise au ventre* et *Trouée* (LansKine). Elle a reçu le prix Yvan-Goll. Elle fait régulièrement des lectures publiques de ses textes et anime des ateliers d'écriture et de lecture dans des lycées. Elle intervient aussi autour de la langue auprès de publics en difficultés sociales, des migrants et des réfugiés politiques au sein d'associations ou pour l'Éducation nationale.

Mila TISSERANT est née à Strasbourg en 2003. Comédienne, elle a joué au Théâtre de la Bastille, au festival Off d'Avignon ou encore à Bruxelles. Le corps et le langage occupent une place majeure dans ses textes. La jeune autrice croit en un dépassement du corps physique par les mots. Elle travaille à l'écriture d'une pièce de théâtre et suit une formation de comédienne dans une classe préparatoire de théâtre. Ses tout premiers textes ont été publiés à l'âge de 18 ans par Le Castor Astral.

Gérard TITUS-CARMEL est né à Paris en 1942. Peintre, dessinateur et poète, il conçoit son œuvre comme un long récit mêlant peinture et poésie. Il a reçu le Grand Prix de Peinture de la Fondation Del Duca, sous l'égide de l'Institut de France. Il a illustré nombre d'ouvrages de poètes et a lui-même publié plus d'une cinquantaine de livres dont *Ressac* et *Serpentes* (Obsidiane), *Albâtre* et *Un Rêve en éclats* (Fata Morgana), *Le Huitième Pli* (Galilée), *Horizon d'attente* et *Travers du temps* (Tarabuste), *Chemins ouvrant* (avec Yves Bonnefoy), *Au vif de la peinture, à l'ombre des mots, Écrits de chambre et d'écho* et *Ajours. Un rêve autobiographique* (L'Atelier contemporain).

Milène TOURNIER est née à Nice en 1988. Docteure en études théâtrales et professeure documentaliste, elle réalise des vidéo-poèmes sur YouTube. Ses recherches portent sur l'autobiographie, le corps, le jeu et la redéfinition de l'intime à l'aune du partage en ligne sur les différentes plateformes du web. Elle est l'auteure de *Et puis le roulis* (Éditions Théâtrales), *Nuits* (La Ptite Hélène), *Poèmes d'époque* (Polder), *L'Autre jour* et *Je t'aime comme* (Lurlure), ainsi que de *Ce que m'a soufflé la ville* (Le Castor Astral).

Émilie TURMEL est née à Montréal en 1988 et a grandi à Québec. Elle habite à Moncton (Nouveau-Brunswick), où elle assure la direction générale du Festival Frye, le plus important événement littéraire au Canada atlantique. Poète et performeuse, elle participe à la création de spectacles littéraires. Son premier livre, *Casse-gueules* (Poètes de brousse), a été finaliste du prix Émile-Nelligan et récipiendaire du prix René-Leynaud. Son recueil *Vanités* (Poètes de brousse) a reçu le prix Louise-Labé.

Laura VAZQUEZ est née à Perpignan en 1986. Elle est pensionnaire de l'Académie de France à Rome – Villa Médicis 2022-23. Son premier livre *La Main de la main* (Cheyne éditeur) a reçu le prix de la Vocation. Son roman *La Semaine perpétuelle* (éditions du Sous-Sol) a reçu le Prix de la page 111 et la Mention spéciale du prix Wepler. Une anthologie de ses poèmes, *Vous êtes de moins en moins réels*, est parue dans la collection poche « Points / Poésie ». Elle co-dirige la revue *Muscle*.

André VELTER est né à Signy-l'Abbaye (Ardennes) en 1945. Il a reçu le prix Mallarmé, le prix Apollinaire et le Goncourt de la poésie. Il fut longtemps responsable de la collection « *Poésie /*

Gallimard ». Ses poèmes sont traduits dans une trentaine de langues. Le Castor Astral a publié *Passage en force, Ouvrir le chant, Étapes brûlées* et *N'importe où*. Chez Gallimard, il est notamment l'auteur de *L'Arbre-seul, L'Amour extrême, Jusqu'au bout de la route, Les Solitudes, La Vie en dansant* et *Séduire l'univers*. Il a signé plusieurs livres sur ou avec Ernest Pignon-Ernest chez Gallimard et Actes Sud.

Jean-Pierre VERHEGGEN est né à Gembloux (Belgique) en 1942. Il est l'auteur d'une cinquantaine d'ouvrages à l'humour noir et souvent féroce dont il a reçu le prix du même nom. Le titre de ses livres y fait référence, de *Sodome et Grammaire* à *Un jour je serai Prix Nobelge*, avec le récent *Le Sourire de Mona Dialysa* (Gallimard). Un choix de ses textes interprétés en solo, depuis plus de quinze ans, par son acteur fétiche Jacques Bonnaffé, a valu à ce dernier un Molière du théâtre pour leur spectacle *L'Oral et Hardi*.

Laurence VIELLE est née à Bruxelles en 1968. Poétesse et comédienne, elle écrit-dit. Elle a reçu le Grand Prix de l'Académie Charles-Cros pour *Ouf* (Maelström), le Prix de consécration littéraire de la Scam Belgique et le prix des Découvreurs. Elle écrit pour la scène, pour la radio, toujours pour l'oreille. Elle a été poétesse nationale en 2016-2017, une tentative poélitique de dérider en Belgique les frontières linguistiques. Elle est notamment l'auteure de *Ancêtres* et du livre-CD *Domo de poezia* (Maelström), ainsi que de *Billets d'où* (Le Castor Astral).

Ludovic VILLARD est né en 1983 à Villeurbanne. Il est l'auteur de *Je demeure paisible au travers de leurs gorges* et *La lune boit tout ce qu'elle peut mais laisse de généreux pourboires* (Les Gens du Blâme), ainsi que de *Il faut toujours se préparer à perdre*, préface de Simon Johannin (Le Castor Astral). Il a également publié un essai sur le roman *Septentrion* de Louis Calaferte. Sous le nom de scène de Lucio Bukowski, il a signé une douzaine d'albums de rap dont *L'Art raffiné de l'ecchymose, Oderunt Poetas, Simorgh* ou encore *Matériel Boréal* (L'Animalerie).

Thomas VINAU est né à Toulouse en 1978. Habite dans le Luberon. Prix Roger-Kowalski des lycéens pour *Il y a des monstres qui sont très bons* (Le Castor Astral). Écrit des romans (Alma, 10/18 et Gallimard), des albums jeunesse (Motus, Donner à voir), des proses (La Fosse aux ours), des poèmes ou des récits (Le Castor Astral) et d'autres projets secrets. Derniers livres parus : *C'est un beau jour pour ne pas mourir, Le Cœur pur des barbares* et *Le Récit des gouffres* (Le Castor Astral), *Vivement pas demain* (La Fosse aux ours), *Fin de saison* ainsi que *Marcello & Co* (Gallimard).

Pierre VINCLAIR est né à Aurillac en 1982. Lauréat de la Villa Kujoyama en 2010, il découvre d'abord le Japon, puis la Chine et Singapour. Il traduit le *Kojiki* japonais et le *Shijing* chinois. Co-animateur de la revue *Catastrophes*, il est notamment l'auteur de *Barbares, Les Gestes impossibles*, prix Heredia, *Le Cours des choses* et *L'Éducation géographique* (Flammarion), ainsi que de *Le Confinement du monde* (Lurlure), *La Sauvagerie* (Corti) et *Bumboat* (In'hui / Le Castor Astral).

Stéphanie VOVOR est née à Reims en 1996. Écrivaine et performeuse, elle vit à Paris. Diplômée en droit et théâtre (cours Florent), avant d'intégrer la promotion FIÈVRE du master de création littéraire de Paris VIII. Au sein du collectif Le Krachoir, elle explore de nouvelles formes poétiques via l'élaboration d'un fanzine, de soirées scènes ouvertes, d'ateliers littéraires et de créations scéniques et/ou sonores. Elle s'est produite sur scène à la Comédie de Reims, au Théâtre de Lorient et sur la Scène nationale Lille Métropole.

Marie-Hélène VOYER est née à Bic, au Québec, en 1982. Elle enseigne la littérature et la création littéraire à Rimouski. Son recueil *Expo habitat* (La Peuplade) a été finaliste du Prix des libraires. Son ouvrage critique *Terrains vagues* (Nota Bene) dresse un panorama des représentations de l'espace incertain qui traverse les littératures française et québécoise contemporaines. Elle a publié l'essai *L'Habitude des ruines* (Lux éditeur), un plaidoyer contre l'oubli et la laideur dans le paysage bâti du Québec, de même que *Mouron des champs* (La Peuplade), un recueil qui dresse un hommage aux lignées de femmes oubliées qui ont bâti le Québec.

Antoine WAUTERS est né à Fraiture (Belgique) en 1981. Poète, scénariste et romancier, il a notamment reçu le prix Marguerite-Duras, le prix Wepler, le prix Goncourt de la nouvelle pour *Le Musée des contradictions* (Éditions du Sous-Sol) et le prix du Livre Inter 2022 pour *Mahmoud ou la montée des eaux* (Éditions Verdier). Il a signé le scénario de deux films d'Antoine Cuypers, *Préjudice* (avec Nathalie Baye et Arno) et *A New Old Story* (avec Arno et Sophia Leboutte). Chez Cheyne éditeur, il a publié *Ali si on veut*, *Césarine de nuit* et *Sylvia*.

TABLE

ADONIS – AKHENATON – GABRIELLE ALTHEN – ARTHUR H – ANNA AYANOGLOU – OLIVIER BARBARANT – LINDA MARIA BAROS – STÉPHANE BATAILLON – RIM BATTAL – CLÉMENTINE BEAUVAIS – TAHAR BEN JELLOUN GÉRARD BERRÉBY – ZÉNO BIANU – ALEXANDRE BONNET-TERRILE – ALAIN BORER – NICOLE BROSSARD – TOM BURON – SÉBASTIEN CAGNOLI – CALI LAURE CAMBAU – ÉRIC CANTONA – GÉRARD CARTIER – CONSTANCE CHLORE THIERRY CLERMONT – WILLIAM CLIFF – LULLA CLOWSKI – MURIELLE COMPÈRE-DEMARCY – FRANÇOIS DE CORNIÈRE – CÉCILE COULON CHARLÉLIE COUTURE – SEYHMUS DAGTEKIN – FRANCIS DANNEMARK JACQUES DARRAS – MARIE DARRIEUSSECQ – SÉVERINE DAUCOURT CHRISTOPHE DAUPHIN – PATRICE DELBOURG – SAMUEL DESHAYES – CYRIL DION – ARIANE DREYFUS – ÉTIENNE FAURE – MICHÈLE FINCK – ALBANE GELLÉ – GUY GOFFETTE – PIERRE GUÉNARD – CÉCILE GUIVARCH – CÉCILE A. HOLDBAN – PHILIPPE JACCOTTET – MAUD JOIRET – JACQUES JOSSE – GIL JOUANARD – JACQUES JOUET – CHARLES JULIET – KENT – VÉNUS KHOURY-GHATA – CLAIRE KRÄHENBÜHL – ABDELLATIF LAÂBI – WERNER LAMBERSY HÉLÈNE LANSCOTTE – MÉLANIE LEBLANC – YVON LE MEN – HERVÉ LE TELLIER – LOLA LEVENT – SANDRA LILLO – SOPHIE LOIZEAU – GUILLAUME MARIE – ODILE MASSÉ – MARIE-CHRISTINE MASSET – MATTHIEU MESSAGIER – MARIE MODIANO – THOMAS MORALES – GÉRARD MORDILLAT – EMMANUEL MOSES – ANNE MULPAS – ÉRIC NAULLEAU ARTHUR NAVELLOU – MARIE NIMIER – BERNARD NOËL – ANGE OHO BAMBE MARC ALEXANDRE OHO BAMBE – MICHEL ONFRAY – SERGE PEY – ÉRIC POINDRON – JEAN PORTANTE – SUZANNE RAULT-BALET – CLARA REGY FLORENTINE REY – CÉCILE RIOU – JEAN ROUAUD – JACQUES ROUBAUD VALÉRIE ROUZEAU – JAMES SACRÉ – FLORENCE SAINT-ROCH – ÉRIC SARNER JEAN-PIERRE SIMÉON – JEAN-LUC STEINMETZ – MAUD THIRIA – ANDREA THOMINOT – MILÈNE TOURNIER – FLORENCE TROCMÉ – ÉMILIE TURMEL GORGUINE VALOUGEORGIS – LAURENCE VEILLEUX – ANDRÉ VELTER LAURENCE VIELLE – THOMAS VINAU – PIERRE VINCLAIR – ZOGO AWONDZA

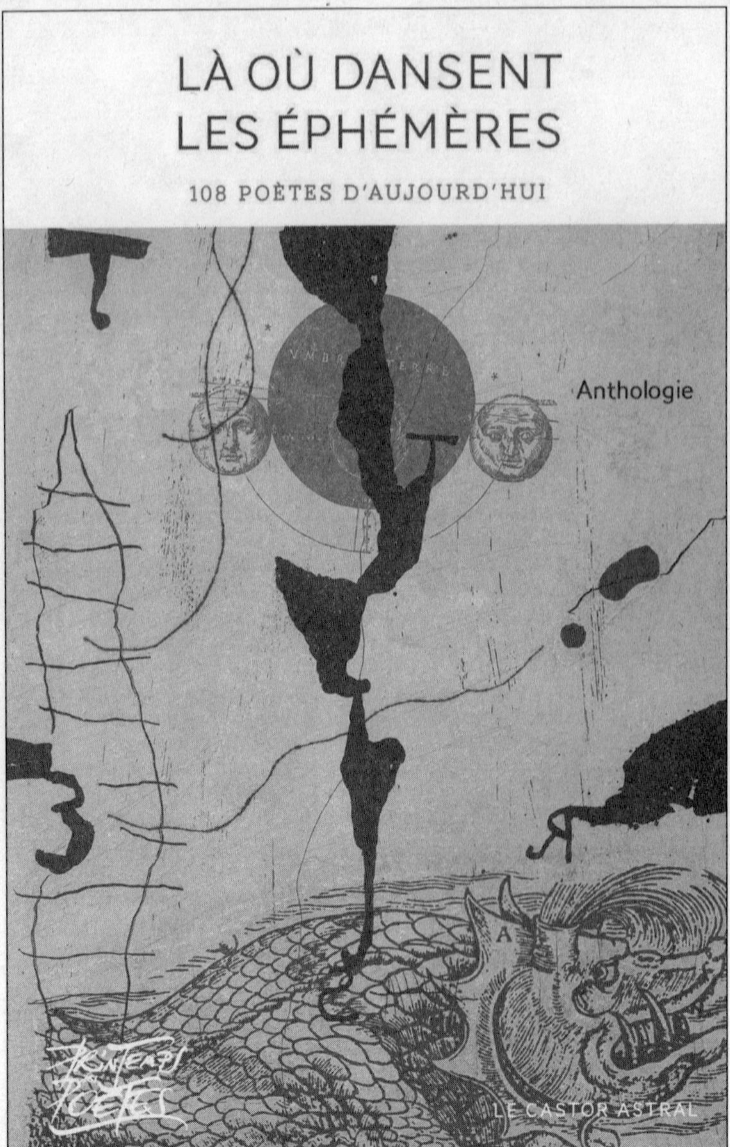
LÀ OÙ DANSENT
LES ÉPHÉMÈRES
108 POÈTES D'AUJOURD'HUI
Anthologie
LE CASTOR ASTRAL

2022

ADONIS – ARTHUR H – OLIVIER BARBARANT – LINDA MARIA BAROS
JOËL BASTARD – RIM BATTAL – CLAUDE BEAUSOLEIL
TAHAR BEN JELLOUN – ZOÉ BESMOND DE SENNEVILLE – ZÉNO BIANU
CAROLE BIJOU – ALEXANDRE BONNET-TERRILE – ALAIN BORER
KATIA BOUCHOUEVA – JULIEN BOUTREUX – NICOLE BROSSARD
TOM BURON – TRISTAN CABRAL – CALI – RÉMI CHECCHETTO
WILLIAM CLIFF – FRANÇOIS DE CORNIÈRE – CÉCILE COULON
CHARLÉLIE COUTURE – LAETITIA CUVELIER – SEYHMUS DAGTEKIN
JACQUES DARRAS – MICHEL DEGUY – CHLOÉ DELAUME
RENÉ DEPESTRE – THOMAS DESLOGIS – ARIANE DREYFUS
RENAUD EGO – MICHÈLE FINCK – BRIGITTE FONTAINE – ALBANE GELLÉ
GUY GOFFETTE – CÉCILE GUIVARCH – CÉCILE A. HOLDBAN – PHILIPPE JAFFEUX
MAUD JOIRET – CHARLES JULIET – VÉNUS KHOURY-GHATA – ANISE KOLTZ
PETR KRÁL – ABDELLATIF LAÂBI – HÉLÈNE LANSCOTTE – JEAN LE BOËL
YVON LE MEN – PERRINE LE QUERREC – JÉRÔME LEROY
HERVÉ LE TELLIER – SOPHIE LOIZEAU – LISETTE LOMBÉ – MATHIAS MALZIEU
GUILLAUME MARIE – SOPHIE MARTIN – JEAN-YVES MASSON
ÉDOUARD J. MAUNICK – MARIE MODIANO – MARCEL MOREAU
EMMANUEL MOSES – ANNE MULPAS – BERNARD NOËL – CARL NORAC
MICHEL ONFRAY – SERGE PEY – PAOLA PIGANI – ÉRIC POINDRON
JOSEPH PONTHUS – JEAN PORTANTE – RAHARIMANANA
SUZANNE RAULT-BALET – FLORENTINE REY – ZACHARY RICHARD
JEAN ROUAUD – JACQUES ROUBAUD – VALÉRIE ROUZEAU
JAMES SACRÉ – FLORENCE SAINT-ROCH – ÉRIC SARNER
EUGÈNE SAVITZKAYA – JEAN-PIERRE SIMÉON – JEAN-LUC STEINMETZ
SALAH STÉTIÉ – FRÉDÉRIC JACQUES TEMPLE – MILA TISSERANT
MILÈNE TOURNIER – ANDRÉ VELTER – LAURENCE VIELLE
YOLANDE VILLEMAIRE – THOMAS VINAU
PIERRE VINCLAIR – SANDA VOÏCA

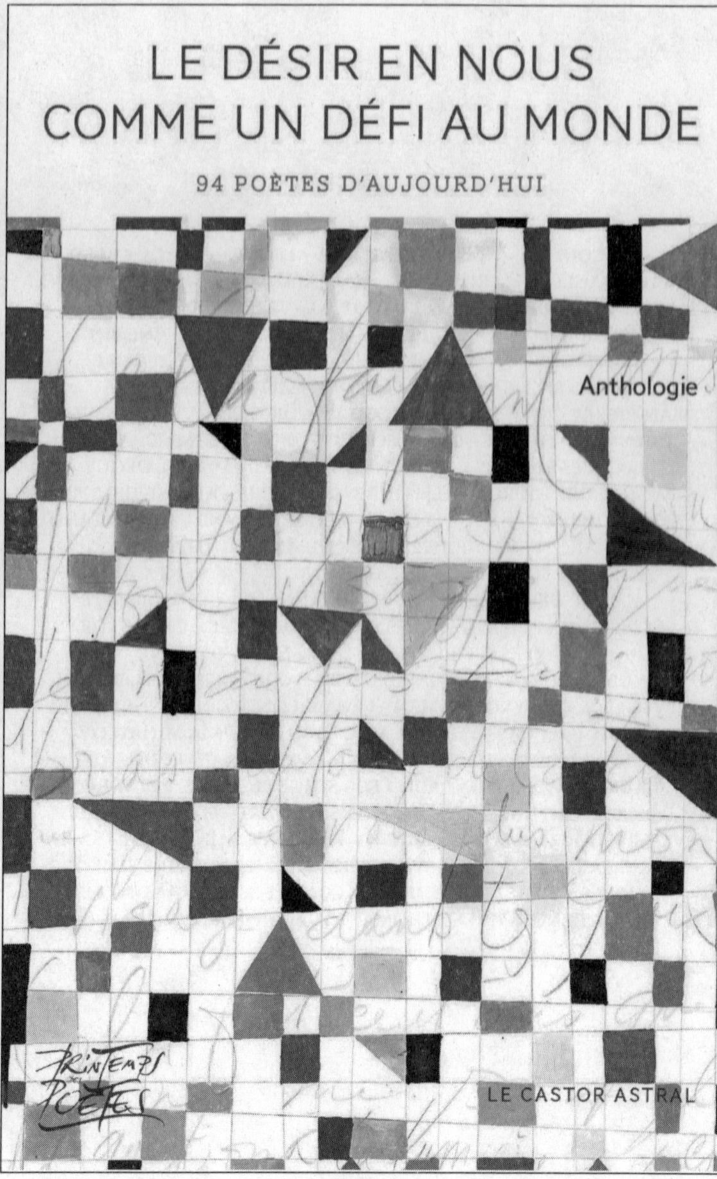
LE DÉSIR EN NOUS
COMME UN DÉFI AU MONDE
94 POÈTES D'AUJOURD'HUI
Anthologie
PRINTEMPS DES POÈTES
LE CASTOR ASTRAL

2021

JOSÉ ACQUELIN – ADONIS – LAURENT ALBARRACIN – GUY ALLIX
MICHEL BAGLIN – MARIE-CLAIRE BANCQUART – OLIVIER BARBARANT
LINDA MARIA BAROS – RIM BATTAL – TAHAR BEN JELLOUN
ZÉNO BIANU – DANIEL BIGA – ISMAËL BILLY – CLAUDINE BOHI
ISABELLE BONAT-LUCIANI – ALEXANDRE BONNET-TERRILE
NICOLE BROSSARD – TOM BURON – CALI – LAURE CAMBAU
JEAN-PIERRE CHAMBON – FRANÇOIS DE CORNIÈRE – CÉCILE COULON
FABIENNE COURTADE – CHARLÉLIE COUTURE – SEYHMUS DAGTEKIN
JACQUES DARRAS – SÉVERINE DAUCOURT – MICHEL DEGUY
PATRICE DELBOURG – SALEH DIAB – KIM DORÉ – ARIANE DREYFUS
SYLVIE DURBEC – ANTOINE EMAZ – MARIE ÉTIENNE – DANIEL FANO
MARC FELD – MICHÈLE FINCK – JEAN MARC FLAHAUT
BRIGITTE FONTAINE – VIOLAINE FOREST – LAURENT GAUDÉ
ALBANE GELLÉ – JEAN-LOUIS GIOVANNONI – GUY GOFFETTE
CÉCILE GUIVARCH – FRANÇOIS HEUSBOURG – CÉCILE A. HOLDBAN
CHARLES JULIET – NATASHA KANAPÉ FONTAINE
VÉNUS KHOURY-GHATA – ABDELLATIF LAÂBI – MÉLANIE LEBLANC
YVES LECLAIR – YVON LE MEN – CÉDRIC LE PENVEN – ANNE LORHO
SOPHIE G. LUCAS – PHILIPPE MAC LEOD – AKSINIA MIHAYLOVA
MARIE MODIANO – EMMANUEL MOSES – ANTOINE MOUTON
CARL NORAC – LYDIA PADELLEC – SERGE PEY – ÉRIC POINDRON
JOSEPH PONTHUS – JEAN-FRANÇOIS POUPART – FLORENTINE REY
VALÉRIE ROUZEAU – JAMES SACRÉ – FLORENCE SAINT-ROCH – SAPHO
ÉRIC SARNER – CHLOÉ SAVOIE-BERNARD – JEAN-PIERRE SIMÉON
JEAN-LUC STEINMETZ – FRÉDÉRIC JACQUES TEMPLE – ANDRÉ VELTER
LAURENCE VIELLE – THOMAS VINAU – PIERRE VINCLAIR

NOUS, AVEC LE POÈME
COMME SEUL COURAGE
84 POÈTES D'AUJOURD'HUI
Anthologie
PRINTEMPS DES POÈTES
LE CASTOR ASTRAL

2020

MARC ALYN – MICHEL BAGLIN – MARIE-CLAIRE BANCQUART
LINDA MARIA BAROS – CLAUDE BEAUSOLEIL – CLAUDE BER
ZÉNO BIANU – DANIEL BIGA – ALEXANDRE BONNET-TERRILE
ALAIN BORER – NICOLE BROSSARD – MICHEL BULTEAU
LAURE CAMBAU – GÉRARD CARTIER – BERNARD CHAMBAZ
JEAN-PIERRE CHAMBON – WILLIAM CLIFF
FRANÇOIS DE CORNIÈRE – CÉCILE COULON
CHARLÉLIE COUTURE – SEYHMUS DAGTEKIN
FRANCIS DANNEMARK – JACQUES DARRAS – JULIE DELALOYE
PHILIPPE DELAVEAU – PATRICE DELBOURG – ARIANE DREYFUS
ANTOINE EMAZ – DOMINIQUE FABRE – DANIEL FANO
ALEXIS GLOAGUEN – GUY GOFFETTE – HUBERT HADDAD
ALEJANDRO JODOROWSKY – CHARLES JULIET
ABDELLATIF LAÂBI – WERNER LAMBERSY – YVES LECLAIR
YVON LE MEN – JÉRÔME LEROY – JEAN-MICHEL MAULPOIX
JEAN-PAUL MICHEL – BERNARD NOËL – SERGE PEY
ÉRIC POINDRON – JEAN PORTANTE – BERNARD POZIER
JACQUES ROUBAUD – VALÉRIE ROUZEAU – JAMES SACRÉ
NOHAD SALAMEH – DOMINIQUE SAMPIERO – ÉRIC SARNER
EUGÈNE SAVITZKAYA – JEAN-PIERRE SIMÉON
JEAN-LUC STEINMETZ – LUCIEN SUEL
JACQUES VANDENSCHRICK – ANDRÉ VELTER
FRANCK VENAILLE – LAURENCE VIELLE – THOMAS VINAU

POUR AVOIR VU UN SOIR
LA BEAUTÉ PASSER
62 POÈTES D'AUJOURD'HUI
Anthologie
LE CASTOR ASTRAL

2019

Cet ouvrage a été mis en page
et achevé d'imprimer
en décembre 2022
par les Ateliers Graphiques de l'Ardoisière.